森で聖女を拾った
最強の吸血姫2
娘のためなら
国でもあっさり
滅ぼします!
PRESENTED BY
REN TAKIGAWA
瀧川蓮
Illustration ヨシモト
TOブックス

CONTENTS

第三章 聖女と神獣

第四章 浸食されるランドール

イラスト：ヨシモト デザイン：浜デ

CHARACTERS
登場人物紹介
アンジェリカ
ヴァンパイアの真祖一族で国陥としの吸血姫。積極的に攻撃するタイプではないが、無礼な相手には容赦しない。娘のパールが大好き。親バカ。
パール
生まれながらに聖女の紋章を宿す女の子。魔の森に捨てられていたところをアンジェリカに拾われる。過保護気味なアンジェリカにちょっとうんざり？

アリア

真祖一族に仕える、家事から戦闘までこなす万能メイド。アンジェリカに失礼な相手には凶暴になる。

フェルナンデス

アンジェリカの執事。かつては真祖一族の一軍を率いた将軍。あらゆる知識に精通する知識人。

キラ

ハーフエルフのS級冒険者。敗北してから、アンジェリカに師事し、師匠と呼んでいる。

ソフィア

聖デュゼンバーグ王国国教エルミア教の教皇。アンジェリカと知り合ってから、彼女を信奉し、屋敷に入り浸っている。

第三章

聖女と神獣

第一話　極秘の依頼

森のなかは霧が立ち込め、視界を遮るには十分だった。じめじめとした空気を肌に張りつかせたまま、嗅覚と聴覚で周りの状況を把握する。刹那、ひゅんっと風を切り裂く音が聞こえたかと思うと、足元の地面に矢が刺さった。ただの矢ではない。十分な魔力が練り込まれた矢尻からは、明確な殺意が感じられる。

『こざかしい耳長どもめ。このようなもので妾《わらわ》を殺せると、本気で思うておるのか』

じゃが、たしかに奴らからすれば今が千載一遇の機会であることには違いなかろうて。そのことに耳長どもが気づいているかどうかは知らぬが。霧のせいで奴らの姿は見えない。そもそも、この近くにはいないはずである。相当離れた場所から、こちらの魔力のみを探知して矢を放っているはずだ。耳長どものなかに相当な手練れがおるのであろう。再度、魔力を込めた矢が風を巻きながら飛来するが、体へ届く前に尻尾で叩き落とした。脅威ではなくとも忌々《いまいま》しい。だが、今はまだ辛抱するときじゃ。妾の体が自由を取り戻したとき、まだ敵対するようであればそのときは容赦はせん。

地に伏したままのそれは、くつくつと少し楽しそうに笑いながら体を丸め眠りについた。

リンドルの街は今日も活気に満ちあふれている。国が新たな体制になったあとも大きな混乱はなく、人々の生活にも大きな変化はなかった。

「こんにちはーーー！」

冒険者ギルドの扉を勢いよく開いてなかに入ってきたのは、ブロンドの髪が眩しい一人の少女。

真祖の愛娘として育てられた聖女、しかもAランク冒険者でドラゴンスレイヤーという前人未到の肩書をもつパールが元気に挨拶しながらギルドに入ってきた。

「こんにちはお嬢」

「お嬢元気だったか？」

「お嬢ちーーーっす!!」

屈強で強面な冒険者たちからかけられる声に応えながら、パールは受付カウンターへ向かう。

「トキさん、こんにちは！　ギルドマスターさんはいますか？」

「パールさんこんにちは。ええ、執務室にいらっしゃると思いますよ」

眼鏡が似合う受付嬢、トキが柔和《にゅうわ》な笑みを携えて答える。

「分かりました！　ありがとうございます」

ギルドマスターさん直々に話があるって何だろう？　また面倒なことじゃないといいんだけど。

そんなことを考えつつ執務室の前に立ち、扉をコンコンと軽くノックする。

「どうぞ」

「失礼しま……あ。キラちゃんもう来てたんだ」

「ああ。私も少し前に来たばかりだよ」

ハーフエルフのキラはアンジェリカの弟子なので、普段はパールと一緒に魔の森の屋敷で暮らしている。昨日はリンドルの街で冒険者仲間と宴会を繰り広げ、そのまま街の宿屋に泊まったようだ。

「パール様。よくお越しくださいました」

ギルドマスターのギブソンが、相変わらず生真面目な態度でパールに言葉をかける。

「いえ。今日はいったい何のお話ですか？　まさか、また講師の話じゃないですよね？」

あれはあれでいい経験になったけど、もうしばらくはいいよ。神経も使うしね。

「ええ、そういう話ではないです。実はですね――」

ギルドマスターの話はこうだ。

最近、霧の森に得体の知れない魔物が棲《す》みついているとのこと。霧の森はランドール共和国の首都から相当離れたところ、いわゆる辺境に広がる森だ。ジルジャン王国時代からほとんど手つかずの森で、エルフの里がいくつかあるらしい。普段はほとんど人も入り込まない場所だが、たまたま迷い込んだ低ランク冒険者の一人が、森のなかで巨大な魔物を見かけたとのこと。ただ、不思議なことにその冒険者は魔物を見たこと自体は覚えているものの、どのような魔物を見たのかはまったく思い出せないそうだ。うーん。不思議な話だ。

「精神干渉を受けているということですか？」

キラの質問にギブソンは軽く頷く。

「確信はありません。ですが、状況から見てそう判断しました」

「精神干渉するような強力な魔物か……」

「森の管理者であるエルフが対処できるのならよいのですが、できなかったときのことも我々は考えなくてはなりません。そのような魔物が人間の街に現れると大変なことになります」

えーと、つまり。私たちにその森へ行って得体の知れない魔物を退治してこいってことだよね。

「とりあえず、一番の目的は情報収集です。退治するかどうかはそれからですね。あと、この依頼に関しては極秘扱いでお願いします」

むむ？　どうして？

「精神干渉するような魔物が出現したとなると、人々のあいだに混乱を招きかねません。かつて、精神を操作する魔族に人の街がいくつも滅ぼされてきた事例があります」

なるほど。そういうことね。

「あくまで今回の依頼は情報収集。霧の森へ向かうということも秘匿してください」

まあ、ママに知られたら危ないからって止められそうだしね。

「分かりました。じゃあさっそく明日霧の森に行ってみますね」

「そうだね。ケトナーとフェンダーを連れていくと目立つから、私とパールちゃんの二人で行こうか」

「女子旅だね」

ちょっとした遠足気分できゃいきゃいとはしゃいでいるパールとキラに、ギブソンは少々呆れたような視線を向けるのであった。

――アンジェリカ邸――

「――お嬢様、侵入者です」

どうやら結界を越えてなかへ入ってきた者がいるらしい。だが、アリアの表情に焦りの色がまったく見えないことから、侵入者の正体は何となく察しがついているようだ。

「……あの子、また来たのかしら」

リビングからテラスへ向かい、森のほうへ目を向けると――。

「アンジェリカ様ーーーーー！」

雪のように真っ白な美しい髪を揺らしながら一人の女性がこちらへ手を振っている。その隣には白い鎧を纏《まと》った騎士の姿が。エルミア教の教皇、ソフィア・ラインハルトと護衛の聖騎士レベッカである。

「前にも聞いたけど、ソフィア。教皇って暇なの？」

ジトっとした視線をソフィアに向けるアンジェリカ。

「い、いえ！　そんなことはないのです！　今日は私じゃなくて、レベッカがアンジェリカ様にご相談したいことがあるとのことでやってきたのです」

レベッカが？　また聖騎士を鍛えろなんて話じゃないでしょうね。ちらと横目でレベッカを見ると、いつも通りまじめな顔つきだがどこか疲れたような表情を浮かべていた。

「何かあったの？」

わざわざここまで足を運ぶようなことだ。聞くぐらいはしてあげないといけないだろう。

「……アンジェリカ様。恥を忍んでお願いがございます。どうか、エルフの里を助けていただけないでしょうか」

また面倒なことが始まりそうな気がする。そう確信めいた予感がしたアンジェリカであった。

第二話　エルフたちの事情

エルフは高い知性と優れた魔法技術を有する種族である。森の管理者、森の住人と呼ばれることもあり、森のなかに集落を形成して独自の文化圏を築いている。また、エルフは排他的で誇り高い種族としても有名だ。他の種族との交流はほとんどなく、エルフこそ至上の種族と考える者も少なくない。

「そんなエルフの里を救ってほしいとはどういうことかしら?」

「……実は、私の実家がある里の近くにフェンリルが棲みついたようなのです」

フェンリル。久しぶりにその名を聞いた気がする。

神獣フェンリル。美しい白銀の被毛をもつ超大型の狼だ。もちろんただの狼ではない。神獣であるフェンリルはときにドラゴンすら噛み殺す戦闘力がある。昔戦ったことあるけど、結局決着がつかなかったのよね。まあ同じフェンリルじゃないだろうけど。何にせよエルフじゃ相手にもならないでしょうね。何より、フェンリルにはあまりにも凶悪すぎる能力がある。

「何となく事情は分かったわ。でも、できれば私はあまり関わりたくないわね」

分かりやすく落ち込むレベッカ。

「まず一つ、私が種族間の争いに関わると、真祖の一族まで巻き込む可能性があるわ。次に、フェンリルを倒すのは私でも手間がかかる」

その言葉にはさすがにレベッカとソフィアも驚いたようだ。

「ア、アンジェリカ様でも倒せない相手ということですか⁉」

ソフィアは目をくるくるさせている。

「本気で挑めば勝てないことはないわ。でも、八百年くらい前に戦ったときは勝負がつかなかったわね」

あの子はかなり強かったしね。特別な個体だった可能性もあるけど。

「フェンリルの厄介なところは、精神干渉の能力があることよ」

この言葉にまたまた二人は驚愕の表情を浮かべる。

「そ、そんな……」

「しかも、半径五百メートルくらいの領域をカバーするから、相当離れた場所から長距離戦を仕掛ける必要がある」

あの精神干渉の力は本当にヤバかった。油断してたらいつの間にか精神に干渉を受けてしまうのだ。

「ただ、フェンリルはそこまで好戦的な種族ではないはず。ヘタに手を出さなければ戦いになることもないと思うんだけど」

レベッカに視線を向けると、彼女は口を固く結んで俯いてしまった。まさか。

「……手、出したのね」

「……はい。フェンリルを発見した日から、連日矢を射かけているようです」

「ご愁傷様。多分その里はもうないと思うわよ」

――ん？　連日？

「それが、毎日のように遠くから矢を射かけているようですが、フェンリルが反撃する様子はまったくないようなんです」

どういうこと？　相手にするまでもないと放置しているとか？

「何も反応しないことが、余計に里の皆を不安にさせています。それに、あのあたりの森はエルフにとって大切な場所なんです。御母堂様《ごぼどう》、倒さずとも何とか追い払えるよう手を貸してくれませんか？」

やっぱり面倒くさいことになった。ソフィアに関わりだしてから面倒なことが増えた気がする。

ジロリと横目でソフィアを睨むと、彼女は驚くほど素早く目をそらした。

「……とりあえず現地を見てからね」

「あ、ありがとうございます！　あ、それと、この件はできれば私たちだけの秘密にしていただけませんか？」

「どういうこと？」

「エルフは誇り高い種族です。他種族である御母堂様に助力を仰《あお》いだことに、誇りを傷つけられたと感じる同胞も出てくるでしょう」

自分たちだけで対処できなかったことを、誰にも知られたくないというわけか。なんて面倒くさい種族だ。やっぱりやめようかな。

「特に、御母堂様のお弟子であるキラ様はハーフエルフ。純血のエルフである私がこのようなお願いをしたと知れれば、彼女にも嘲笑《あざわら》われてしまうかもしれません」

レベッカは俯いたまま絞り出すように言葉を紡いだ。いや、キラそんな子じゃないと思うけど。

「はぁ。まあ分かったわ。この件は私たちだけの胸にしまっておきましょう」

そのあともソフィアとレベッカはしばらく居座り、紅茶を三杯ほどお代わりしてから帰っていった。自由すぎるでしょぁあの教皇。大丈夫なのかエルミア教は。さて。それにしてもフェンリルか。どうしたものか……。アンジェリカは心底面倒くさそうな面持ちのまま空を仰いだ。


――夜・アンジェリカ邸――


「美味しかったーー!」

夜ご飯を食べて満足そうな顔を浮かべるパール。育ち盛りだからかよく食べる。少し身長も伸びたんじゃないかしら。

「あ、ママ。明日は依頼があるからキラちゃんと出かけるね」

「そう。気をつけるのよ。で、どんな依頼なの?」

アンジェリカの目がキラリと光る。

「え、えーと。キラちゃん！　どこでどんな依頼だったっけ？」

「え、私!?　えーと、たしか何とかいう山にオークだかオーガだかが出るとか出ないとか……」

いきなり振られて慌てたキラはしどろもどろになった。

「ふーん。Sランカーとランカーがオークとかオーガの討伐ねぇ……」

目を細めてじっと見つめるアンジェリカと油汗と冷や汗が止まらないキラ。

「まあいいわ。心配ないとは思うけど、危ないことは絶対にしないこと。いいわね？」

「うん！　分かった！」

「明日は私も用事があるから少し出かけるわ」

ああ。思い出したら気が重くなってきた。

「そうなんだ。ママはどこへ行くの？」

「え、私!?　た、たしか何とかいう高原にゴブリンだかホブゴブリンだかが出るとか出ないとか……」

「……いや、ママ冒険者じゃないじゃん」

パールが訝《いぶか》しげな目を向けてくる。自分でも何とまぬけなことを言ったのかとアンジェリカは後悔した。

「……ん。冗談よ。ちょっと外せない用事があってね」

ああ、本当に面倒くさい。ただでさえ面倒な相手なうえに手助けしないといけないのが輪をかけて面倒なエルフだなんて。こうなったらさっさと終わらせてしまおう。うん、そうしよう。気持ちを切り替えたアンジェリカ。だが、残念なことにアンジェリカの思い通りに物事は進まないのであった。

第三話　霧の森の銀狼

「うう……不気味な森だねキラちゃん……」

「うん、魔の森とはまた違う雰囲気……」

ギルドマスターから調査の依頼を受けたパールとキラは、さっそく噂の森へ足を踏み入れた。リンドルまではアリアの転移で連れてきてもらい、そこからはキラがパールを背中にのせて飛翔魔法で飛び続けた。

森に入った二人がまず驚いたのは霧の深さだ。濃い霧がいたるところに立ち込めており、油断するとすぐに方向感覚を失ってしまう。大きな魔物を見たとかいう冒険者さんはよく無事に出られたもんだ、とパールは変に感心してしまった。ただ、パールが慣れ親しんでいる魔の森に比べると魔物の数は少ないようだ。現に、森へ足を踏み入れてからまだ一度も魔物に遭遇していない。それがより一層不安を掻き立てるのだが。

「ねえパールちゃん……。手、繋がない？」

若干裏返った声でキラが手を伸ばしてくる。

「うん。霧が凄いし、迷子になったら困るからね」

六歳のパールよりキラのほうがこの状況を怖がっているようだ。パールは、霧のせいでやや湿った手袋を脱ぎ、キラへ手を差し出した。森のなかなので、聖女の紋章を誰かに見られる心配もない。

「…………⁉」

「パールちゃんも気づいた？」

尋常ではない気配。つま先から頭の先まで一気に凍てついたかのような感覚。それに、何だろうこの変な感じ。今まで経験したことがない、何とも言えない違和感。

「パールちゃん、気をつけて。多分例の魔物だと思う……」

「うん……。でも、この感じちょっとヤバくない？」

背中を嫌な汗が伝う。先ほどからの変な感じに混じって、チリチリと肌を焼くような敵意も伝わってくる。二人は身を低くして慎重に歩を進めた。土と腐った落ち葉の臭いが鼻腔《びこう》を刺激する。視線の先には相変わらず濃い霧と森の木々。と、そのとき明らかに植物とは異なる何かが二人の視界に入り込む。それを目にした瞬間、キラは戦慄《せんりつ》した。目の前に鎮座するは、全長三、四メートルはあろうかという巨体に見事な白銀の被毛を纏う狼。

「フ……フェンリル……！」

冒険者なら知らぬ者はいない、伝説級の種族である。

勝てるわけがない。逃げなければ――！

キラはすぐさまパールの手を引いて引き返そうとしたのだが、視線の先に彼女の姿がない。止まりそうになる心臓を無理やり動かし、慌てて周りを見まわすと、何とパールはすたすたとフェンリルのもとへ歩み寄っているではないか。キラは泡を吹いて倒れそうになった。こうなったら、いちかばちか飛び出してパールを抱え飛翔魔法で飛び去るしかない。覚悟を決めたキラだったが——。

「うわぁ～！　きれいな狼さん！」

パールはフェンリルのすぐそばまで近寄ると、顔を見上げるようにして感嘆の声を漏らした。慌てたのはキラである。

「パ、パ、パールちゃん！」

パールは振り返りもしない。

「狼さん。とってもきれいな毛を触ってもいい？」

パールはキラキラした目をフェンリルに向ける。すると……。

『妾の美しい毛並みの価値が分かるとは。そなた人間の童《わらべ》にしてはなかなかやるようじゃのう』

「しゃ、喋った⁉」

フェンリルが言葉を話したことに驚いて跳び上がるパール。

『クックック。これでも長く生きておるからのぅ』

「そうなんだー！　凄いね狼さん！」

子どもならではの柔軟さであっさり受け入れた。

『む。妾は狼などではないぞよ。妾はフェンリルじゃ。まあ童に言っても分からぬかの』

「フェンリル……？」

前にママが読んでくれた本で聞いたことあるようなないような。

『うむ。妾はフェンリルのアルディアス。千年以上生きておる神獣じゃ』

千年以上！　凄い。ママと同じくらいだ。

『む。それはそうとお主。妾の精神干渉をまったく受けておらぬようだの。そっちのハーフエルフも』

キラはいまだ放心状態だが、これは精神干渉を受けたわけではない。

「あ、もしかしてあの変な感じって、アルディアスちゃんがやってたの？」

『せ、千年以上生きている妾にちゃん付けはよすのじゃ。何やら恥ずかしいわ』

変なところで照れ始めるアルディアス。

『ま、まあ呼び方など何でもよいがな。それで、お主どうして妾の精神干渉が効かぬのじゃ？』

と、アルディアスはパールの手の甲に浮かぶ紋章に目をとめた。

『ほう。これは珍しい、聖女とはな。精神干渉が効かぬのも納得じゃ』

「聖女を知ってるの？」

『長く生きておるからの。それで、お主たちいったいここへ何をしに来たのじゃ？』

パールはアルディアスに、ここへ来るに至った理由をざっくりと説明した。

『なるほどのぅ。妾はこれといって問題を起こすつもりはないのだがの。まあ、あちらはそうではないようだが』

アルディアスの耳がぴくりと跳ねた瞬間。

「パールちゃん！」

「『魔法盾《マジックシールド》』！」

キラが叫んだのと同時に振り返ったパールは、即座に魔法盾を展開する。そこへ殺到するいくつもの矢。どうやら矢尻に魔力を練り込んでいるようだ。それにしてもいったいどこから？

『ほう。童のくせにやるではないか。さすがは聖女殿といったところか』

くつくつと愉快そうに笑うアルディアス。

「んもう。笑いごとじゃないよ、アルディアスちゃん。これって何なの？」

『この森に住んでおるエルフどもだ。どうしても妾を殺すか追い出すかしたいらしい』

「どうして？」

いきなり矢を放って殺そうとするなんて酷いよ！　ぷんぷんと聞こえてきそうな勢いで怒り出す。

『奴らは森の管理者などとのたまっておるしの。それに、妾がここにいては奴らも気が休まらんのであろう』

「そんなことで？　キラちゃん、エルフってそうなの？」

「うーん。私はハーフエルフだし、どちらかというと人間寄りだからなぁ。でも、純血のエルフはめちゃくちゃ排他的らしいよ」

そうなんだ、レベッカさんの評価が一気に下がっちゃったよ。いきなり風評被害を受けたレベッカ。哀れである。

「アルディアスちゃんはここを動く気はないの？」

『ここは居心地がよいからの。それに、今は動けぬ理由がある』

アルディアスが伏せていた体を起こす。

『今、妾の腹には子がおるのじゃ』

まさかの妊婦さんだった。お腹に赤ちゃんがいるときは大人しくしとかなきゃなんだよね。お姉ちゃんに読んでもらった本で知ってるよ！

「……ねえ、キラちゃん」

「どうしたの？」

「私、アルディアスちゃんを助けたい」

とんでもないことを口にするパールに思わず呆れるが、何となく彼女ならそう言い出す気がしていた。でも、それは即ちエルフを敵に回すということだ。さてどうするかな……。

と、その刹那——

遥か遠くでキラリと何かが光ったと思うと、とんでもない魔力が接近するのを感じた。

「パールちゃん!!」

これはヤバい。まさか高位魔法!?

「『魔法盾《マジックシールド》×五』!!」

瞬時に魔力の接近を感知したパールはすぐさま魔法盾を複数枚展開してアルディアスを庇った。

凄まじい衝撃。魔法盾を見ると、たった一撃の魔法で三枚の盾が消失していた。

「嘘でしょ!?　ドラゴンのブレスでももう少しもったのに！」

エルフの魔法ってこんなに凄いの……？

——でも、私はアルディアスちゃんを守るって決めたんだ！

決意を新たにするパール。そこから約一キロほど離れた小高い丘の上。魔法を放った張本人である真祖、アンジェリカは霧が立ち込める森へ静かに視線を向けていた。ここに、最強の真祖アンジェリカとその娘で聖女のパール、母娘《おやこ》二人による代理戦争の火蓋が切って落とされたのである。

第四話　代理戦争

霧の森を見渡せる小高い丘の上に立つアンジェリカは、風に靡《なび》くドレスのスカートを手で押さえつつ静かに森を凝視した。その表情はいつもと変わらない。が、内心は穏やかではなかった。

私の魔法が止められた？　いくら威力を落としているとはいえ、ドラゴン程度なら一撃で殺せるほどの魔力は込めた。そもそも、手応えがおかしい。まるで魔法で打ち消されたような感覚だった。フェンリルなら受けるより回避行動をとるはず。つまり、あそこにはフェンリル以外の何者かがいる可能性が高い。

「御母堂様？」

何事か考えているアンジェリカの顔をレベッカが心配そうに覗き込む。

「……私の魔法が止められたわ。おそらく、フェンリル以外の何者かがいる」

「そ、そんな……！」

アンジェリカが放った魔法の威力が尋常でないことは誰の目にも明らかだった。レベッカをはじめ、見守っていた里のエルフたちも先ほどの一撃で勝負は決したと信じて疑わなかった。さて、どうするか。

「森ごとなくなってもいいのなら簡単なんだけど」

フフッと笑いながらとんでもないことを口にするアンジェリカに、レベッカやエルフたちの顔が青くなる。森の管理者たるエルフがそのようなことを認めるはずがない。まあ言ってみただけよ。

レベッカと一緒に空を飛んでここへ来たとき、ちょうどエルフたちが森に向かって矢を放っていた。彼らと顔見知りであるレベッカがアンジェリカに助力を願ったことを説明し、面倒ごとはさっさと終わらせようとしたアンジェリカがすぐさま魔法を放ったというのがこれまでのいきさつである。

「じゃあ、これならどうかしら」

森は霧に包まれフェンリルの姿は見えないが、明らかに只者ではない存在がそこにいることを肌で感じる。アンジェリカはそこへ狙いをつけると、さらに強く濃く魔力を練り始めた。

「『座標固定《ロックオン》』」

森のなかの一点にぼうっと一つの魔法陣が浮かび上がる。アンジェリカは右手を突き出しそこを指さした。

「『長距離射撃《シューティング》』」

先ほどより強力な一撃を放つ。閃光が空気を裂いて一直線に標的へ向かう、が。

「――また止められた」

信じられない。一度ならず二度までも。いったいあそこに何がいるというのだろう。驚きが強い興味に変わったそのとき。

「――レベッカ、下がりなさい！」

たった今魔法を撃ち込んだあたりがキラリと光ると、瞬間おびただしい数の閃光がアンジェリカたちに襲いかかった。丘の一帯に魔力が凝縮された細い光の雨が降り注ぐ。アンジェリカもこのような魔法は見たことがない。とてもではないが回避はできない。魔法を無効化するアンジェリカはともかく、敵の異様な魔法に数人のエルフが地を舐める羽目になった。アンジェリカは確信した。

「尋常ならざる者がフェンリルのそばにいる」

もちろん自分の娘だとは思いもよらないアンジェリカであった。


――数分前――


「パールちゃん！　またヤバそうな魔法が来るよ！」

「分かった！」

高威力の魔法が来ると分かっていれば対処はできる。

「『魔力装甲《マジックアーマー》』！」

顕現したのは、分厚く堅牢《けんろう》な魔力の装甲。魔法盾より遥かに強度は高いが、その分防御できる範囲は狭くなる。だが、相手はアルディアスのみを狙っている。それさえ分かっていれば魔法の軌道も容易に予測できるし防御も可能だ。とはいえ、この魔法の威力は異常だ。魔力装甲の表層が無惨に抉《えぐ》られている。

「つ、強い……。ママ以外にこんな強力な魔法を使える人がいるなんて」

何を隠そうママである。

「でも、やられっぱなしじゃいられないよ！　キラちゃん、アルディアスちゃんを守って！」

「了解！」

パールは魔力装甲を解除すると即座に魔力を練り始める。

「『展開《デプロイ》』」

パールの前方にいくつもの魔法陣が展開する。それぞれの魔法陣には、極小の魔法陣が数え切れないほど内包されている。

「いっくよーー！　『魔散弾《バレット》』!!」

魔法陣からおびただしい数の閃光弾が放たれた。相手が攻撃してきた方角から何となく敵の居場所は分かる。これで何とかなってくれるといいんだけど。

『ほう。なかなか興味深い魔法を使うではないか、聖女殿よ』

狙われている身だというのにアルディアスはどこか楽しそうだ。

「パールだよ、アルディアスちゃん。さっきのは、もともとママから教わった魔法を私なりに改造したんだよ」

『ふむ。そなたの母親は高位の魔法使いか何かか？　きっと強いのであろうな』

パールはアルディアスのほうへ向き直りパッと明るい笑顔を向ける。

「うん！　私のママは最強だからね！」

アルディアスは一瞬きょとんとしてしまったが、すぐにくつくつと愉快そうに声を漏らした。微笑ましい童じゃのう。じゃが、この歳でこれほどの魔法を使えるように育てるとは、よほど優れた魔法使いであることは事実であろう……最強かどうかは分からぬが。長きを生きるなかで、真に最強と称せる者は一人しか知らない。

真祖の王女、アンジェリカ・ブラド・クインシー。アンジェリカ、あやつは強かったのう。結局勝負はつかなんだ。精神干渉できなければやられていたかもしれぬ。そう言えば、先ほど撃ち込まれた魔法といい、この童が放つ魔法といいどこかアンジェリカを思い出させるのう。まあ気のせいじゃろうが。アルディアスは霧の向こう側にぼんやりと見える遠くの丘に目を向け、遥か昔に思いを馳せた。


「レベッカ、大丈夫？」

先ほどの魔法でレベッカはいくつか手傷を負っていた。周りに視線を巡らせると、丘にいたエルフの大半が手傷を負い、なかには倒れて動かない者もいる。

「は、はい、御母堂様。今のはいったい……」

「私も知らない魔法ね。まさかこんなところで高位の魔法使いに出くわすなんてね」

悪戯っぽい笑顔で言葉を紡ぐアンジェリカ。それにしても、いったいどういうことなのだろう。

状況から考えると、何者か分からぬ高位魔法使いがフェンリルを守っている、と推測するのが一番しっくりくる。だが、そもそもフェンリルが他種族と共闘などするだろうか？　分からないことだらけだ。

「とりあえず、怪我人が多いから一度撤退したほうがよさそうね」

レベッカたちも無言のまま首肯《しゅこう》する。アンジェリカは森を振り返り一点に視線を向ける。偶然にも同じくしてパールも丘の方角を視界に捉えた。

「「このままじゃ終わらないから」」

霧でお互いの姿が見えないなか、母娘二人の声が重なる。母娘二人による代理戦争、初戦は引き分け。勝負は次戦に持ち込まれたのであった。

第五話　それぞれの癒し

ランドール共和国の辺境に広がる霧の森。濃い霧が支配するこの森の大半はエルフの活動領域である。レベッカの話ではエルフの里が六つほど混在しているとのこと。ほとんどのエルフは里を出ることなく静かに暮らし続けるのだとか。里を出て教会聖騎士になったレベッカが特殊ということか。レベッカに案内されて里に入ると、エルフたちがちらちらと視線を送ってきた。腹立たしいと感じないのは、人間のように邪《よこしま》な気持ちがないためだろう。

「御母堂様。里の長と私の母親に会っていただけますか？」

面倒くさいからいい、と断りたいのを堪え、長のもとへ案内してもらう。

「ようこそおいでくださいました、真祖アンジェリカ様。私はこの里の長でレベッカの父親でもあるマリスです」

「レベッカの母ミゼルです。ようこそおいでくださいました」

二十代にしか見えない眉目秀麗《びもくしゅうれい》な男性エルフと容姿端麗な女性エルフが頭を下げる。というよりレベッカ、里長の娘だったのか。里長の娘が外の世界で自由に生きてて問題ないのだろうか。

「まさか、レベッカがあの国陥としの吸血姫と一緒に里帰りする日がやってこようとは」

「ええあなた。驚きましたね。アンジェリカ様、伝説の真祖にお会いできて本当に光栄です。それに、こんなにも美しいお方だったなんて」

基本的にエルフは男女関係なく美しい顔立ちをしている。だが、それと比べてもアンジェリカの美しさは際立っていた。

「フフ。お世辞でも嬉しいわ」

破壊力抜群の笑顔で応えるとマリスもミゼルも顔を赤くして俯いてしまった。

「アンジェリカ様に来ていただいて、我々一同、心より感謝しております。先ほどの戦闘についてもレベッカから聞きました」

「エルフはもっと排他的だと思ってたけど」

「排他的というよりは、あまり積極的に他種族と交流しない、と言ったほうが正しいかもしれません。うちの馬鹿娘はちょっと特殊ですが」

長にジロリと視線を向けられ目を逸らすレベッカ。やっぱり特殊だったのか。

「これといったおもてなしもできませんが、せめてもと思いこれを用意しました」

まさか血じゃないよね。前にソフィアが自分の血を献上しようとしたことを思い出す。長が手を打ち鳴らすと、部屋に十人くらいのエルフが入ってきた。男女半々、どの子も美形だ。

「このようなことしかできませんが、この者たちでアンジェリカ様を癒せないかと思いまして」

ふむふむ。そう言えばここ数十年そういうことしてないわね。屋敷にはパールもいるから連れ込むわけにもいかないし。アンジェリカとて女盛りである。性欲がないわけではない。

「フフ。ならお言葉に甘えて癒してもらおうかしら。どこか部屋を貸してもらえる？　全員借りていくわ」

男も女も関係なく十人全員を相手にするという豪傑《ごうけつ》ぶりに、一瞬長はギョッとするがすぐに部屋を手配してくれた。パールもいないしたまには思う存分楽しませてもらおう。実際には割と近くにいるのだが。そしてアンジェリカは美形のエルフたちを侍《はべ》らせたまま用意してもらった部屋へと消えていった。

「攻撃してこなくなったねー」

アルディアスの隣に立ち警戒していたパールだったが、魔散弾を放って以降は矢も魔法も飛んでこない。

「もしかして全員倒しちゃった？」

「それか一度撤退したってところかな」

怪我人でも出たのかな？　でも仕方ないよね。まだ何も悪いことしてないアルディアスちゃんにいきなり攻撃するんだもん。あ。そうだ。

「ねえねえ、アルディアスちゃん」

『む。どうしたのじゃ？』

「モフモフしていい⁉」

仮にも神獣であるフェンリルをペットのように扱おうとするパールに、キラはギョッとした顔を向ける。神獣も誇り高い種族だ。さすがにそれは難しいだろう。

『うむ。よいぞ』

いいのかよ！　思わず心のなかでツッコミを入れるキラ。

「わーーーーい！」

パールは両手を広げてアルディアスの首元に抱きつく。

「あーーモフモフだぁ……幸せ」

『小さな身で妾を守ってくれておる礼じゃ。遠慮せずともよいぞ』

その様子を少し羨ましそうに眺めるキラ。

『なんじゃハーフエルフの娘。そなたもしたいのか？』

目でしたいと訴える。

『そなたも妾を守ってくれておる。好きにしてよいぞ』

「あ、ありがとうございます！」

許可を得られたことに歓喜したキラは、アルディアスの後ろ足付け根あたりに顔を埋める。

「はあああ。モッフモフだあああ」

パール以上にだらしない顔でモフるその姿はとても幸せそうである。アンジェリカが美形のエルフ十人とベッドで癒しという名の快楽を貪っているなか、娘と弟子はフェンリルを思う存分モフモフして英気を養っていたのであった。


「さて。すっかり癒されたしそろそろ二回戦といこうかしらね」

部屋から出て伸びをしているところへやってきたレベッカに、アンジェリカがそう告げる。すでにベッドの上で十回戦以上しているアンジェリカだが、疲れるどころか肌はいつにも増して艶々していた。なお、部屋のなかでは生気を吸われつくしたエルフたちが裸のまま折り重なって倒れている。真祖の精力おそるべし。

「お楽しみいただけたようで何よりです、御母堂様」

「ええ。おかげ様ですっきりしたわ。レベッカも交じればよかったのに」

さらっととんでもないことを言われ、レベッカの長い耳が先まで真っ赤に染まった。

「い、いえ！　私などそのような……！」

基本的にエルフは性に奔放な種族である。レベッカがこのような反応をしてしまうのは、人間の世界で長く生きていることに関係があるのだろう。そのようなことを考えつつ、レベッカを伴ったまま森を見渡せる丘へと向かう。役に立つかどうかは分からないが、志願した八人ほどのエルフが同行することになった。

森の様子は先ほどと変わりない。濃い霧が立ち込める森の一点に、圧倒的な存在感を放つモノがいる。一方、森のなかでは癒しを得たパールとキラが警戒態勢のまま遠くにぼんやりと見える丘に意識を向けていた。肌がピリピリとする感じ。こんなに離れているのに威圧されている。パールは小さな拳をグッと握るとまっすぐな視線を丘に注ぐ。

「「さあ。始めようか」」

母と娘による代理戦争、二回戦の幕が上がろうとしていた。

第六話　駆け引き

霧が肌にまとわりついてくる。相変わらず晴れない視界のなかで、パールは明確な敵意を肌で感じとっていた。

「うう……凄い威圧……」

先端の鋭い針で繰り返し肌をチクチクと刺されているような痛み。視界の奥に霞んで見える丘の上から放たれる威圧に、パールは思わず声を漏らした。

「エルフの魔法って凄いんだね、キラちゃん」

「うん……。いや、エルフ……なのかな？　あれほど強力な魔法を使うエルフなら私も噂程度に知っているはずなんだけどな」

キラは目を細めて遠くに見える丘へ視線を向ける。たしかにエルフは魔法に長けた種族だ。長く生きているエルフのなかには、大魔法使いと言って差し支えない技量の持ち主も少なからずいる。

ただ、それを考慮しても先ほどこちらを攻撃してきた魔法は異常だ。霧に隠れて見えないアルディアスを正確に狙う技術、パールの魔法盾を一度の攻撃で数枚破壊する威力。これほどのことができるエルフが果たしているのだろうか。あんなことできるの、お師匠様くらいしか私は知らない……。

もし、今対峙している相手がお師匠様と同等の力量をもつ者なら、私たちに勝ち目はない。アルディアスを助けたいパールちゃんの気持ちは分かる。でも、私はパールちゃんをお師匠様のもとへ無事に連れ帰る義務がある。本気で危なくなったときはここから離脱することも考えないといけない。

小さくため息をついたキラだが、耳の奥で風を切り裂く音を拾い即座に戦闘態勢へ移行した。

「パールちゃん！　来るよ！」

「うん！　『魔法盾《マジックシールド》』！」

パールがキラとアルディアスを隠すように魔法盾を展開する。魔力が向かってくる気配は小さい。おそらく魔力を込めた矢を放っているのだろう。と、前方斜め上から雨あられと矢が降ってくる。

この程度の魔力を込めた矢尻ではパールの魔法盾を貫通できない。

「矢は通じないって分かっていると思うんだけど、どうして同じ攻撃をしてくるんだろう」

魔法盾を維持しながらパールは思考を巡らせる。

あ。もしかして――

「キラちゃん！　私の代わりに魔法盾でアルディアスちゃんを矢から守って！」

「ん!?　りょ、了解！」

不思議そうな顔をしたキラだったが、素直にパールの言葉に従い魔法盾を展開する。

「向こうに何人いるか分からないけど、これは止められないでしょ」

レベッカを背後に従えたアンジェリカが、前方へ突き出した右手に魔力を集中させる。

「『電撃槍《ライトニングランス》』」

詠唱と同時に放たれた雷の槍が、標的を貫くべく森のなかを凄まじい勢いで突き進む。そう。アンジェリカは丘から下りて魔法を放っていた。エルフが雨あられのように射続けている矢は、敵の注意を上に向けさせるための囮である。おそらく、相手は飛来する矢を防ごうと、前方斜め上に防御壁を展開しているはずだ。まさか、地上から強力な魔法を撃ち込まれるなど思いもしないだろう。

「多少時間はかかったけど、これでお終いかしらね」

アンジェリカはこれで決着がつくことをほぼ確信していた。のだが。

「あ。やっぱり」

薄暗い森の奥からとんでもない速さで接近する魔力を感知したパールが、極めて冷静に魔力装甲を展開させる。

「通用しないと分かっているのにしつこく矢を撃ってくるから、もしかしたらーって思ったけど、大正解」

眼前に展開した分厚い魔力装甲に、強大な魔力を纏った雷の矢が直撃した。防御には成功したものの、高威力であるため衝撃は凄まじい。

「ひゃんっ！」

かわいい声をあげて後ろに転がりそうになったパール。あやうく後頭部を地面に打ちつけるところだったが、アルディアスがすかさず右手をサッと出し、その小さな体をふんわりと受け止めた。

「あ、ありがとう、アルディアスちゃん！　頭打つところだったよー」

『よいよい。それにしても、よくここまで相手の動きを読んだものよ。童とは思えぬ頭のよさじゃ』

ふふん。もっと褒めて。何となくだけど向こうがやってきそうなことが分かるんだよね。何でかな？　そんなことを考えているうちに、雨あられと降り注いでいた矢の勢いが落ちた。


「……嘘でしょ？　また防いだの？」

手ごたえのなさを感じとり、半ば呆然とした表情を浮かべるアンジェリカ。勝利をほぼ確信していただけにこの結果は悔しい。彼女にしては珍しく、苦々しげに奥歯を強く噛みしめた。そんなアンジェリカの様子を目の当たりにし、レベッカの頬を冷たいものが伝う。あらゆる種族が恐怖の対象とする真祖アンジェリカが、そこそこ本気で攻撃をしているにもかかわらず防いでしまうような

相手が森の奥にいる。その事実がレベッカの心胆を寒からしめた。ちらりと横目で見やったアンジェリカがイライラし始めている様子が伝わり、レベッカの心拍数がさらに上昇する。

「……いったいどういうこと？　まさかこっちの姿が見えている……はずはないか」

上空からの攻撃が囮とバレた？　まあ、通用しない矢をあれだけしつこく放ち続ければ、こちらの意図に気づく可能性は高いとは思うけど。ああ、もう！　忌々しい！　やっぱり森ごと焼き尽くしたほうがいいんじゃ……。

レベッカが卒倒しそうなことを考えていたアンジェリカだったが、何とか思い留まった。と、標的がいると考えられる方角から魔力が高まるのを感じたアンジェリカは、ハッとした表情を浮かべて空を見上げる。その目に映ったのは、二人の頭上はるか上を数えきれないほどの閃光が伸びてゆく様子だった。

「……まずいかも。レベッカ、行くわよ」

「え、は、はい！」

慌てるレベッカの手を握ったアンジェリカは、すぐさま丘の上へと移動すべく転移魔法を発動させた。

「丘の上にいたエルフさんたちは何とか倒せたかな？」

小さく見える丘に目を向けたパールが独り言ちる。多分だけど、強力な魔法を使えるのは一人だけだと思うんだよね。さっきの攻撃も単発だったしね。さて、さっきの人はどうするんだろう？

ほかのエルフさんたちがやられても、一人で向かってくるかなー。できれば帰ってほしいんだけどなー。そんなことを考えつつ、足元の石ころをつま先で軽く蹴飛ばす。

一方、エルフたちのいた丘の上は、パールが放った魔散弾によって惨憺たる状況だった。転移で丘へ戻ったアンジェリカたちが目にしたのは、正体不明の魔法で手酷くやられ、地面に転がるエルフたちの姿。幸い重傷者はいないようだが、腕や足を押さえて呻き声をあげる様子を見るに、これ以上の戦闘は難しく思えた。

『……ふむ』

地面へ伏せていたアルディアスが首をもちあげ、丘の方角へ刺すような視線を向けた。

『気をつけよ、パール。丘の方角から尋常ではない魔力の高まりを感じるぞよ』

警告を発したアルディアスの美しい銀毛がざわざわと蠢く。それはまるで、迫りつつある脅威を感知しているかのようだった。パールとキラも、禍々しい魔力がどんどん膨れあがっているのを肌で感じ顔が強張る。

「ずいぶん虚仮《こけ》にされたものね。もう遊びはお終いよ」

アンジェリカの体から黒い魔力が立ち昇る。あまりもの禍々しさに、レベッカと他のエルフたちは気を失いそうになった。まさか、怒りのあまりこの森をすべて焼き払うつもりなのでは……。レベッカがゴクリと喉を鳴らす。

「ご、御母堂様。まさか森をすべて焼く、などということは……」

「そんなことしないわよ。狙うのはあそこにいる忌々しい連中だけよ」

恐る恐る聞いてくるレベッカに応えるアンジェリカの声は、いつもと違い若干苛立ちが混じっていた。会話しながらもアンジェリカはどんどん魔力を練り込んでいく。魔法に長けた種族であるエルフでも感じたことがない、濃すぎる魔力に何人かは気を失った。

「……さようなら。まあまあ楽しめたわよ」

紅い瞳に冷たい光を宿したまま、アンジェリカは最後の魔法を発動しようとしていた。母たる真祖と娘たる聖女、互いを認識しないまま展開された戦闘はいよいよ最終局面を迎えたのであった。

第七話　決着

禍々しい魔力に呼応するように森の木々がざわめく。空に薄くかかる雲の隙間からは一筋の光が差していた。一種幻想的な光景ではあるものの、それに見惚れるものは誰もいない。

『――パールにハーフエルフの娘よ。今すぐここから立ち去るのじゃ』

アルディアスはゆっくりと巨体を起こすと、遠くに見ゆる丘へ鋭い視線を向けた。

「どういうこと？」

『気づいておろう。どうやらあやつらのなかに尋常ならざる者がおるようじゃ。これほど禍々しい魔力は久しぶりに感じたわ』

アルディアスはパールを見下ろすようにして語りかける。

『間もなくここへ強力な魔法を撃ち込んでくるであろう。妾だけなら何とでもなる。そなたらは早くここを去るのじゃ』

何とでもなることはないがの。無関係な子どもを巻き込むわけにもいかんじゃろうて。

「大丈夫だよ、アルディアスちゃん。私だってこう見えてAランク冒険者なんだから。絶対にアルディアスちゃんを守るから！」

腰に手を当てて勇ましく胸を張るパールに、アルディアスはぽかんとしてしまう。

「それにね……」

突然周りの木々が騒がしくなる。溢れる膨大な魔力が風を巻き起こしているのだ。

「私も魔力には自信があるから」

アルディアスに背を向け、遠くの丘に目を向けるパール。溢れる魔力によりブロンドの髪とスカートがふんわりと持ち上がる。

「『展開《デプロイ》』」

直径一メートル前後の魔法陣が五つ、パールの前方へ横並びに展開する。

「アルディアスちゃんも、お腹の赤ちゃんも私が守るんだから……」

パールは両手を前方に突き出すとさらに魔力を練り始めた。

「……そう。そっちもやる気満々ってわけね」

おもしろい。これほど膨大な魔力の持ち主はここ数百年出会ったことがない。範囲限定の魔法はあまり得意じゃないけど、私にとって特別な魔法で相手をしてあげる。

「『展開《デプロイ》』」

アンジェリカの前方に魔法陣が顕現する。両手を前方へかざし魔力を練った。これで確実に決める。その瞬間、風は止み二人の世界を沈黙が支配した。

直後。

「『魔導砲《キャノン》』　　!!!」

アンジェリカとパール、双方の声が重なり同時に魔導砲が放たれた。それぞれの魔法陣から放たれた光弾は凄まじい速さで空気を切り裂いてゆく。二人が放った魔導砲は追尾型であるため、動くものを優先的に捉える。その結果、双方のちょうど中間地点となるあたりの上空で光弾は激しくぶつかり合った。強力な魔力同士の衝突により爆発が起き、あたりには爆風が吹き荒れる。アルディアスは咄嗟《とっさ》にパールをくるむように抱く。

『パール！　大丈夫かえ?』

とんでもない魔法を放った少女を心配して顔を覗くと、大きく目を見開き何かに驚いているようだった。

「……さっきのって、魔導砲――?」

アンジェリカは驚愕した。先ほど森から放たれた強大な魔法はたしかに魔導砲だった。アンジェリカの独自魔法である魔導砲を使える者はこの世に自身ともう一人しかいない。

「……パール？」

思考が追いつかない。いったいどういうこと？　なぜパールが？　私が戦ってたのはパールってこと？　ん？　フェンリルはどうなった？　ダメだ。こんな状態で考えても分かるはずがない。とりあえず、さっきの魔法を放ったのが本当にパールなのかどうか確認しないと。アンジェリカは飛翔魔法で丘から飛び立ち、目標がいたであろう地点に少し近づいた。フェンリルがいるのならあまり近づきすぎるのは危険だ。

「『増幅《ブースト》』」

入力したエネルギーを増幅する小さな魔法陣を顔の前に展開する。

アンジェリカはすっと息を吸い込むと――。


「キ、キラちゃん……、さっきの魔導砲だよね……？」

恐る恐るキラに尋ねると、キラも顔を青くしていた。

「う、うん……。でも、あれってお師匠様の独自魔法じゃ……」

まさか。ということは――。

「パーーーーールーーーーーーー!!」

とんでもない大声があたりに響きわたり、パールとキラは思わず耳をふさぐ。もう間違いない。ママだ。さっぱり意味分かんないけど一つだけ確実なことがある。

「絶対に怒られるよね……」

パールの呟きにキラも思いっきり項垂《うなだ》れた。

「アルディアスちゃんごめん。ちょっと待っててね。ママがいるみたいだから。あ、もう攻撃はないと思うから！」

パールはそう言い残すとキラに抱きかかえられ空へと昇っていった。呆然とするアルディアス。

『さっきの声は……まさか……』

アルディアスはその声の主にたしかな覚えがあった。


「……どういうことかしら？」

空の上で顔を合わせた母娘と師弟。アンジェリカは努めて冷静に振る舞っているが、珍しく相当ご立腹であった。もし本気で戦っていたら、愛娘と弟子を殺していたかもしれないのだ。娘であるパールも、アンジェリカが怒り心頭なのは声のトーンから理解していた。これはもうすべて正直に話すしかない。パールは諦めて、ギルドマスターから依頼されたことからここにいたるまでの経緯をすべて話すことにした。

「それでね、森にいたフェンリルのアルディアスちゃんはお腹に赤ちゃんがいるの。それで動けないのに、エルフさんたちが攻撃してくるから、アルディアスちゃんを守りたいって思ってつい……」

伏し目がちに説明を続けるパール。恐る恐る上目遣いにアンジェリカの顔を見ると、なぜかぽかんとした表情を浮かべている。

「……ねえ、パール。そのフェンリルは本当にアルディアスと名乗ったの？」

「……うん？　そうだよ？」

「……何もされていないのね？」

「うん。アルディアスちゃんはとても優しいんだから」

「パール。そのフェンリルのもとへ案内してくれるかしら」

パールはアンジェリカに怪訝そうな目を向ける。

「……何もしない？　もしまだ攻撃するなら、たとえママでも怒るからね。家出しちゃうからね」

それは困る。まあ今さら攻撃する気なんてもうないのだが。

「大丈夫よ。ママを信用して」

アンジェリカがパールの約束を破ることはあり得ない。パールもそれを理解しているからこそ、アルディアスのもとへ案内することにした。


「アルディアスちゃん！　待たせちゃってごめんね！」

アルディアスは伏せたまま顔を上げてパールたちを出迎えた。

『気にするでないパールよ。それにしても、このような偶然があるとは思わなんだ』

「え？」

『久しいな。真祖アンジェリカ・ブラド・クインシーよ。八百年ぶりか？』

「ええ。まさかあなたとこのような場所で再会する日がくるとはね」

神すら噛み殺すと言われた伝説級の神獣フェンリルと、世界に恐怖をまき散らしおとぎ話で語り継がれてきた真祖。その気になれば世界すら支配できる伝説の神獣と真祖は、八百年の時を経てここに再会したのであった。

第八話　過去の蛮行

時の経過はさまざまな変化を招く。だが、やや距離を置いて向き合う二人に時の流れによる変化は感じられない。八百年ぶりに再会したアンジェリカとアルディアス自身がそう感じていた。

『そなたがパールの母親だったとは、思いもよらなんだわ』

巨体を起こしたアルディアスは、高い位置からアンジェリカを見下ろすようにして語りかける。

「……私はあなたがここにいることも、パールがあなたを守っていたことにも驚いているわ」

いろいろありすぎて多少混乱していたアンジェリカだったが、今はすっかり落ち着きを取り戻していた。

「ねぇママ。アルディアスちゃんと知り合いだったの？」

二人のあいだに立つパールは、双方へ交互に顔を向けつつ率直な疑問を口にした。

「……ええ。昔ちょっとね」

スッと二人から視線を外すアンジェリカ。どこかその仕草は、触れられたくない過去に触れられ気まずさを感じているように見える。

いったい何があったのママ。

八百年ぶりに再会したにしては、二人の会話は弾まず、むしろ剣呑《けんのん》な雰囲気さえ漂わせている。

過去にひとつの国が滅びかけたほどの戦いを繰り広げたのであるから、当然と言えば当然である。

『クックッ。パールよ。そなたの母はかつて妾と三日三晩にわたり戦った間柄じゃ。結局決着はつかなんだがのう』

目を細めてくつくつと笑うアルディアスだが、目の奥は笑っていないように見える。

「え⁉　そうだったんだ！」

なぜかキラキラとした目でアンジェリカを見つめるパール。

「……ええ。まあそんなところね」

相変わらずアンジェリカは歯切れが悪い。パールには母が何か隠しているように見えた。

「ねぇママ。アルディアスちゃんと戦いになった理由は何？」

その問いを投げかけたとき、明らかにアンジェリカが狼狽《ろうばい》したのがわかった。何か言えないことがあるのかな？　それならなおさら聞きたいんだけど！

『クックッ。そなたの母はあまり話したくないようじゃのう。では妾が話してやろう』

「……！」

アンジェリカがやや恨めしそうな視線を投げかけたが、アルディアスはそれを無視して語り始めた。

『八百年ほど前、そなたの母はねぐらで休んでいた妾のもとへこっそりとやってきた』

「うんうん」

『その日は妾も疲れておったからのう。普段なら何者かが近づけばすぐ気づくんじゃが、気づけずに眠りこけておったのじゃ』

「うんうん。それで？」

『そなたの母は妾の背後に回り込むと、妾の尻尾の毛を皮ごと剥いで持ち帰ろうとしたのじゃ』

「「……へ？」」

パールとキラは呆気にとられ思わず変な声を出してしまった。それはもしかして……。

「……ねぇママ。いったいどうしてそんなことしようとしたの？」

パールのジト目がアンジェリカに突き刺さる。

「う…。その、きれいな白銀の毛だから、毛皮で服を作りたいと思って……」

何とも豪胆すぎる逸話に、キラは腰を抜かしそうになった。ときに神すら噛み殺すと言われる伝説の神獣、その毛皮で服を作ろうとするとは。しかも、生きているフェンリルから直接剥ぎとろうとするなど、狂気の沙汰である。

「だって、本当にきれいだったんだもの。それで、どうしても欲しくなって。でも、お願いしたところではいどうぞ、とはならないじゃない？」

だからといって無理やり剥ごうとするなんて怖すぎるよママ！

「だから、フェルナンデスに居場所を探らせて、夜こっそりアリアと一緒に毛皮を剥ぎに行ったの」

アリアお姉ちゃんもか！

『まあさすがに妾も気づいての。すぐ戦闘になったんじゃが……』

ただの密猟者と獣の話ではない。双方が伝説級の強さを誇る生物である。それだけで戦闘の規模が窺える。

「わ、私は戦うつもりなんてなかったのよ。でも、いきなり噛みつこうとするし……」

『無理やり毛皮を剥がれそうになって噛みつかぬわけがなかろう』

正論である。

「う……。まあ、戦闘になったから仕方なく戦うことにしたの。こうなったら倒してから毛皮を剥げばいいやと思って」

さっきから言うことが怖いよママ！

パールもドン引きである。

「でも、戦闘が始まってすぐにアリアがアルディアスの精神干渉を受けてしまって。私一人でアリアとアルディアスを相手にすることになったのよ」

『そうじゃったのう。それで戦闘の規模が大きくなりすぎて、国の半分くらいが壊滅したんじゃったな』

サラッと凄いこと言った。まあアリアお姉ちゃんとママが暴れたらそうなるよね。アルディアスちゃんも強そうだし。

「私も油断したところに精神干渉を受けて、結構大変だったのよ」

『それはお主の自業自得であろう』

うん、そうだと思うよママ。

『三日三晩戦い続けたところでお互い疲労が頂点に達しての。そこで戦いは終わったのじゃ。それ以来アンジェリカと会うことは一度もなかったのう』

「……そうね。今となっては懐かしい思い出ね……」

まるで美談のように言っているが、希少な毛皮を密猟しようとして失敗しただけの話である。

『それで、なぜ今ごろになって妾の前に現れたのじゃ。そもそも、なぜそなたがエルフに味方して妾を攻撃する』

「ああ。エルフの知り合いに頼まれたからよ。森にフェンリルが棲みついてるから何とかしてほしいって。まさかパールたちがいるとは思いもよらなかったけどね」

ジロリと横目でパールとキラに視線を向けると、二人とも慌てて目をそらした。

「しかも、娘と弟子にいいようにやられるなんてね。いろいろ衝撃と言うか何と言うか……」

アンジェリカはため息をついて肩を落とす。

『クックッ。妾も驚いたわ。人間の小娘、しかも聖女がフェンリルである妾を守ろうとするとはの。しかも、それがアンジェリカの娘とは。奇妙なものじゃのう』

「……そうね。でも、パールならそうするでしょうね。あなた、お腹に赤ちゃんがいるんですって?」

アンジェリカがアルディアスのお腹に目を向ける。

『うむ。少々身重での。こうでなければ今ごろエルフの里など跡形も残っておらぬよ』

アルディアスはまたくつくつと笑うと、丘のほうへ目を向ける。

『それで、アンジェリカ。どうするつもりじゃ? エルフからの願いはまだ叶えておらぬであろう。八百年前の決着をここでつけるか?』

にやりと笑うかのように口の片側をつり上げると、鋭い牙が剥きだしになった。

「はあ。そんなことしないわよ。パールからも言われているし。私からエルフたちには説明するわ」

『ほお。そなたも丸くなったようじゃの。というか年をとったのかの』

「はあ!? そんなわけないでしょ!? 私はまだ二千年も生きていないのよ!?」

目を剥いてぎゃいぎゃいと抗議するアンジェリカ。このような母親の姿を見るのは初めてだったので、パールは少々驚いてしまった。やっぱり女の人は年を気にするものなんだね。うんうん。このような感じで、若干締まらないままアンジェリカとパールの代理戦争は終わりを告げたのであった。

第九話　予期せぬ襲撃

「……御母堂様はどうしてしまわれたのか」

攻撃の拠点となった小高い丘の上に立つレベッカは、アンジェリカが飛んでいった森の奥へ目を向け一人ごちた。魔法を放ったあと御母堂様は信じられないものを見たような顔をしていた。そのあと、飛んでいった先の上空で聖女様のお名前を叫ばれていたようだが……。

突然丘から飛び去ったアンジェリカの行動がまったく理解できず、レベッカは悶々としながら戻りを待つしかなかった。と、そのとき。ふっと風が揺らいだ気がして振り向くと、そこにはアンジェリカとパール、キラの三人が立っていた。

「御母堂様！　それに聖女様とお弟子様も」

「待たせて悪いわね、レベッカ。とりあえず皆を連れて里へ戻りましょう」

アンジェリカの後ろに隠れて苦笑いを浮かべるパールが気になりつつも、先頭に立って歩きだしたアンジェリカをレベッカは追いかける。

「御母堂様。フェンリルはどうなりましたか？」

「それも含めて里長のもとで話すわ」

「おお、アンジェリカ様。もしやもうフェンリルをお倒しになられたのでしょうか？」

里長は先ほどと変わらぬ笑みを携えてアンジェリカたちを出迎えてくれた。それについて話がしたいと告げたアンジェリカたちを、村長は客間へと案内する。用意された椅子に座ると、まずアンジェリカが口を開いた。

「まずフェンリルだけど、倒してはいないわ。でも、この村に被害を与えるようなことは絶対にない。それは私が保証するわ」

アンジェリカの話に里長は怪訝そうな表情を浮かべる。まあ無理もない。

「……アンジェリカ様。それはいったいどういうことなのでしょうか」

「あのフェンリルは私の古い知り合いだったわ。それに、今は妊娠しているから派手な行動を起こすこともまずない」

「………………」

「ちなみにフェンリルを守っていたのはこの子。私の娘でパールよ。冒険者ギルドの依頼で調査に来て、たまたまフェンリルと仲良くなったらしいわ」

一度にいろいろな情報を伝えられ、里長はやや混乱気味である。

「私の愛娘はとても正義感が強く優しい子なの。妊娠して体を休めているフェンリルへ一方的に矢を射かけていたのを見て、魔法で反撃したらしいわ」

その言葉に、レベッカや一緒に丘へ赴いていたエルフたちは驚きを隠せなかった。遠距離からとんでもなく凶悪な魔法を放ち、何人もの同胞に手傷を負わせたのが目の前にいる小さな女の子と聞かされたのだから無理はない。

「私もさっき、フェンリルと会って話してきたわ。エルフを攻撃する意思はないと言っていた。そもそも、フェンリルはそれほど好戦的な存在ではないわよ」

「むむ……」

里長は何やら難しそうな顔をしてうなり出した。目と鼻の先に伝説級の神獣がいるのだから、その気持ちは分からんでもない。

「それに、あのフェンリルは八百年前に私と戦って引き分けたほどの強者よ。本気で怒らせたらこの里なんて一瞬で消されちゃうわね」

この言葉がとどめとなったのか、里長は深くため息をつくとアンジェリカの目をまっすぐ見つめた。

「分かりました、アンジェリカ様。ただ、我々エルフは元来臆病で慎重な種族です。あまりにも里に近い場所にいられると、里の者も気が休まらぬでしょう」

たしかにそれはそうだろう。

「それに、このあたりにはここ以外にもエルフの里が複数あります。我々は受け入れても、ほかの里の者がどう考えどう行動するかは……」

正直、エルフがアルディアスに手を出そうがどうしようがアンジェリカの知ったことではない。いくらエルフが魔法に長けているとはいえ、何人束になろうがフェンリルに敵うはずはないのである。相手の力量も見極められず戦いを挑み、それで死のうが里が滅びようがどうでもいいことだ。

「……ねぇ、ママ」

ずっと黙っていたパールが初めて口を開いた。

「どうしたの?」

「アルディアスちゃんさ、魔の森に連れて行けないかな?」

……なるほど。その手があったか。あそこなら私の庭みたいなものだ。何なら私の屋敷の敷地で番犬になってもらうのもいいかもしれない。アルディアスが聞いたら間違いなく激怒しそうなことを平然と考えるアンジェリカ。

「さすがパールね。あそこなら私の屋敷しかないし、アルディアスも安心して生活できるわね」

番犬うんぬんはパールにも怒られそうなので言わない。うん。これで一件落着じゃないの。アンジェリカとパールのやり取りを聞いていた里長やほかのエルフも、どこかほっとした顔をしている。

「これでレベッカからの依頼も達成できたかしらね？」

「はい、御母堂様。フェンリルをお引き受けくださること、大変ありがたく存じます」

椅子に座ったまま恭《うやうや》しく頭を下げるレベッカ。ただ、先ほどの案にはひとつ問題もある。アルディアスの意思を確認していないことだ。もしアルディアスが拒否したら、また話は振り出しに戻ってしまう。

……まあ、何とかなるでしょ。

とりあえずアルディアスに話をしに戻るか、とアンジェリカたちが席を立とうとしたとき……。森のほうから狼が遠吠えするような声が聴こえた。遠吠えというよりは咆哮《ほうこう》だ。アンジェリカはそれに聞き覚えがあった。八百年前、アルディアスを激怒させ激しい戦闘になったときに聞いた咆哮だ。

「ママ!!」

森で何かが起きている。もしかして、何者かがアルディアスを襲った？　フェンリルに戦いを挑むなど愚かなことだが、今のアルディアスは妊娠している。おそらく普段通りの力は出せないだろう。何かよくないことが起きていると感じたのか、パールの目には涙が浮かんでいた。

「パール、キラ、行くわよ」

二人の手を握ると、アンジェリカは先ほどまでアルディアスと話していた場所まで転移した。

「アルディアスちゃん!!」

転移した先で、アンジェリカたちは目を見張った。目に映るのはおびただしい数のアンデッド。それが次々とアルディアスに襲いかかっている。アルディアスはほとんど動くことなく、尾や腕でアンデッドを粉々に砕いていくが、さすがに数が多すぎる。しかも、アルディアスは本調子ではない。アンジェリカはアンデッドがもっとも集中して固まっている場所に狙いを定め、巨大な魔法陣を展開させた。

「『炎帝《インペリアルファイア》』」

詠唱と同時にアンデッドたちが一気に燃え上がる。

「アルディアスちゃん！　大丈夫⁉」

『クックッ。パールよ、アンデッドごときに妾がどうにかされるわけがないであろう』

強がるアルディアスだが、お腹を庇いながら攻撃しているためやや息が切れているように見える。背中や手、足などいたるところに手傷を負い出血もしていた。

「ちょっと待ってね！」

パールはすかさずアルディアスの体に触れ、癒しの力を行使する。

『おお……。これが聖女がもつと言われる癒しの力か。さすがじゃのう』

「それよりアルディアスちゃん！　こいつらいったい何なの？」

なぜこんなにも大量のアンデッドがアルディアスを襲っているのかが分からない。

『妾にも皆目見当がつかぬ。今までこのようなことはなかったのじゃがのう』

と、そのとき。風を切り裂く音を耳の奥で聞いたパールは、アルディアスを庇うように魔法盾を展開させた。キィンと音を立てて弾かれる矢。それはエルフが使っている矢だった。

「んんー？　命中したと思ったのになあ」

場違いにのんきな声がする方向へ目を向けると、そこには木の枝に座り新たな矢をつがえるエルフの姿があった。

「……あなた、誰？」

直感的に敵だと判断したパールは、いつでも魔法を放てるよう準備しつつ警戒態勢をとる。

「それはこっちが聞きたいよ。フェンリルを守ったってことは君は僕の敵ということでいいんだよね？　なら、一緒に死んでね」

そこそこ手練れに見えるエルフはニヤニヤと嫌な笑みを浮かべてパールに狙いを定める。正直、パールは今回の一件でエルフに対して悪感情しかない。目の前の男に不快な言葉を投げかけられ、パールのエルフに対する印象は決定づけられた。

「……本当にエルフって最悪」

目の前にいる不快なエルフの運命が決まった瞬間である。

第十話　勢力争い

顔を顰《しか》めたくなる腐敗臭が鼻腔の奥を刺激する。視界に映るのは数多《あまた》のゾンビやスケルトン。アンジェリカはそれらを魔法で瞬時に淘汰《とうた》した。人間にとって脅威であるアンデッドも真祖の前ではただの動くガラクタである。視界の端に映ったパールに視線を向けると、少年のエルフと対峙しているところだった。もっとも、長寿種のエルフなので見た目通りの年頃ではないのだろう。ただ、どのようなエルフだろうとパールに勝つのは困難だ。パールは強くなった。あっちは任せておこう。

「そろそろ出てきたら？」

目に映るアンデッドをひとしきり殲滅《せんめつ》したアンジェリカは、一本の巨木に向かって声をかけた。巨木の陰からのそりと何者かが現れる。頭までローブで覆っているため顔はよく見えないが、どうやら男のようだ。

「あなたは何者？　このアンデッドもあなたの仕業なのかしら」

「……何者かとはこちらの台詞だ。なぜ我々の邪魔をする」

男は忌々しそうにアンジェリカを睨みつけた。

「あなたたちがフェンリルを殺すのを邪魔したってことかしら？」

「そうだ！」

なるほど。目の前の男は多分エルフね。あちらのエルフも仲間ってことか。ということは、レベッカの父親が言っていたほかの里の者かしらね。

「小娘。邪魔をするのならお前もこの場で殺してやろう」

男が手に携えた杖を振ると、あたりの地面からアンデッドが複数出現した。

「ああ。死霊使い《ネクロマンサー》だったわけね」

納得がいった。フェンリルを襲うなどという無謀なことをなぜしたのか不思議だったが、死霊使いなら納得できる。アンデッドにはフェンリルの精神干渉が効かないからだ。おそらく、精神干渉が効かないアンデッドに襲わせている隙に近づき、仕留める腹づもりだったのだろう。それでも分の悪い賭けには違いないが。

「あなたたち、このあたりの里で暮らすエルフね。なぜ危険を冒してまでフェンリルを狙ったのか教えてもらえる？」

「クク。お前の言う通りこの森と周辺にはエルフの里が複数ある。だが、同じ種族とはいえ必ずしも関係性が良いわけではないのさ」

ふむふむ。

「我々がフェンリルを倒す、もしくは追い払えばこの地域における地位と権力が一気に高まる。ゆくゆくは我々の里がこの一帯のエルフをまとめることもできる」

ああ。要するに勢力争いか。面倒くさい。

「よく分かったわ。思った通りつまらない理由だったわね」

嘲笑するような視線と言葉を投げかけられたローブの男は目を剥いて激高する。

「な、なんだと!? もういい! おい、貴様ら早くこの小娘を――」

男が口にするより早くアンジェリカがその場で腕を横に薙ぎ払うと、アンデッドたちは次々と力なく崩れていった。

「な……! なぜ人間の小娘にこのようなことが……!」

「人間と間違われるなんて心外ね」

アンジェリカは呆れた表情を見せる。

「まあいいわ。あのフェンリルは娘のお気に入りだから、あなたたちの好きにされるのは困るの」

紅い瞳に鈍い光を宿したまま、アンジェリカはまっすぐ男に向かって歩いていく。

「――その紅い瞳……! まさか真――」

男が最後まで言葉を紡ぐ前に、アンジェリカは手刀でその首を刎《は》ねた。

あっ! しまった。パールがいるのにこんな殺し方しちゃった……。あーあ。教育によくないよねこれ。ちらとパールたちのほうへ目を向けると、そっちも戦いが今にも終わりそうなところだった。

「えーーい! 『魔散弾《バレット》』!」

数えきれないほどの小さな光弾が次々とエルフの体に吸い込まれていく。

「ぐばぁぁぁぁぁっ!!」

情けない悲鳴をあげて吹っ飛ぶエルフ。

すかさず近づいたキラが、仰向けに倒れたエルフの腹を思いきり踏みつける。

「ぶふぉっ!!」

さらに勢いよく駆け寄ったパールがぴょんと飛びあがると、エルフの腹を両足の踵でズンと踏みつけた。

「ぐぎゃっ!!」

魔法を喰らったうえに二回も腹を思いきり踏みつけられたエルフは白目を剥いて気絶した。自分の娘ながらずいぶんエグイことしてるな、と少し離れたところから見ていたアンジェリカは少し驚きの表情を浮かべる。よっぽど腹立たしい相手だったのかしら？　首を傾げるアンジェリカ。単純にエルフが嫌いなだけの話である。

「あーーーすっきりした」

すっかりエルフに対し悪感情を抱いているパールは、不快な相手を完膚《かんぷ》なきまでに叩きのめしたことに満足気な笑みを浮かべた。

「それにしても、こいつら何だったんだろね」

キラが口にした率直な疑問にはアンジェリカが答えた。

「はーーー。面倒くさいですねエルフって」

キラにもエルフの血は混じっているのだが、価値観や考え方はどちらかというと人間寄りのようだ。エルフに限らず勢力争いや権力争いなどはどこの種族でもよくある。過去にはアンジェリカ自身そのような闘争に巻き込まれそうなことがあったが、それもひとつの要因となり一族と距離を置くことになったのだ。

「まあエルフのごたごたは私たちには関係ないわ。早く用事を済ませましょう」

幸いアルディアスに大きな怪我などはない。多少傷を負ってはいたものの、パールが聖女の力を行使して治療したのだ。そのパールがアルディアスへ一緒に魔の森へ行かないかと伝えると、彼女はすぐさま了承した。

『クックッ。パールたちと一緒なら楽しく暮らせそうじゃな。喜んで提案にのらせてもらうぞよ』

伏せたまま愉快そうに笑ったアルディアスは、鼻先をパールに擦りつけてじゃれついた。すっかり仲良しである。

「それじゃ、私たちも冒険者ギルドへ報告に行かなきゃね」

「うん、そうだね。でも、ギルドマスターさんに何て報告しようか？」

森で発見したのはフェンリルでした。でも仲良くなって一緒に暮らすことになりました。これで納得してくれるかな？　パールはかわいらしく首を傾げながら考えにふける。

「あ。それならアルディアスさんはパールちゃんがテイムしたことにすればいいんじゃない？」

テイム？　何それ？

「テイムってのはね、魔物や獣を従えることだよ。テイマーって職業もあるんだよ」

ふむふむ。

「テイムした魔物は冒険者ギルドに登録しないといけないけどね。それに、その魔物が何か問題を起こすと主人の責任になる」

「そうなんだね。でも、アルディアスちゃんはそれでいいのかな」

ちらとアルディアスに目を向けると……

『妾はそれで構わんぞよ。パールには何度も助けられておるしの。今後は妾がパールを助けるのじゃ』

「ほんと⁉　やったーーー！」

真祖の愛娘で聖女、Aランク冒険者のドラゴンスレイヤーで神獣フェンリルをテイムする六歳の美少女。さらに属性が盛られていくパールであった。

第十一話　驚きに包まれるギルド

死霊使いのエルフを退けたアンジェリカ一行は、事の顚末《てんまつ》を伝えるために再度レベッカの実家がある里を訪れていた。

「そうですか……。そのようなことが」

二人のエルフがアンデッドを使ってフェンリルを襲撃したこと、霧の森周辺にあるエルフの里をまとめ勢力を強めたい一派があることなどを伝えると、里長は神妙な顔をしてため息をついた。

「たしかに、このあたりの里同士はそれほど関係が良くはありません。そのため、同胞であっても争いになることは幾度かありました」

何でも、二百年ほど前までは今のように複数の里が乱立せず、一つの里でまとまっていたそうだ。それが、あるとき一人のエルフが里を出て新たな里を興《おこ》し、そこからどんどん新しい里ができ始めたのだそう。

「アンジェリカ様には大変ご迷惑をおかけしました」

里長と妻が深々と頭を下げる。

「別に問題ないわ。それじゃ、私たちはフェンリルを魔の森に連れて行くから、そろそろお暇《いとま》するわね」

あ、パールたちがギルドへ行くのなら私もたまにはついて行こう。見送られながら里長の住居を出て里を歩いていると、何人ものエルフが自分のほうを見ていることに気づく。

……？　どうしたのかしら？

不思議に思っていると、二人の女エルフと三人の男エルフがアンジェリカのもとへ駆けよってきた。

「アンジェリカ様、もう帰っちゃうんですか？」

女エルフはアンジェリカの腕に自分の腕を絡ませながら上目遣いで見つめる。

「アンジェリカ様……。俺もあのときの夢のようなひと時を忘れられません！」

思い出した。あのとき里長が用意してくれた「アンジェリカ様を癒し隊」だ。うーん、たしかにこのまま帰るのは少々惜しい。あんな雑魚相手とはいえ戦闘のあとは体が火照ってしまうのだ。と、そのとき後ろから服を引っ張られていることに気づき……。

「ねーねーママ。エルフさんたちと何かあったの？」

何ひとつ汚れのない、パールのきれいな目で見つめられアンジェリカは我に返った。まずい。いくら真祖とはいえ母親が美形のエルフたち相手に乱交まがいのことを繰り広げたとなると、嫌われてしまう……いや、最悪グレるかも。サーっと顔から血の気が引くのを感じるアンジェリカ。

「あー……、うん。ちょっとお茶したりいろいろお話ししただけよ。じゃ、じゃああなたたち、またいつか会いましょうね」

ボロを出す前にこの場を離脱せんとするアンジェリカの姿を、エルフたちは寂しそうな目で見つめるのであった。

――リンドル・冒険者ギルド――

「霧の森へ向かったパール様たちは無事だろうか……」

冒険者ギルドの執務室では、ソファに腰掛けたギルドマスターのギブソンがパールたちの身を案じていた。情報がほとんどないというのは本当に恐ろしい。もし、精神に干渉できる魔物がいた場合、パール様たちの身に危険が及ぶ可能性は十分ある。そして今さらながら思うのだが、もしギルドの依頼でパール様の身に何かあったら、私もギルドも、下手したらリンドルそのものがなくなる可能性がある。ギブソンはアンジェリカの紅く冷たい瞳を思い出してぶるりと体を震わせた。

と、そのとき。

何やら叫び声のようなものが聞こえた。冒険者同士がケンカでもしているのだろうか。ソファから腰をあげようとすると、一人の冒険者が執務室の扉を勢いよく開いて入ってきた。

「ギ、ギルドマスター！　フェ、フェンリルだ！」

は？　いったい何を言っているのだろう。このような街中にフェンリルが現れるなど……。ばかばかしいと言わんばかりの表情を浮かべたギブソンだったが、とりあえず騒ぎを放置できずホールに向かった。そこで見たのは……。

「みなさーん。大丈夫ですよー。あのフェンリルは私のお友達なんでー」

何とも緩い感じで冒険者たちへ触れまわっているパールの姿だった。その隣には真祖アンジェリカの姿も。ん？　さっきフェンリルは私のお友達って言ったような？　ん？　ん？　パールはギブソンの姿を見つけると、両手をあげて大きく手を振った。うん。とりあえず無事でよかったです。

「こ……、これは……！」

ギルドの入り口前に鎮座する巨大な狼。全身を覆う白銀の毛、鋭い眼光、凶悪な爪に牙。これまで数多くの魔物を目の当たりにしてきたギブソンであったが、一種の神々しさすら感じる神獣フェンリルを前にして思わず息を呑んだ。

「霧の森で見つけたんです。お話したら仲良くなっちゃって。今日から私たちが住んでいる森で一緒に暮らすんです」

犬猫を拾ったんで連れ帰って飼うんです、くらいの軽い口調で話すパールにギブソンはアゴが外れそうになった。

「え……と。仲良く、ですか？　このフェンリルと……？」

ギブソンは恐る恐るアルディアスの顔を下から覗き見る。

「はい。アルディアスちゃんって言います。それで、これから一緒に行動することもあると思うので、使い魔？　の登録をしたいんですけど」

「は、はあ……」

まだギブソンは半信半疑というか、事態をよく呑み込めていないようだ。

『パールの話したことは本当じゃ。ほれ、早く手続きせんか』

「しゃ、喋った!!」

突然声を発したアルディアスにギブソンは盛大に驚いた。それを見たパールは「あ。私と同じ反応」とひそかに笑みを浮かべるのであった。

第十二話　新たな肩書

「トキさん！　テイムした神獣の登録をお願いします！」

冒険者ギルドのカウンターに向かったパールは、眼鏡がよく似合う受付嬢トキに元気よく手続きをお願いした。元気いっぱいなパールと対照的にトキは頬を引き攣《つ》らせている。

「え、えーと……。テイムした神獣の登録ね。分かりました。それにしても、パールちゃん凄いのねぇ。神獣をテイムしたのってパールちゃんぐらいなんじゃない？」

むむ。そうなのかな？

「神獣、しかもフェンリルなんて普通出会ったら最期だからね。本当にパールちゃんって規格外ですよ」

目をくるくるさせながら、トキは登録に必要な書類をパールへ手渡す。アンジェリカとパールがアルディアスを連れてギルドへやってきたときは相当な騒ぎになったが、それもだいぶ落ち着いた。とは言っても、未だにパールをちらちらと見ながらひそひそと何やら話している声も聞こえる。

「あのフェンリルをテイムするとかマジか……」

「ああ。さすがお嬢だぜ」

「お嬢マジぱねーっす！」

ふむふむ。やっぱりアルディアスちゃんって凄いんだね。今さらだけど、そんな凄い神獣を私なんかが使い魔（？）にしちゃってよかったのかな？　でもアルディアスちゃんがいいって言ったんだしいいよね。そんなことを考えつつ、トキから渡された書類に必要事項を記入していく。

あれ？　そういえばママは……？

後ろを振り返り周囲に視線を巡らすと、アンジェリカはギルドマスターと話をしていた。どことなくギルドマスターの顔色は悪い。

あ。もしかして危ない依頼をしたからママに詰められてるんじゃ……。しかも、今回は極秘の依頼だったからママにも言ってなかったしね。そのせいでママとも戦いになったし。それにしても、やっぱりママは凄いや。こんな魔法ママ以外に使える人がいるの!?　って驚いたよね。霧の森でアンジェリカと戦ったときのことを考えつつ、パールは書類にペンを走らせていく。

「書き終わりました」

書き終えた書類をトキに渡して確認してもらう。

「はい。ありがとうございます。これで、神獣フェンリルはパールちゃんが正式にテイムしたことになりました」

トキが言葉を発すると同時に周りからどよめきが起きた。

「お嬢すげぇ。神獣テイマーだ」

「フェンリル使いパールだ」

「真祖令嬢の聖女ドラゴンスレイヤー・フェンリルテイマー冒険者だ」

長いよ!!

好き放題言っている冒険者たちにジトっとした目を向けるパール。まあ無事手続きが終わってよかったよ。

と、そのとき――。

ギルドの扉が勢いよく開くと、屈強な体つきの冒険者が飛び込んできた。あ。やば。男の名はサドウスキー。六歳児に求婚したと盛大な誤解をされたAランク冒険者である。

「パール様!!」

キラキラとした目を向けてくるサドウスキー。思わず頬が引き攣り鳥肌が立ちそうになるパール。

「サ……サドウスキーさん。どうしたんですか?」

パールは引き攣った頬を強靭な意思の力で動かし、何とか作り笑顔を見せようとする。

「どうしたんですか？　じゃないですよ！　最近なかなかパール様に会えないし、さっきほかの冒険者から今ギルドにパール様がいるって聞いたから飛んできたんですよ！」

誰だそれ言ったの。思わず舌打ちしそうになるパールだが、そんな下品な真似はアンジェリカに叱られるためしない。

「あ、ああ。でもすぐに帰りますよ。今日は報告とちょっとした手続きに来ただけなので」

「え⁉　そんな！　なら私もついていきます！」

え、キモ。六歳の女児の自宅についていきますって公衆の面前で宣言して大丈夫なのかこの人。

案の定、ギルドのなかはとてつもなく微妙な空気が流れ始める。

「ごめんなさい。それは無理です。ママの許可もとってないし」

許可をとるつもりもないけど。

「えええええ！　そこを何とか！　パール様〜〜〜」

うう。面倒くさい。この人こんなに面倒くさい人だったっけ？　初めて会ったときもっと凛々しい人だった気がしたんだけど……。

と、そこへ――。

「どうしたの、パール？」

騒ぎを聞きつけたらしく、アンジェリカがパールのそばにやってきた。

「あ、うん。ちょっと……」

何と言えばいいのか分からず困ってしまう。

「ん？　何だお前は。パール様のことをなれなれしく呼び捨てにするなど」

サドウスキーが吐いた言葉に冒険者たちの顔色が一瞬で真っ青になる。

あれ？　この人ママのこと見たことないんだっけ？

「このお方、パール様はな、あの真祖の愛娘にして聖女、しかもAランク冒険者のドラゴンスレイヤーなのだぞ。呼び捨てではなくパール様とお呼びしろ」

とんでもないドヤ顔でアンジェリカに説教をくれるサドウスキーと、色を失った顔で今にも倒れそうな冒険者たち。当のアンジェリカはというと、まったくの無表情。

怖い!!　ママは無表情のときが一番怖いんだよ！

「あ、あのサドウスキーさん！」

「は。どうしましたか、パール様。今この小娘にもパール様の偉大さを指導してやっていたところです」

見ると受付嬢たちは皆カウンターの下に隠れ、冒険者たちの何人かはこそこそとギルドを出て行こうとしていた。

「いや、あの……。その人が私のママなんですけど……」

「…………は？」

サドウスキーは一瞬何を言われたか理解できなかったようだが、次第に顔色が悪くなっていく。

恐る恐るアンジェリカに視線を向けると、ごく僅かに口角が上がっていた。

「え……。本当にパール様の……？」

「はい。私のママで真祖の――」

「アンジェリカよ」

黙っていたアンジェリカが口を開く。特に声色に変化はないが、やはり微妙に口元が笑っているように見える。こういうときのママは本当に怖い。

「あ、あのねママ！　この人はママのこと知らなかったみたいで……！　あ、そうだ！　この前ドラゴンと戦ったときに手助けしてくれた冒険者さんだよ！」

あわあわとしながら身振り手振りでアンジェリカに説明をするパール。

だが――。

「ん？　たしかお嬢が身を挺してサドウスキーを助けたんじゃなかったか？」

「ああ。ドラゴンのブレスでサドウスキーが死ぬ寸前だったところを、お嬢が身を挺して救ったって話だ」

「そのせいでお嬢もガチでヤバかったたって聞いたぜ」

余計なこと言うなああああああ!!　せっかく丸く収めようとしたのに台無しだよ！　パールはもう怖すぎてアンジェリカの顔を見ることができない。

「……そう。あなたがそうなのね。アリアから聞いているわ」

お姉ちゃん何言ったの!?

「ちょっと、あちらで話をしましょうか」

無機質なアンジェリカの声にパールもサドウスキーも、ほかの冒険者たちも一様に「ヒッ」と小さく声を漏らしたのであった。

閑話1　真祖と神獣

「お嬢様。例の件について居場所が判明いたしました」

ゴシックドレス姿で椅子に腰かける少女に初老の男が声をかける。お嬢様と呼ばれた少女は一瞬ぴくりと体を震わせると、読んでいた本をパタンと閉じ、血のように紅い瞳を男に向けた。

「ご苦労様。アリアを呼んでちょうだい」

初老の執事は恭しく頭を下げ部屋を出ていく。やった！　ずっと探してたけどやっと見つかったわ！　これであれが手に入る！　吸血鬼の頂点に君臨する真祖一族の王女、アンジェリカは小躍りして喜んだ。

と、そこへ――。

「お嬢様、お呼びですか？」

大きな果実をぶら下げているかのような胸を揺らしながらメイドが入ってきた。アンジェリカの眷属《けんぞく》でありメイドでもあるアリアだ。自身の貧相な胸と比較してしまい若干イラっとするアンジェリカ。

「え……ええ。ほら！　例のあれよ！　やっと見つかったのよ！」

「えーと……。ああ。フェンリルですか？」

アンジェリカは幼少時に初めてフェンリルを目にしたときから、美しい皮毛の虜《とりこ》になった。いつかあの美しい毛を触ってみたい。可能ならモフモフしたい。毛を手に入れて服か何か作りたい。そのような思いを長く抱き続けていたのである。

「さっそく今晩出かけるわよ！」

「ええ……。お嬢様、相手は神獣、しかもフェンリルですよ？　素直にはいどうぞって毛をくれると思います？」

フェンリルはときに神さえ噛み殺すと言われるほど猛々《たけだけ》しい生き物だ。普通は近づくことさえ難しい。しかも、フェンリルはよく分からない力をもつとも言われている。

「だからー！　寝てるところにこっそり近づいて、毛をちょっとだけ貰ってくるのよ！」

アリアは諦めたかのようにため息をつく。アンジェリカがこう言いだしたら聞かないことを嫌というほど理解しているからだ。何か嫌な予感するんだけど……。案の定、アリアの嫌な予感は漏れなく当たることになる。


フェルナンデスの報告通り、とある森の奥深い場所でフェンリルを発見した。地面に横たわった巨大なフェンリルは、体を丸めるようにして眠っている。少し離れた場所からその様子を確認したアンジェリカとアリアは、徹底的に気配を消してフェンリルに近づいた。

「……眠っているわよね？」

「……はい。爆睡ですね」

耳を澄まさずとも聞こえてくるフェンリルの寝息。だが、よく聞いてみると寝息に混じって唸るような声が聞こえる。何となく苦しそうな……。

「ねえ。何か苦しんでない？　どこか悪いのかしら？」

「みたい……ですね。体調がよくなくて眠っているのかもしれません」

と、そのとき——。

アンジェリカたちがいるところと反対側、フェンリルの尻尾側から何やら話し声が聞こえた。不審に思いそちらへそろりと回り込んでみると……。月明りのなか、三つの影がフェンリルの尻尾にまとわりつき何かをしていた。見た目は人型だが、頭からは二本の角が生えている。悪魔族だ。見ると、悪魔族の男たちはフェンリルの尻尾から毛皮を剝ごうとしているところだった。おそらく、フェンリルが体調を崩して寝ている隙を狙い、毛皮を密猟しようとしているのだろう。

「なんてことを！」

アンジェリカは激高してその場から飛び出すと、魔力を込めた腕を振って悪魔を消し炭にした。

「な、何だ貴様らは！」

突然の襲撃者に驚いた悪魔たちだったが、残り二人もアリアが骨も残さず消滅させた。フェンリルの尻尾に目を向けたアンジェリカは、痛々しい様子に眉をひそめる。一部の皮が剝がされかけており、美しい白銀の毛には血が付着していた。

「酷い……」

アンジェリカもフェンリルの皮毛を採取するのが目的であったが、このような無茶な方法をとるつもりはなかった。純粋に美しい毛だけを何とか採取できないか、とアンジェリカは考えていたのだ。

「アリア、これ治療できるかしら？」

「うーん、治癒魔法は一応使えますが、神獣に効くんでしょうかね？」

「とりあえずやってみてよ。このままじゃちょっとかわいそうだわ」

と、そのようなやり取りをしていると、フェンリルの尻尾がぴくりと動いた。毛がざわざわと蠢《うごめ》き始めた次の瞬間――。

フェンリルの尻尾がしなったかと思うと、アンジェリカたちを薙ぎ払うかのように攻撃してきた。すぐさま距離をとったが、今度は鋭い刃物のように硬化した毛が凄まじい速さで放たれる。アンジェリカは空へ回避し、アリアは魔法盾を展開して防御した。が。あまりもの威力に一瞬で魔法盾は半壊してしまった。横たえていた巨体を起こしたフェンリルは、射殺すような視線を二人に向ける。

『妾の眠りを妨げたどころか、眠っている隙に毛皮を剥ごうとするとは……』

ヤバい。めちゃくちゃ怒ってる。いや、毛皮剥ごうとしたの私たちじゃないし。

『神獣の毛皮を堂々と剥ぎとりに来るとは実に豪胆ではある。が、妾の毛を汚した罪は重い』

だから、たしかに毛は欲しかったけど、皮ごと剥ごうなんて考えていなかったし、それも私たちじゃないし。

『どれほど愚かなことをしたのか、後悔しながら死ぬとよい』

猛々しい咆哮をあげたフェンリルは一瞬でアンジェリカとの距離を詰め、その小さな体を噛みちぎろうとする。

「ちょっと！　聞きなさいよ！　毛皮を剥ごうとしたのは私たちじゃなくて――」

『言い訳を聞くつもりはないぞよ』

「だから！　あれは悪魔族がやったんだって！　私たちが来たときはすでに悪魔どもがあなたの毛皮を剥いでいたの！」

『ヘタな言い訳を……。その悪魔とやらはどこにおるのじゃ？　ここにはお主らしかおらぬではないか』

ああ。しまった。骨も残らず消し炭にしたんだった。と、一瞬油断した隙にフェンリルの尻尾に薙ぎ払われ、衝撃で十メートルほど転がされた。ただ、常に物理結界を張っているためダメージはない。

「ああもう！　本当に私たちじゃないのに！　頭くるわねーーーー！」

こうなったら仕方がない。とりあえず倒してその隙にこっそり毛だけ貰って帰ろう。うん、そうしよう。

「アリア！　やるわよ！」

ん？　返事がない。アリアに目を向けようとしたそのとき――。

自分の足元に魔法陣が展開していることに気づく。

次の瞬間――

「『炎帝《インペリアルファイア》』」

アンジェリカの体は爆炎に呑み込まれた。が、アンジェリカは魔法を無効化するためダメージはない。ダメージこそないが、アンジェリカは今起きていることが理解できなかった。魔法でアンジェリカを攻撃したのは、彼女がこの世で一番信頼している存在だったからだ。

「……アリア。どういうつもり？」

きれいに切り揃えた栗色の髪に整った顔立ち、男を魅了してやまないメリハリのある身体つき。十代の後半にしか見えない彼女は女性が羨むものをすべて備えていた。アリア・バートン。真祖一族に長く仕えてきたメイドであり、アンジェリカが自らの血を分けた眷属でもある。アンジェリカが幼いころからともに時間を共有してきた相手であり、彼女にとっては姉とも親友とも言える存在だ。その彼女が突然アンジェリカに牙を剥いた。

「どういうつもり？　……アリア」

もう一度聞いても、アリアはその言葉に何の反応も示さず、再び戦闘態勢に入る。明らかにおかしい。目には光がなく言葉のひとつも発さない。――いつものアリアではない？　そう言えば、フェンリルには不思議な力があると聞いたことがある。もしやこれは――。

「精神干渉……」

そこへ思い至ったとき、目の前に白く尖ったものが迫っていた。硬化させたフェンリルの毛だ。

体に張ってある常時結界で受け止めるが、五枚のうち二枚まで貫通した。何度も喰らうのはマズい。

——厄介な。フェンリルだけでも手に余るのにアリアの相手までしなくてはならないとは。しかも、アリアはただのメイドではない。血を分けた眷属である彼女の戦闘力は限りなく真祖に近い。フェンリルにアリア、同時に相手しても負ける気はしない。だが、勝つ絵が見えないのも事実だ。

こうして、真祖とその眷属、フェンリルの三つ巴の三日三晩に及ぶ戦いの幕が開いた。


もうどれくらい戦っただろうか。月が二、三回ほど入れ替わった気がする。自分でもまさかこれほど面倒なことになるとは思わなかった。幸いまだダメージはないが、幾度にもわたる強力な攻撃を受け続けたせいで結界もかなり削られた。アンジェリカの視線の先では、相変わらずフェンリルが今にも飛びかからんと低い体勢のままこちらを睨んでいる。なお、厄介なアリアは戦闘が始まって二日目には無力化した。魔法でダメージを与えてから拘束魔法で自由を封じたのだ。今はその辺に転がっている。

ふう……。さて、どうしたものかしら。あちらのダメージも相当なものだと思うけど、まだ続けるつもり？　——ん？

……何この変な感覚。寂しいような哀しいような。今すぐ楽になりたい変な感じ。ああ。私はもう楽になりたいのか。ならもういいか。結界も解いてしまおう。そうしよう。それが自分の意思なのかそうでないのかすら分からぬまま、アンジェリカは結界を解除しようとしたが——

……はっ⁉　私、今何をしようとしてた⁉　いったいどうしたっての⁉　あ、フェンリルの精神干渉！　戦闘に次ぐ戦闘で心身ともに疲弊して、精神に干渉されやすくなってるんだ。これはいよいよマズい。もういい、フェンリルの毛は諦める。アンジェリカはアリアが転がっている方向へちらと視線を送る。

『クックッ。真祖の姫君ともあろう者がまさか逃げようとはすまいな？』

うっさいわねー。どんだけ戦闘狂なのよこの女。

『まだ罰を与えきれておらん。妾の爪と牙にかかるがよい』

懐に飛び込もうとするフェンリルに、アンジェリカは魔法を放つ。

『クックッ。妾の皮毛に生半可な魔法は通じぬ』

よく知ってるわよ。でもこれなら――。

「『閃光《フラッシュ》』」

アンジェリカの手から放たれた強烈な光がフェンリルの視界を白く染める。これにはさすがのフェンリルも怯んだ。その隙にアンジェリカはアリアを回収し、肩に担いで一目散にその場を飛び去った。

『……逃したか……。ふぅ……。危ういところであった。精神干渉できずこれ以上戦いが長引いていれば妾もいよいよ覚悟を決めるところであったわ』

強がってはいたが、アルディアスも心身ともに相当疲弊していた。アルディアスは寝ぐらにしている森へ戻ると、傷ついた体を労るように体を丸めた。そのまま眠りにつこうとしたが――。

『こうも連日客が来ようとは……』

何者かの気配に気づき体を起こす。やってきたのは数人の悪魔族だった。

「あんだけ派手にやり合ったあとだ。もう戦う気力も体力もないだろう」

「ああ。前に仕掛けた奴らは失敗したみたいだが、今ならいけるはずだ」

なるほど。真祖の姫とやり合って消耗した今なら妾を好きにできると。馬鹿な悪魔どもじゃの。いかに消耗しているとはいえ、神獣がその辺の悪魔なんぞにどうこうされるわけがなかろうに。

……ん？　此奴ら先ほど前に仕掛けた奴らと言ったか？

『……愚かな悪魔どもよ。死にゆく前にひとつ聞かせてもらおう。そなたら、三日ほど前にも妾の毛皮を狙いに来たのか？』

「ああそうだ。まあ、あいつらは失敗したみたいだがな。お前が殺《や》ったんじゃねぇのか？」

なるほど。そういうことか。どうやら妾はとんでもない勘違いをしていたようじゃ。あやつめ、先に言えばよいものを。あ。そう言えば言っておったな。アルディアスは少し項垂れ、ため息を吐いた。

「へへへ。観念したようだな。じゃあ、死にゆく前のお願いは聞いてやったから、あとはお前を殺してゆっくり毛皮を剥ぐとするか」

悪魔たちはニヤニヤしながらアルディアスを取り囲む。

『ふう。本当に愚かな者どもだ。死にゆくのは妾ではなくお主らじゃというのに』

――刹那、アルディアスの尾が一人の悪魔の胸を貫いた。

「な……ななっ!!」

さらに狼狽える悪魔たちを一人ずつ噛みちぎり引きずりまわし踏みつける。瞬く間に辺りは血の海になった。

『お主らごときが神獣である妾を狩ろうなどと片腹痛いわ』

口の中に残った悪魔の血を大地に吐き捨てる。

それにしても……あの真祖……、アンジェリカには少し悪いことをした気がする。まあ、あやつも毛を狙ってきたのだとは思うが。妾の毛皮を剥いでいた悪魔を消したのもおそらくあやつらであろう。

『ふん……』

あやつと今後会う機会があるかどうかは分からぬ。もしかするとこの先永遠に会わない可能性もなくはない。だが……。

『もしいずれ会う機会があれば、そのときはあやつの望みを叶えてやるとするかの』

空に浮かぶ月へ目を向け、静かにそう呟くアルディアスであった。

第十三話　事情聴取

広々とした冒険者ギルドの一角には、冒険者や来客がくつろげるよういくつかのテーブルが用意されている。普段は依頼を終えた冒険者たちがテーブルで酒盛りを始め、ギルド内が喧騒に包まれることも珍しくない。のだが――。

冒険者たちがちらちらと目を向ける先では、一人の男と一人の美少女、一人の女児がテーブルを挟んで向き合っている。何やら空気が重い。会話することさえ躊躇《ためら》われるような重い空気が流れる。

「えーと。あなたお名前は？」

アンジェリカは血のように鮮やかな深紅の瞳をサドウスキーに向け問いかける。

「サ、サドウスキーです……」

数々の凶悪な魔物を屠《ほふ》ってきたAランク冒険者、サドウスキーの顔色は悪い。先だって街を襲ってきたドラゴンのブレスに、骨も残さず消し炭にされそうだったところをパールに救われた。たしかにパールは強いがまだ六歳の女児である。六歳の女児を命の危険に晒したことを、その保護者がよく思うはずはない。しかも、残念なことにサドウスキーはパールの母であるアンジェリカの顔を知らなかった。そのため、パールを呼び捨てにしたアンジェリカに対しドヤ顔で説教をかますという、とんでもない暴挙に出てしまったのである。

「サドウスキーね。冒険者なのよね？」

「は、はい……」

サドウスキーは生きた心地がしなかった。アンジェリカの口元はやや口角があがり、一見すると微笑んでいるように見えるが、紅い瞳の奥は一ミリも笑っていなかった。

「ランクは？」

「一応Aランカーです」

「ふうん。凄いじゃない。で、あなたも先日ドラゴンと戦ったのよね？　一応アリアからそのときの様子は聞いているんだけど、あなたの口からも聞かせてもらえるかしら？」

アンジェリカの隣ではパールがやや冷や汗を流しながら事の成り行きを見守っている。

「ええと……。アリアさんというのは……？」

「お姉ちゃんだよ。ほら、メイドの恰好をしてドラゴンと戦っていた」

「あ、あのときの！　そうですか……。ええと、それでいったい何を――」

「全部よ」

若干食い気味で言葉をかぶせられ、思わずヒュッと息を呑むサドウスキー。有無を言わせぬ圧力を正面から浴びせられたサドウスキーは、必死にあのときのことを思い出しながら言葉を紡いだ。


「なるほどね……」

「は、はい。納得いただけましたでしょうか……？」

サドウスキーはちらちらと上目遣いでアンジェリカの顔色を窺う。その様子は何となくキモい。

「ええ。つまりあなたはAランクの冒険者でありながらドラゴンごときに恐れをなして動けなくなり、その結果私の大切な娘が命を賭《と》してあなたを守ることになった、というわけね」

言葉の端々に棘がある。紅い瞳をまったく動かさぬまま淡々と棘のある言葉を投げかけられ、サドウスキーは恐怖のあまり漏らしそうになった。いや、少し漏らした。

「……ママ。少し言いすぎだと思う……」

二人のやり取りを聞いていたパールが、いたたまれなくなったのか口を挟んだ。

「う……。でも、彼が弱っちいせいで私は大切なあなたを失いかけたのよ？　嫌味のひとつくらい言いたいじゃない」

あ、やっぱり嫌味だったんだ。パールは少し呆れた様子で小さくため息を吐く。そしてサドウスキーはというと、弱っちいと言われたことにショックを受けているようだった。彼自身、Aランカーでありながらパールを守るどころか守られたことに情けない気持ちを抱かなかったわけではない。だからこそ、今後はいつまでもパールのそばで守りたいと考えていた。

「あの……お母さま」

サドウスキーが口にした言葉にアンジェリカのこめかみがぴくりと動く。

「……お母さま？」

「い、いえ！　その、何とお呼びすればよいのか分からなかったので……」

うっかりサドウスキーの舌を抜きそうになったアンジェリカだが、何とか落ち着いて伸ばしかけた手を引っ込める。

「わ、私はあのとき命を失うところをパール様に救われました。だからこそ、生涯をかけてこの命をパール様のために捧げたいと考えています」

「……ふうん」

「ですから、私がパール様のおそばにいる許可をくださりませんか⁉」

ギルド内にいた全員がいっせいにヒュッと息を呑む。誰もがサドウスキーの死を信じて疑わない。

「……何ですって？」

「ですから！　私がパール様と常に一緒にいることを認めてください！」

あ。死んだ。パールでさえそう思ったのだが――。

アンジェリカは大きく息を吸い込むと、盛大にため息を吐いた。

「あのねぇ。パールのそばで守りたいだの何だの言っているけど、あなたみたいな弱っちい奴がどうやってパールを守るのよ」

サドウスキーはぐうの音も――。

「ぐう……」

出た。

「あなたみたいな弱い者がパールのそばにいたら、この子の危険がより増すだけよ。まあ使い捨ての盾くらいにはなるかもしれないけど」

辛辣すぎる言葉がサドウスキーに突き刺さる。

「し、しかし私は……！」

「この話はもう終わりよ。あなたは今後パールへの接近禁止。しつこくつきまとうようなら骨も残さず消し炭にするわよ」

全身がピリピリするような感覚をギルド内にいた全員が抱く。

「そんな……！」

サドウスキーはポロポロと涙を零した。

いや、乙女か。

「ポロポロ泣くな！」

さすがにツッコまざるを得ないアンジェリカ。頭を抱えて再度深いため息をついた。なにこいつ。こんなガタイでいかつい顔しててポロポロ泣く？　ほんとキモイんだけど。まあ、まっすぐな心の持ち主であることくらいは分かるけど……。

「……とりあえず、さっき言ったことは撤回しないわ。でも……、あなたが今よりはるかに強くなったのなら、そのときは考えてあげないこともないわ」

その言葉に希望を見出し、パッと明るい表情を見せるサドウスキー。それとは対照的に口をパクパクさせて驚愕の表情を浮かべるパール。アンジェリカとしては、人間がそれほど簡単に強くなれるとは思っていなかったので、サドウスキーを諦めさせるために発した言葉である。だが、サドウスキーはその言葉を本気にした。

「分かりました！　必ず、パール様を守れるくらい強くなってみせます！」

そう力強く宣言したサドウスキーは、アンジェリカとパールに一礼してギルドをあとにした。そして翌日、パールはギルドマスターからサドウスキーが旅に出たことを知らされるのであった。

第十四話　モフモフは正義

霧の森での一件が解決し、アルディアスが魔の森へやってきて三日がすぎた。ギルドへアルディアスを使い魔登録しに行ったとき、アンジェリカに軽く説教（？）されたサドウスキーは翌日旅に出た。自分を鍛えるためにしばらく武者修行するそうだ。パールとしてはしばらくつきまとわれる心配がないため一安心である。アルディアスはというと、魔の森がずいぶん気に入ったらしい。普段はアンジェリカ邸の敷地内でのんびりすごし、ときどき森のなかへ散歩にでかけている。討伐難易度Aランク超えの魔物が跋扈《ばっこ》する森ではあるが、さすがにフェンリルを襲おうとする魔物はいないようだ。

「アルディアスもすっかりこの土地に慣れたみたいね」

アンジェリカはテラスで紅茶を楽しみながら、大地に伏せてのんびりとくつろぐ様子のアルディアスへ目を向ける。

「ただ、あれにはちょっとうんざりしてるかもしれないけど」

その言葉が意味するところ、それは――。

「はぁあああ……。モフモフ……」

「幸せ……」

「もうずっとここにいたい……」

「モフモフは正義……」

アルディアスの巨体に群がる四人の姿。エルミア教の教皇ソフィアにその護衛である聖騎士のレベッカ、アンジェリカの弟子でSランク冒険者のキラ、そして愛娘のパールである。パールとキラのこのような姿はもう見慣れたが……。まさかソフィアやレベッカまでモフモフの虜になるとは思わなかった。やはりモフモフは正義ということか。いや、レベッカあんたついこの前までそのフェンリル倒してくれって言ってたよね。びっくりするくらい手のひら返したわね。ソフィアもレベッカも蕩《とろ》けるような顔でアルディアスの皮毛に頬擦りしている。

「はいはい、あなたたち。アルディアスはお腹に子どもがいるのよ？　あんまりまとわりつくと負担がかかるかもしれないでしょ」

見かねたアンジェリカが近づき、腰に手をあてて四人に注意する。

『クックッ。構わぬよアンジェリカ。何ならそなたも来るか？　遠慮はせずともよい』

含みがある笑みを浮かべアンジェリカに視線を向ける。

「わ、私は別にそんなの興味ないし……！」

嘘である。

「あなたの毛にもモフモフにも興味なんて……！」

大嘘である。

『クックッ。まあ無理にとは言わんがな』

その言葉に少しアンジェリカの表情が曇る。本心ではめちゃくちゃモフりたいのだ。だが、過去の因縁があるうえに、娘の前でだらしない姿を見せることに抵抗がある。素直になれない困ったアンジェリカであった。

その夜。パールやアリアが眠りについたのを確認し、アンジェリカは屋敷の外に出た。視線の先には、月明りに照らされてぼぅっと白く浮かびあがるアルディアスの姿がある。アンジェリカは足音をたてないよう慎重に歩を進めるのだが――。

『まったく、素直じゃないのうアンジェリカ』

眠っていると思っていたアルディアスが突然言葉を発し、アンジェリカは跳びあがった。

「……お、起きていたのね」

『うむ。今夜は月がきれいじゃからのう』

雲一つない夜空に浮かぶ三日月は微笑む貴婦人の口元に見えた。

『八百年前、そなたと戦ったときもこのような月を幾度か見た気がする』

「……そうだったかしら。もう忘れちゃったわ」

月を眺めながらぽつりとこぼす。あのときは私にもまだ幼さが残っていたし、戦うことに精一杯で月を見る余裕なんてなかった。

『のうアンジェリカ。あのとき妾の毛皮を強引に剥ごうとしたのはそなたたちではないのであろう？』

アンジェリカの肩がぴくりと反応する。

『……あのときはすまなんだ。そなたと戦ったあと、悪魔族の連中が数人妾の毛皮を狙ってやってきた。そのとき、何日か前にも悪魔族が毛皮を狙っていたことを知ったのじゃ』

「………………」

『妾は霧の森でそなたをからかってやろうと、あのときの話を持ち出した。そなたが妾の毛皮を剥ごうとしたと。……なぜ本当のことを言わなかったのじゃ』

「……別に大した意味はないわ。たしかに毛皮は剥いでいないし剥ぐつもりもなかったけど、あなたのきれいな毛が欲しかったのは事実だもの」

アンジェリカは月に目を向けたまま当時に思いをはせた。

『クックッ。まったく不器用じゃのう』

「……うるさいわね」

アンジェリカは月から視線を外すと、少し唇を尖らせてアルディアスに目を向ける。

『妾はもう眠る。今夜のことは月がきれいであったこと以外覚えておらぬであろうよ』

そう告げるとアルディアスは首を大地におろし目を閉じた。アンジェリカはしばらくその場に佇んだあと、ふわふわとしたアルディアスの尻尾に近づき……。

「本当にママは素直じゃないよね」

「まあお嬢様らしいけどね」

テラスの陰から外を覗く二つの影。パールとアリアである。二人はアンジェリカが屋敷を出たことに気づき、こっそりとテラスの物陰から様子を窺っていたのであった。視線の先には、アルディアスの尻尾に体を預けて眠るアンジェリカの姿。ふさふさのやわらかな尻尾の毛に包まれたアンジェリカは、幸せそうな顔をして眠っていた。

「あーあ。今のママの顔、本人にも見せてあげたい」

いたずらっぽい笑顔を浮かべるパールにアリアも同意する。

「そうね。あんなお嬢様の表情、滅多に見ないしね」

結局、アンジェリカはアルディアスの尻尾にくるまれたまま朝まで熟睡してしまった。目が覚めたとき、アンジェリカは恥ずかしさのあまり顔を真っ赤にしてすぐさま屋敷へと戻った。誰にも見られていなければいいけど。切に願ったアンジェリカであったが、幸せそうな寝顔をパールとアリアにしっかりと目撃されていたことは知る由《よし》もない。

第十五話　アンジェリカの苦悩

真祖、アンジェリカ・ブラド・クインシーにとって唯一無二の存在。それが愛娘のパールである。魔の森に捨てられていた人間の赤子を気まぐれで拾い、パールと名づけて六年間大切に育ててきた。パールとともに暮らすようになり、人間に対する感情や価値観は変化した。今では人間の弟子やお茶友達までいるほどだ。とにかく、パールがアンジェリカに与えた影響は大きい。彼女にとってパールの存在こそすべてであり、パールもまた同じように考えていると信じて疑わなかった。

ええ。そんなときが私にもありました。

「パール、お茶にしない？」

「うーん、ちょっとアルディアスちゃんとお散歩行ってくるね」

ふむ。

「パール、本を読んであげようか？」

「アルディアスちゃんをモフモフしてくる！」

ふむふむ。

「パール、魔法の練習を――」

「アルディアスちゃんが私の魔法見てくれるんだってー」

……………なぜこうなった。え？　何？　最近のパール私に冷たくない？　アルディアスがここで暮らし始めてからずっと彼女にべったりだし。まさか、アンジェリカ＜アルディアス、こういうこと？

考えれば考えるほど落ち込んでしまうアンジェリカ。ため息をつきながらリビングのソファに横たわり、また深いため息をつく。大人げない感情であることは彼女自身理解していた。新しい家族のような存在が増えたことで、パールも嬉しいのだろう。それを理解できてもうまく自分の心に落とし込めない。ソファに横たわりつつ窓から空を眺める。どんよりとした雲が空を覆い、今にも降り出しそうだ。

カチャリと扉が開く音が鳴り、アリアがリビングへ入ってきた。手にはティーポットとカップをのせたトレー。

「お嬢様。ちょっとだらしないですよ」

ゴシックドレス姿のままソファへ横たわるアンジェリカに目をやり、困ったような表情を浮かべる。

「うん……。そうね」

アリアはローテーブルにソーサーとカップを置くと、慣れた手つきで紅茶を淹れ始める。カップから湯気が立ち昇り、爽やかな香りが部屋に広がった。

「何かあったんですか？」

「ん……。最近パールがアルディアスにべったりなのよね」

アンジェリカはカップのなかで揺れる紅茶から目を離さぬまま素直な思いを口にした。

「ああ。たしかに……。新しい家族ができたみたいで嬉しいんじゃないですか？」

うん、それは私もわかってるわよ。

「あとモフモフですしね」

やっぱりモフモフか！　真祖の娘をあっさり虜にするとはモフモフ恐るべし。

「それに、もともとパールはお嬢様にべったりじゃなかったじゃないですか」

「…………へ？」

いやいや、何言ってんの？　あんなにいつもべったり…………ん？　あれ？

「いつもべったりしてたのはお嬢様のほうで、パールはそれほどでもありませんでしたよ。あの子、割とそういうとこドライなんで」

……そう言われると心当たりがありすぎる。

「でも、それって家族だったら普通じゃないですか？　私も親にそこまでべったりしたことなかった気が……」

うん。私もそうだった気がする。

「あまり気にする必要はないと思いますよ。あの子がお嬢様のことを大好きなのは分かりきっていることですし」

「……そうね」

アンジェリカは紅茶をひと口飲むと、ほぅっと小さく息を吐く。はあ。でもやっぱりもう少し私にもかまってほしいな……。アンジェリカの苦悩はまだしばらく続きそうであった。


――ランドール共和国・バッカス邸――


「この報告書に書かれている内容は真実なのか？」

ランドール共和国で代表議長を務めるバッカスは、手渡された報告書に目を通すと率直な疑問を口にした。その顔色はお世辞にもあまりよくない。報告書を手渡したのは首都リンドルの冒険者ギルドマスター、ギブソンである。中央へ情報が遅滞なく届けられるよう、バッカスは以前から冒険者ギルドに情報収集を継続的に依頼していた。

「はい。信頼のおける冒険者が確認しています。まず間違いはないかと……」

ギブソンのこめかみから一筋の汗が流れ落ちる。

「もしこの内容が真実であるのなら、あのお方が何か関与しているということか……？」

「いえ、そうと決めつけることはできません。たしかにあのお方が例の一族であることは間違いありませんが、だからといってこのようなことに関わる理由が分からない」

報告書に記載されていたのは、ランドール共和国に属する地方領のことである。もともとは貴族が治めていた領地だが、ランドールが共和制を敷き貴族制度が廃止されてからは地方政府が運営している。報告書には、そこである大きな問題が発生していることが記載されていた。

「この報告書だけであのお方の関与を疑うことはできません。もしあのお方が侮辱と受けとれば、ランドールは今度こそ地図から姿を消してしまうでしょう」

「それはよく理解している。私自身も、あのお方がこのようなことに関わるなどと思ってはいない」

苦しげに言葉を紡いだバッカスが下唇を噛む。

「何にせよ対応を誤るわけにはいきません。伝え方ひとつにも細心の注意が必要です」

「そうであるな……。だが、何と切り出すべきか。なるべく早めに対応しなくてはならんのだが……」

二人は向かい合ったまま頭を抱えた。アンジェリカが娘のことで苦悩しているとき、国の運営に大きく関わる二人の男も同じように苦悩していた。そして、この二人の苦悩はアンジェリカにも深く関係していたのだった。

第十六話　吸血鬼《ヴァンパイア》ハンター

「猊下《げいか》、少しよろしいでしょうか？」

自室で書類に目を通していたエルミア教の教皇、ソフィアは顔をあげて声の主に目を向けた。

「どうしたの？　ジル」

視線の先では枢機卿のジルコニアが少し首を傾げ、困ったような表情を浮かべている。

「それが……、どうしても猊下に謁見したいという者が来ておりまして」

「いやいや、無理でしょ」

ソフィアは再び書類へ視線を戻すと、絹のような白く美しい髪を耳にかけながらそっと小さくため息をつく。

「会いたいと言われてじゃあすぐ謁見を、なんてなるわけないじゃない。そんなこと、あなたもよくわかっているはずでしょ？」

朝から大量の書類確認に追われているソフィアはやや機嫌が悪い。つい言葉の棘も増す。事前約束もなしに私と会えるのはアンジェリカ様くらいのものだ。国王だろうが当日の謁見なんて応じないわよ。この国において教皇の権力は国王に比肩する。だが、国民の大半がエルミア教徒であるこの国では、国王よりも教皇の威光が強い。

「それが……、アンジェリカ様に関連するお話のようでして……」

書類の上を走らせる目の動きが止まる。

「……なんですって？」

ソフィアは読みかけの書類を引き出しのなかへ仕舞うと、おもむろに立ち上がり教皇服へと着替え始めた。

「ジル、謁見の用意を。レベッカも呼んでちょうだい。それから、教皇の間へ誰も近づけないよう、いつも以上に警戒を怠らないこと」

軽く頭を下げて出ていくジルコニアの背中を見送ると、ソフィアは教皇の間へと向かった。


十五分後。

ジルコニアとレベッカに挟まれるようにして、一人の少女が教皇の間へ足を踏み入れた。身長はそれほど高くなく、赤茶色の髪は短く切りそろえられている。

「おもてをあげよ」

御簾《みす》から離れた位置で平伏した少女にソフィアが声をかけた。いきなり教皇へ謁見を申し出た割に、少女の様子はどこかおどおどしているように見える。

「エルミア教が教皇、ソフィア・ラインハルトである。して、そちはいったい何者か」

「わわっ……私はルアージュと申しますぅ！　家業は代々、吸血鬼ハンターをしておりますぅ」

気弱そうな少女はあわあわとしながら言葉を紡ぐ。吸血鬼ハンター。文字通り吸血鬼を狩ることに特化した職業である。やっていることは冒険者と似ているが、吸血鬼のみを討伐の対象としている点が大きく異なる。

「ほう。それで、その吸血鬼ハンターが教皇である我にどのような用件があるのだ」

「は、はいぃ。あの、最近吸血鬼の活動が活発化していることはご存じでしょうかぁ？」

あたふたとしながらも、のんびりとした口調で喋るルアージュにソフィアは鋭い視線を飛ばす。

もちろん、御簾越しであるためルアージュは気づかない。

「……いや。そのような話は初めて耳にした」

「実はそうなんですよぉ。と言っても何か大々的なことをしているわけではないので、話が広がってないのかもしれません」

「……それで？」

「はいぃ。今私が追いかけている吸血鬼が、ランドール共和国にいることがわかりましてぇ」

ルアージュの瞳が光を帯びる。

「……その吸血鬼は、私にとって特別な存在なんですぅ」

「いったいどういうことだ？」

「その吸血鬼は、十年前私の妹を殺しました。私の目の前で」

ソフィアはごくりと唾を飲み込む。妹を殺された吸血鬼ハンターが、真祖であるアンジェリカ様と関わりがある私のもとへやってきた理由。それが意味するところは。

「まさか……、その妹を殺した吸血鬼というのは……」

「…………」

空気が重くなり沈黙が空間を支配する。

「――まさか……真祖アンジェリカ様、なのか……？」

「いえ、違いますよぉ」

違うんかい!!　今絶対そういう流れだったよね!?　ああーーびっくりした!!　いや、何なんこの子？　もしかして話ヘタ？

「ええと、私が追いかけているのは男の吸血鬼ですぅ。それが今、ランドール共和国にいることがわかったんですぅ」

「……コホン。なるほど、話はわかったが、それでどうして我のもとに？」

「エルミア教の教会聖騎士が真祖から戦闘訓練を受けたことは私の調査でわかっていますぅ。教会そのものや猊下が真祖と深く関わっていることもぉ」

沈黙が支配する空間に、カチャリと小さな音が鳴り響く。御簾の外、壁際で待機しているレベッカが腰の剣に手をかけた音だ。

「レベッカ、控えよ」

「……は。申し訳ございません」

レベッカは剣の柄から手を離し、再び直立不動になる。

「あわわ！　す、すみません！　私そんなつもりじゃ……！」

「よい。先ほどの話だが、たしかに事実である。教会も我も、真祖であられるアンジェリカ様には大恩を受けている。そちの調べ通り関わりも深い」

ルアージュは真剣な目つきでまっすぐ御簾の奥にいるソフィアを見つめる。

「あの方は絶大な力をもちながら、ちっぽけな存在である我々のために力を貸してくれた。それに、この国が抱える問題も解決してくれたのだ」

「……当然、今でも関わりはあるんですよねぇ？」

「ああ。アンジェリカ様にはいろいろと相談にのってもらっている」

とてもではないが頻繁にお茶を飲む間柄とは言いにくい。

「……やはりここに来て正解でしたぁ。猊下、このルアージュの願いをどうか聞き入れていただけないでしょうかぁ」

ルアージュはやや声のトーンを下げると、再びその場に平伏した。

「どういうことだ？」

ソフィアは御簾越しにルアージュへ訝し気な視線を送る。ルアージュが口にしたのは意外な言葉だった。

「私を、真祖アンジェリカ様に会わせてください」

第十七話　一触即発

いつもは穏やかに時間が流れるアンジェリカ邸のテラス。来客と楽しくティータイムをすごす空間が、今は剣呑な雰囲気に包まれていた。丸いテーブルを囲むのは屋敷の主であるアンジェリカに娘のパール、教皇ソフィア、そして吸血鬼ハンターのルアージュである。アンジェリカとパールの背後にはSランク冒険者のキラ、ソフィアとルアージュの後ろには聖騎士のレベッカが控えている。

正直、キラは憤っていた。もちろん、ソフィアが吸血鬼ハンターをこの場へ同伴させたことにである。パールもまた、キラから吸血鬼ハンターがどういうものなのか聞くと露骨に顔を顰めた。二人からすると、今回ソフィアがとった行動は裏切りとも受け取れる。何せ、吸血鬼を殺すことを生業《なりわい》とする者を真祖であるアンジェリカの前に連れてきたのだから。パールとキラが最大級の警戒をしても不思議ではない。事実、相手が少しでも妙な動きをすれば、即座に戦闘を開始する覚悟を二人は抱いていた。

そもそも、パールは過去に聖騎士から攫《さら》われそうになり、霧の森ではエルフと戦闘を繰り広げた経緯がある。教会にもエルフにもいくばくかの悪感情を抱いているのだ。一方、レベッカは聖女であるパールに悪感情は抱いていないが、ハーフエルフのキラには複雑な感情を抱いている。しかも、教皇であるソフィアの護衛という大役を任されている身だ。どのような理由であれ戦闘になったのなら、そのときは忖度《そんたく》なしでやり合う気満々である。まさに一触即発の状況ではあったが、アンジェリカの様子はいつもと何ら変わりなかった。

「ソフィア、まさかあなたがそんなに私を殺したいと思ってるなんて気づかなかったわ」

紅茶が入ったカップに手を伸ばしたアンジェリカは、意地悪な笑みを浮かべながらソフィアをちらりと見やる。

「そ、そんな!! 私がアンジェリカ様に害をなすなんてこと絶対の絶対にないのです！ それだけは誓えるのです！」

ソフィアは身振り手振りで潔白を証明しようとする。パールはクッキーを頬ばりながら、そんなソフィアにジトッとした視線を向けた。

「う……。聖女様まで……」

「仕方ないですよ。先に言っておきますけど、もしママに何かしたら私もキラちゃんも、アルディアスちゃんも許さないですからね」

アルディアスはウッドデッキの上がり口近くに鎮座し、いつでもパールを守れる姿勢をとっている。

「そんなこと絶対にしないのです！ 信じてほしいのです！」

涙目で訴えるソフィア。すると――。

「え……えーと、あのぅ、ちょっといいですかぁ？」

場の空気を無視するかのようなのんびりとした声。それまで黙っていたルアージュが口を開いた。

「あ、あの、私はアンジェリカ様に害をなすつもりはありません。私がどうしても知りたいことを、アンジェリカ様なら知っているかもと思って猊下に連れてきてもらったんですぅ」

おどおどしつつアンジェリカに弁解するルアージュ。アンジェリカはルアージュに紅い瞳を向ける。年は十五、十六歳くらいだろうか。少し垂れ目で幼い顔立ちのかわいらしい少女だ。それにしても吸血鬼ハンターとは。アンジェリカもそのような職業の人間がいることは知っていたが、実際に会うのは初めてだった。物珍しさについつい全身をくまなく観察してしまう。ふむふむ。背は私と同じくらいね。肩幅が広いのは鍛えているからかしら。胸は……、私より立派ね。無言のままソフィアの全身を舐めるように見るアンジェリカ。

「ご、御母堂様。もしかしてルアージュのことをお気に入りになったのでは……？」

レベッカはアンジェリカが男と女、どちらでもいけることを知っている。あまりにもジロジロとルアージュを見ていたため、ルアージュを狙っているのではと思ったのだ。アンジェリカはレベッカにジロリと視線を向ける。たしかにちょっといいかなとは思ったけど、娘の前で何てこと言うのよ。あとで覚えておきなさい。無言の圧力にレベッカは大量の冷や汗をかく。

「……それで？　私に聞きたいことって何かしら」

場の空気がピリッと引き締まる。

「私はある吸血鬼を探していますぅ。十年前、私の目の前で妹を殺した奴ですぅ」

ものすごく深刻な話をしているはずだが、ルアージュの語尾を伸ばす喋り方のせいであまり入ってこない。

「金色の髪を後ろに束ねた、二十代後半くらいに見える男の吸血鬼ですぅ。私の調査によると、そいつは今ランドールにいるようなのですぅ」

アンジェリカは紅茶をひと口飲むとカップをソーサーへ戻す。ふむ。まあ吸血鬼なんて割とあちこちにいるしね。ランドール国内に私以外の吸血鬼がいたとしても何ら不思議ではない。

「アンジェリカ様。あなたは吸血鬼の頂点に立つ真祖ですよねぇ。私が探している奴に心当たりはないでしょうかぁ」

「いやいや、真祖って言ってもすべての吸血鬼を把握しているわけじゃないわ。世界にどれだけの数の吸血鬼がいると思っているのよ」

アンジェリカの言葉にルアージュは露骨に残念そうな表情を浮かべる。

「……そうですかぁ。なら、ランドールのどこかで吸血鬼が暮らしている、人間を襲っている、なんて話は聞いたことないですかぁ？」

「うーん、そういう話なら私よりも娘と弟子のほうが詳しいと思うわ。二人ともどう？」

視線を向けられたパールは咀嚼していたクッキーを慌てて紅茶で流し込んだ。

「んー……、もし被害が出ているようなら冒険者ギルドに依頼があると思うんだけど、聞いたことないかなぁ」

顎に人さし指をあてて記憶を辿るパール。

「お師匠様、私もそのような話は聞いていません」

キラも知らないようだ。

「そう……ですか……」

あからさまに落ち込むルアージュ。最初はやや敵意を抱いていたパールとキラも、その様子を見て少しかわいそうな気持ちになった。

「で、あなたはその吸血鬼を見つけて妹さんの仇《かたき》を討ちたい、ということなのよね？」

「……はい」

ルアージュは力強い目でまっすぐアンジェリカの瞳を見据えた。

「ちなみに、妹さんが殺されたのは夜？　それとも昼？」

質問の意図が分からず、ルアージュは怪訝そうな顔をする。

「昼……いえ、もう夕刻に近い時間帯だった気がします」

あの日の光景が鮮明に浮かび上がり、ルアージュは唇を強く噛みしめた。

「そう……。だとしたら、たとえその吸血鬼を見つけたとしてもあなたが倒すのは荷が重いかもね」

一瞬何を言われたのか理解できないルアージュ。

「どう……いうことですか？」

その顔には怒りや悲しみ、悔しさ、さまざまな感情が浮かんでいる。妹の仇をとるため子どものころから血反吐を吐くような修行を続けてきた。それが通用しないかもと言われたのだ。ルアージュが憤るのも無理のない話である。

「あなたも吸血鬼ハンターなら分かっているでしょ。一般的な吸血鬼は夜にしか行動できない」

その言葉を聞き、ルアージュは愕然とした。その通りだ。では、なぜあいつはまだ太陽が出ている時間帯に動くことができたのか。

「昼間に行動できるのは真祖、もしくは純血の吸血鬼だけよ」

ルアージュは自分の足が地についていない感覚に陥り意識を失いそうになった。

第十八話　歪《いびつ》な強さ

吸血鬼は太陽の下で活動できない。これはよく知られた話である。事実、一般的な吸血鬼は太陽の光を浴びると灰になってしまう。また、十字架や聖水、銀の武器などを用いた攻撃も吸血鬼には有効である。だが、これらが弱点となりうるのはあくまで一般的な吸血鬼に限っての話だ。たとえば、吸血鬼に血を吸われて吸血鬼化した人間、強力な個体に魔力で生み出された存在が該当する。

一方、純血の吸血鬼は太陽の光を浴びても灰になることはない。多少力の制限は受けるが普通に活動はできる。個体によっては十字架や聖水でもダメージを与えられないこともある。

真祖となるとさらに別格だ。真祖に弱点らしい弱点はない。太陽の下でも力の制限を受けず、あらゆる攻撃への強力な耐性をもつ。すなわち、純血の吸血鬼や真祖を敵にまわして人間が勝てる道理はまずないのだ。

「私の仇敵《きゅうてき》が……、真祖かもしれないと……？」

アンジェリカから衝撃的な言葉を告げられ愕然としたルアージュは、震えながらも口を開いた。

「真祖である可能性はかなり低いわ」

「え……？」

ぽかんとした顔でアンジェリカを見つめるルアージュ。

「あなたがどう思ってるかは知らないけど、真祖の一族が明確な理由なく他種族を殺害したり暴虐の限りを尽くしたりといったことはないわ」

「え、でも……」

「私も含め、真祖が相手を手にかけるときは悪意や敵意を向けられたとき、害をなそうとしたときだけよ」

国陥としの吸血姫と呼ばれるアンジェリカだが、彼女から一方的に攻撃を仕掛けたことは一度もない。すべて、彼女に悪意や敵意を向け、害をなそうとした結果である。

「それに、無力な人間の女の子を殺害するような者は私の家族にいないわ」

「そう……なのですかぁ」

ルアージュは少しほっとした顔を見せる。

「そういうわけで、あなたが探しているのはおそらく純血の吸血鬼ね」

血筋を辿ると真祖にいきつくのが純血の吸血鬼である。

「真祖には及ばないけど、個体によっては相当厄介よ。人間が勝つのは現実的ではないわね」

下唇を噛んで顔を歪ませるルアージュ。妹の仇をとるために人生を捧げてきたのだ。勝つのは無理と言われて素直に諦められるはずはない。

「……アンジェリカ様。お願いがありますぅ。私と手合わせをしていただけないでしょうかぁ」

ルアージュが口にした言葉に場の空気が緊張する。

「自分の力が純血の吸血鬼に通用するか、私で試したいってわけ？」

「無礼なことを言っているのは分かってるんですぅ。でも……」

今にも泣きそうな顔で訴えてくるルアージュに、さすがのアンジェリカも嫌とは言えなかった。

「……分かったわ。あなたが仇を討てそうかどうか、私が見極めてあげる」


アンジェリカ邸の広大な庭で向かいあう二人。

『では、妾が立ちあってやろう。どちらかが危なそうになったら止めるからの』

アルディアスが審判をしてくれるようだ。ソフィアやパールたちは少し離れたところから見守っている。

『では、はじめ！』

アルディアスの合図とともに、ルアージュは背中の武器を抜く。見た目は何の変哲もない細身の剣である。さらに、腰に装着していた小さなポーチに左手を突っ込み何かを取り出すと、それをアンジェリカに投げつけた。避けるのは簡単だが、アンジェリカは敢えてそれを受ける。

「――ん？」

体に張っている結界が少し弱まった。ルアージュは何かをアンジェリカへ投げつけるのと同時に素早く彼女との距離を詰め、高速の斬撃を放つ。なんと、その一撃で結界が一枚破れた。ルアージュはさらにその場で回転しながら高速の連撃を浴びせる。弱まった結界は瞬く間に三枚目まで侵食された。

へえ。これは少し驚いたわね。アンジェリカは素直に舌を巻く。おっとりとしたお嬢ちゃんだと思ってたけど、これほどの強さとは思ってもいなかった。おそらく最初に投げつけたのは聖水が入った小瓶か何かだろう。しかも、ただの聖水ではないはずだ。彼女が今振るっている剣は多分素材に純度の高い銀を使用しているのだろう。使用している武器といい戦い方といい、まさに対吸血鬼に特化している。

――歪な強さね。

アンジェリカは率直にそう感じた。彼女が強さを発揮できるのは吸血鬼だけだ。純銀を練り込んだ剣も、吸血鬼には有効だがほかの魔物には通じない。そもそも、純銀はやわらかすぎて剣の素材に向いていないのだ。それにこの戦い方。相手の懐に入り連続で斬りつける戦法は、吸血鬼の蝙蝠《こうもり》化を防ぐためだろう。蝙蝠化して逃げられないための高速連撃だ。だが、自身の攻撃が届く距離は相手の攻撃も届く。リスクが高すぎる戦法だ。まさに、吸血鬼を確実に殺すことだけを見据えた、それ以外はどうでもいいと言わんばかりの装備と戦い方である。たしかに強い……が。アンジェリカはルアージュの背後に転移すると、彼女の首を手でそっと掴んだ。

「あ………」

ルアージュは敗北を悟りへなへなとその場に崩れ落ちる。

「ルアージュ、たしかにあなたは強い。下級吸血鬼なら相手にもならないでしょうね。でも、純血の吸血鬼相手では厳しい戦いになるわ」

「……………」

「もちろん、純血とはいえ真祖には足元にも及ばない。でも、下級吸血鬼と比較にならないほど純血は強いわ」

ルアージュは地面に座り込んだまま大粒の涙を零した。

「それでも……、それでも私は……!!」

目の前でどんどん色を失う妹。血を吸い尽くした妹をボロ雑巾のように床へ打ち捨てたあの男。あの日の光景が頭をよぎる。あいつを殺せないのなら生きている意味がない。ルアージュは地面に突っ伏すと、森にこだまするほどの大声をあげて泣きはじめた。

第十九話　情報収集

吸血鬼に妹を奪われ、仇《あだ》討ちのために人生を捧げてきた吸血鬼ハンター・ルアージュ。倒すべき敵の強さと己の無力さをアンジェリカに思い知らされた彼女は、人目も憚《はばか》らずに号泣した。ただ、アンジェリカは彼女が仇討ちを諦めるとは思っていなかった。人間は非合理的な生き物だ。絶対に勝てないと頭で理解している相手であっても、ときに人間が戦いを挑むことをアンジェリカはよく知っている。

「はぁ……」

テラスの椅子に腰かけたままため息をついたアンジェリカは庭へ視線を向けた。ひとしきり泣いたルアージュは今、アルディアスの尻尾に体を埋めている。幼い子どものように号泣するルアージュを見ていられなくなったのか、アルディアスが彼女の体をふわふわの尻尾でくるんであげたのだ。

すっかり泣き止んだ彼女は絶賛モフモフに癒され中である。

「あの子……、ランドールに妹を殺した吸血鬼がいるって言ってたけど、本当なのかしら」

「どうなんでしょう。聖女様もキラさんも知らないということですし、ルアージュの勘違いという可能性も……」

アンジェリカが口にした疑問にソフィアが答える。

「……情報が足りないわね」

アンジェリカはティーカップを手にとり、ぬるくなった紅茶を口にする。冷めてしまったため香りは薄くなり、口のなかには僅かな苦みが広がった。

「ママ。私がギルドマスターさんに聞いてみようか？」

「そうねぇ……。いえ、いいわ。私が直接聞きに行くから」

もしかすると込み入った話になるかもしれないし。

「ちょっと行ってくるわ。あとのことはお願いね」

椅子から立ち上がったアンジェリカは、庭へ視線を向けながらパールたちにそう告げるとその場から姿を消した。

――リンドル・冒険者ギルド――

冒険者ギルドの執務室では、相変わらずギブソンが頭を抱えていた。今週はただでさえ書類仕事が多いうえに、例の問題も抱えている。早く例の問題についてあのお方……、アンジェリカ様に話を聞いてみなくては。だが、どのように切り出せばよいのか。ある街で吸血鬼によるものと見られる被害が続出していますが、アンジェリカ様はご存じないですか？　いや、これでは何となく我々がアンジェリカ様を疑っているように聞こえるかもしれない。気にしすぎ、と思われるかもしれないが、アンジェリカ様の機嫌を損ねたらこの国に未来はない。慎重になりすぎるくらいでちょうどよいのだ。ああ、でもいったいどうすれば――。

「何か悩みごと？」

「ぎゃあっ!!」

誰もいないはずの執務室で背後からいきなり声をかけられ、ギブソンは椅子から跳びあがった。

「ア、アンジェリカ様……」

振り返ると、そこには不思議そうな顔をしたアンジェリカが立っている。

「驚かせちゃったわね。ちょっと聞きたいことがあったから来たの」

心臓が激しく脈打つなか、ギブソンは何とか落ち着いてアンジェリカへソファを勧めた。

「それで……、アンジェリカ様。私に聞きたいこととは……？」

ギブソンは最近何かやらかしていないか、必死に頭を回転させて記憶をたどった。パール様のこと……？　いや、サドウスキーのことかも……。まさか、この前ある冒険者がアンジェリカ様のことを『美少女なのに貧乳』などと言っていたことがバレたのでは——考え始めると冷や汗が止まらなくなった。

「あなた、私に何か隠しごとしてない？」

一瞬で顔色が真っ青になったギブソンは、素早い動きでソファから立ち上がると執務室の床に平伏した。

「も、申し訳ございません！　アンジェリカ様のいないところで『美少女なのに貧乳』などと口にした不敬な冒険者はこちらで必ず処分いたします！　どうか、どうかお許しを……！」

アンジェリカの肩がぴくりと跳ね、くっきりと浮き出たこめかみの血管が脈打つ。

「……そう。その話は今度ゆっくりと聞かせてもらうわ。でも今日は別件よ」

気にしていることに触れられ思わず魔力と殺気が漏れそうになるのを何とか堪え、落ち着いた声色で言葉を紡いだ。

「最近ランドールで吸血鬼による被害は発生していない？」

ギブソンは再び驚愕し心臓が停止しそうになった。

「なな……、なぜそれを……？」

「発生しているのね？」

血のように紅い瞳でじっと見つめられたギブソンは、よろよろと立ち上がると机から一枚の書類を手にとった。

「実は、こちらからもアンジェリカ様にご相談したいことがありました」

ギブソンの話によると、ランドール共和国に属する都市、イシスで吸血鬼によるものと見られる被害が相次いでいるとのこと。被害者の多くは血を吸われたあと無残な方法で殺されたようだ。しかも――。

「被害者のほとんどが冒険者ですって？」

「はい……。イシスにも冒険者ギルドがあるのですが、そこに所属する冒険者がすでに何人も手にかかっています」

ふむ。

「被害者のなかにはAランカーもいました。たしかに吸血鬼は手ごわい種族ですが、Aランク冒険者を歯牙にもかけぬとなると……」

「……それで私に伝えるのが遅くなった？」

「申し訳ございません。吸血鬼の被害が相次いでいることをアンジェリカ様にお伝えするだけでも、我々が関与を疑っていると受け取られるのではないかと……」

いや、気にしすぎでしょ。アンジェリカはソファに深く座り直し足を組む。

「しかも、Aランカーを簡単に殺害できる吸血鬼となると、真祖、もしくはそれに近い吸血鬼なのではと考えました。それをアンジェリカ様にどうお伝えすればよいものかと……」

ギブソンの顔色は恐ろしく悪い。必死に言葉を紡いでいるのがよく分かる。

「はあ……。しょうもないこと気にするのね」

形のいい目を細めてため息をつく。

「申し訳ございません……」

「まあいいわ。それにしても、冒険者の被害者が多い点は気になるわね」

「はい。ただ、最近は冒険者だけでなく一般の民や政治に携わる者のなかにも犠牲が出始めています」

どういうことだろう。見境なしに襲っているだけだろうか。ずいぶんとたちの悪い吸血鬼がいたものだ。

「それで、何か対策にのりだしているの？」

「ええ。イシスの市長が腕利きの吸血鬼ハンターや冒険者、傭兵などを募って本格的な討伐にのりだすそうです」

ほう。なるほど。

「アンジェリカ様のこともあるので少し待つようにバッカス殿が伝えたようですが、さすがにもう我慢できなくなったようです」

それはそうだろう。市民がどんどん死んでいく状況を黙って見ているような統治者なら必要ない。

ただ、疑問は残る。それだけ派手な動きをしていたら、いずれこうなることは馬鹿にでも分かる。考えがないただの馬鹿なのか、それとも……。

「ふう。まあいいわ。とりあえず私が知りたいことも聞けたし。今日はこれで帰るわね」

アンジェリカはソファから立ち上がると、ゴシックドレスにシワができていないか確認する。

「お、お疲れ様でした。パール様にもよろしくお伝えください」

ギブソンは少しほっとしたのか、頬を緩めてアンジェリカを見送ろうとした――のだが。

「ああ、私のことを貧乳と口にした冒険者の話は今度ゆっくりと聞かせてもらいに来るわ」

深紅の瞳でギブソンをジロリと睨むと、アンジェリカは静かに姿を消した。ギブソンががっくりと大きく項垂れたのは言うまでもない。

第二十話　忘れられない過去

「お姉ちゃん早く帰ってきてねぇ」

一つ年下の妹、ルナは遊びに出かける私に上目遣いでそう告げた。

「分かってるわよぅ。日が落ちるまでには帰るからぁ。いい子にお留守番しててねぇ」

私の家は代々吸血鬼ハンターを家業にしている。父はそんな大変な仕事をしながら、私たち姉妹を育ててくれた。父は一週間ほど前からある獲物を追って家を留守にしていた。それほど珍しいことではない。その日は父が戻ってくる日だったので、多少帰りが遅くなってもルナは寂しくないだろう。私はそう信じて疑わなかった。友達と思う存分遊んだあと、私は約束通り日が落ちる前に帰宅することにした。この季節は日が長い。外はまだ十分明るかった。

「そうだ。ルナにお土産買っていってあげよぅ」

私は果物屋でリンゴをいくつか買った。あの子リンゴ好きだからなぁ。お留守番させたことも許してくれるよねぇ。


「帰ったよぉ」

玄関の扉を開け家に入った。いつもなら迎えにきてくれる妹が今日に限って来ない。寝てるのかなぁ？

「ルナァ？」

私は呼びかけながら妹と一緒に使っている部屋の扉を開けた。目に飛び込んできたのは、大きな大人の背中。誰？　何をしているの？　私の気配に気づいたのか、目の前にいる大人が体ごとこちらを振り返った。——!!

その男は胸のあたりに体の小さなルナを抱きかかえ、首筋に牙を立てたまま私に視線を向けた。

「あ……ああ……！」

私は恐怖のあまりまともに言葉を発することができなかった。腰を抜かして床に尻もちをつく。股間のあたりがあたたかくなるのを感じた。恐怖で失禁したのだ。目の前にいる男が吸血鬼であることは子どもの私にも理解できた。

ルナ……！　ルナが死んじゃう！　助けなきゃ——

勇気を振り絞って立とうとしたとき、吸血鬼はルナの首筋から口を離した。途端にルナの首筋から噴きあがる鮮血。

「む。太い血管を傷つけたか。まだこんなに残っているとはもったいないことをしたな」

男はニヤニヤとした笑みを浮かべると、ルナを床に投げ捨てた。ルナの顔は完全に生気を失い、体はぴくぴくと痙攣《けいれん》していた。

「ル……ルナ……?」

床を這うようにしてルナのそばに行き、体をゆすった。

「嘘だよねぇ……?　ねぇ、目を開けてよ……ルナ……」

突然耳をつんざくような悲鳴が響いた。耳どころか頭のなかに直接響いてくるような悲鳴。それが自分の悲鳴と理解するのにどれくらいかかっただろう。おそらく時間にして僅かだと思う。吸血鬼は忌々しそうな表情を浮かべ、私も手にかけようと近づいてきた。その刹那——

「ルアージュ！　ルナ！」

声の主、父は部屋に飛び込むなり吸血鬼に斬りかかった。私はルナが死んでしまった哀しさと、父が帰ってきてくれた安心感で張り詰めていた糸がぷつりと切れた。意識を失う前、床に転がったリンゴが視界の端に入り込んだ。あのリンゴは最初からあんなに赤かったのか、それともルナの血で赤くなったのか。そんなことを意識の片隅で考えながら、私の視界は白く染まった。

「ルナ!!」

……あれ？　ここどこ？　なんかふわふわしたのにくるまれているような。

『やっと起きたかえ。ずいぶんとうなされておったのう』

「わわっ!!」

話しかけてきたのは、体を預けているフェンリルだった。ああ、そうか。あのあとフェンリルの尻尾にくるまれてそのまま眠っちゃったんだ。そっと服を触ると、しっとりと汗で湿っていた。またあの夢か……。あの日からいったい何度同じ夢を見ただろうか。そのたびにあのときの哀しい出来事を思い出し、ルナの仇である吸血鬼への復讐心がざわめいた。

「フェンリルさん、ごめんなさいねぇ。すっかり甘えちゃったぁ」

ルアージュはアルディアスの尻尾から抜け出すと、彼女に向かってぺこりと頭を下げた。

『気にするでない。妾は慣れておるからのう』

くつくつと笑うアルディアス。

『それにしてもそなた、本当に妹の仇とやらの吸血鬼とやり合う気かえ？』

「……うん。私にはそれしかないからぁ。たとえ相手が強くても、絶対に腕の一本くらいは奪ってみせるよぅ」

口調はのんびりとしているが、彼女の目には明確な殺意と怒気が宿っている。

『そうか……。そなたの気持ちと考えはそなただけのものじゃ。誰にもそれを止めることはできぬのう』

アルディアスはルアージュの目をじっと見つめた。

『じゃが、そなたほかに家族はおらんのかえ？』

ルアージュはハッとした顔になる。

「……お父さんがいるよぅ」

あの一件以来、父は吸血鬼ハンターの仕事をやめた。ルアージュは父に頼みこみ、吸血鬼ハンターになるための修行を長く続けてきた。ときには父以外のハンターにも教えを乞い、自分を高めてきた。

『家族がおるのなら、命は大事にすることじゃ。そなたまで失ったら、父親はどれほど哀しむかのう』

「…………」

そこに考えが至らなかったわけではない。何度も考えたことはある。だが、それでもこれだけは絶対に譲れない。私にとってかけがえのない妹を殺したあの吸血鬼だけは、命を引き換えにしてでも殺す。

『もちろん、最後に決めるのはそなたじゃ。どのような結果になるにせよ、後悔だけはせぬようにな』

「……うん。ありがとうぉ、フェンリルさん」

『アルディアスでよいぞ、ルアージュよ』

にこりと微笑んだとき、テラスからアンジェリカが呼ぶ声が聞こえた。小走りで駆けつけたルアージュにアンジェリカははっきりとこう言った。

「吸血鬼の居場所、分かったわよ」

第二十一話　一網打尽

ランドール共和国に属するイシスは、ジルジャン王国時代に商人の街として栄えた都市である。国外からも多くの商人が訪れており、昼夜を問わず活気に満ちている街だ。また、イシスにはリンドルに次ぐ規模の冒険者ギルドがあることでも知られている。さすがにSランカーは在籍していないが、Aランカーの数はリンドルに匹敵する。

「やたらと冒険者ぽい人が多いですねぇ」

ルアージュはクリッとした大きな目できょろきょろと周りを見回しつつ、イシスの大通りを歩いていた。アンジュリカの話によれば、市長の主導でこの街の人を襲っている吸血鬼の討伐が予定されているとのこと。何でも、手練れの吸血鬼ハンターから冒険者、傭兵まで募っているらしい。同業者が来るのは心強い反面、あいつを討つ機会を奪われる懸念がある。そんなことは絶対にさせない。ルナを殺したあいつは絶対に私が殺す。改めて決意したルアージュは無意識に拳を強く握りしめた。あ――。

ふとした違和感に気づき右手の人さし指に目を落とす。何年にもわたる苛烈な修行によって、お世辞にもきれいとは言えない指になってしまったが、今彼女の人さし指にはシルバーのリングが輝いていた。――アンジェリカ様。

イシスの街で吸血鬼が人々を襲っている。アンジェリカからそう告げられたルアージュは、すぐにでもイシスへと向かおうとした。が、どうせなら万全の体調で向かうべきとアンジェリカやソフィアから諭され、その日は屋敷に泊まることになったのだ。翌日、気が逸《はや》るルアージュにアンジェリカは一つのリングを渡した。

「これはお守りよ。気休め程度に持って行きなさい」

同族を討ちに行こうとしている相手に、真祖である彼女が贈り物をしたことにルアージュは大変驚いた。そして、驚いている彼女へさらにこう言葉をかけた。

「無茶をしないようにね。死んでしまえばそこでお終いよ。生きてさえいればまた機会は巡ってくるのだから」

以前のアンジェリカなら決して口にしないような言葉。ルアージュは明確な返事はせず、軽く頭を下げてその場をあとにした。

——あれかな。

街のなかで一際目を引く大きな建物。もともとこの地を治めていた貴族の邸宅らしいが、今はイシスにおける政治の中心地となっているようだ。吸血鬼討伐を志願する者はここの大広間に集合するよう伝えられている。すでに門の前にはいかにもそれらしい者たちが列をなしていた。同業者ぽいのも何人か並んで受付をしている。

「ルアージュじゃないか？」

突然声をかけられ振り返ると、神父のような格好をした年配の男性が立っていた。腰には服装に似合わない大剣を携えている。

「ルークさん！」

ルアージュは思わず懐かしそうな笑みを浮かべる。同業者である彼は父の仕事仲間だった人で、彼女とも面識があった。

「やはりお前も来ていたのか」

「はいぃ。あの吸血鬼だけは私の手で何とかしなければいけないのでぇ」

「……そうか。そうだったな」

ルークもルアージュの事情は知っている。ルアージュは妹を奪われ、その父は稼業から足を洗う羽目になった。

「微力ながら俺も手を貸そう。ともに人々の敵を倒そうじゃないか」

「ありがとうございますぅ」

手伝ってくれるのは願ってもない話だ。だが、あいつにとどめをさすのは私だ。そこだけは譲らない。瞳に強い光を宿したまま、ルアージュはルークと握手を交わした。建物のなかへ入ると、凛々しい顔つきをした中年女性が私たちを広間へと案内してくれた。

「皆さま、こちらの部屋で待機をお願いします。まもなく、市長のシモン様から挨拶がございます。室内の安全のため、武器はこちらにお預けください」

ルアージュは背中の剣を女性が指さした箱のなかへ入れた。広間のなかはすでに大賑わいである。屈強な体つきをした冒険者や傭兵に、独特の装いが目を引く吸血鬼ハンター。これほどの戦力が一堂に会する様子は壮観だ。

「諸君。このたびは私の呼びかけに応じてくれて感謝する」

広間の壇上に立った初老の男が挨拶を始める。おそらく市長だろう。

「まさか、これほど多くの戦士が集まってくれるとは思ってもいなかった」

市長は感情が読めない目で集まった者たちに視線を巡らせた。

「これでやっと……、やっと……！」

感極まってきたのか、市長は指で目頭を押さえて小刻みに体を震わせる。

「これでやっと私は安心して眠れるようになる。邪魔者を一網打尽にできるのだから——」

誰もがその言葉の意味を理解できなかった。刹那——。

広間の壁際や扉の近くに待機していた市長の配下たちが突然集まった人々に襲いかかった。手当たり次第に組みついて首に牙をたててゆく。冒険者や吸血鬼ハンターは反撃しようにも、武器を預けてしまっているので手も足も出ない。

「ルークさん！」

混乱のなかルアージュがルークに目を向けると、ちょうど彼は吸血鬼によって胸に風穴を開けられたところだった。鮮血を噴いて倒れるルーク。

「……！」

一瞬にして広間のなかは阿鼻叫喚の地獄絵図となった。

「アーッハッハッハ！　まさかこんなにうまくいくとは！　本当に人間とは愚かな生き物だな！」

広間に響く声の主は市長。ニヤニヤといやらしい笑みが浮かぶその顔にルアージュは見覚えがあった。

まさか——。

市長の顔がぐにゃりと大きく歪む。そこに現れたのは、紛れもなく妹を殺した張本人。長年探し続けてきた憎き吸血鬼。

「…………やっと会えたね」

絶望的な状況のなか、ルアージュは狂気的な笑みを携えぼそりと呟いた。

第二十二話　激闘

冒険者や同業の吸血鬼ハンターたちが次々と倒れてゆく。いたるところからあがる悲鳴にも似た声。熱気で室内の温度はあがり、血の臭いが余計に鼻をついた。だが、今のルアージュにとってそんなことはどうでもよかった。目の前に、長年探し続けてきた憎き相手が立っているのだから。仇敵に視線を向けるルアージュに、複数の吸血鬼が襲いかかる。彼女は一人を殴り飛ばすと、もう一人を背中へ背負うようにして足元へ投げ倒した。さらに、仰向けになった吸血鬼の喉へ全体重をかけた膝を落とす。吸血鬼とのあらゆる戦闘を想定した修行を続けてきた彼女は、徒手空拳《としゅくうけん》による戦い方も身につけていた。

「へえ。なかなか活きのいい奴がいるじゃないか」

市長に化けていた吸血鬼は、ニヤニヤしたままルアージュに目を向ける。ルアージュも顔に狂気的な笑みを貼り付けたまま、仇敵へと突進していった。

「………死ね」

仇敵に飛びかかったルアージュは空中で体を縦に一回転させ、吸血鬼の頭を踵で急襲した。が、さすがに真正面からの攻撃は当たらない。簡単に避けられてしまった。

「ククク。俺たちを狙ううざったい奴らを集めて一網打尽にする作戦は成功だな。お前のような強者まで釣れるとは」

「……そのために市長に化けたのねぇ。本物はどうしたのぉ?」

「あいつならとっくに地面の下さ」

もっともらしい理由で冒険者やハンターを集めるため、自作自演で人々を襲っていたということか。まあそれもどうでもいい。そのおかげでこいつを見つけられたのだから。

「んん……? お前どこかで会った気がするな」

ニヤニヤ顔の吸血鬼がルアージュをじっと見つめる。

「十年前、お前は私の妹を殺した」

「十年前………。ああ、あれか! お前あのときの片割れか!」

吸血鬼は一瞬驚きの表情を見せたが、すぐもとのニヤニヤ顔に戻った。

「まさかあのときのガキがこんなに成長したとはなぁ。ククク……」

「答えろ。どうしてルナを……妹を殺した？」

「あれはお前の親父が悪いのさ。あまりにもしつこく俺を追い回すから。頭に来て嫌がらせをしてやろうと思ったのさ」

事もなげに言い放つ吸血鬼。だからどうしたと言わんばかりの顔でさらに言葉を続ける。

「純血の吸血鬼であるこの俺、ジキル様をしつこく狙いやがって。まああれ以来、そんな元気もなくなったみたいだがなぁ」

ニヤニヤと顔を歪めながらジキルは不快な言葉を紡ぐ。

「ああ。それにしてもあの娘の血は旨かった。やはり子ども、しかも女の血は堪らんな。ククク……」

目の前でどんどん色をなくす妹。血を吸われゴミのように打ち捨てられた妹。あの日の光景が鮮明に蘇る。

「……安心したよぉ」

ルアージュは少し目を伏せると小さな声で囁いた。

「……あぁ？」

「変わってなくて安心したよぉ。じゃあ死んでぇ!!」

一瞬でジキルとの間を詰めたルアージュは、怒りをのせた拳を全力でその二ヤついた顔面に叩き込んだ。回避できずジキルは床を転がる。

「へぇ。まあまあやるじゃねぇか」

ダメージは期待できない。案の定、ジキルは悠々と立ち上がると、服についた埃を払い始める。

「舐めないでよぉ!!」

追撃しようとしたルアージュだったが、ジキルは姿を消したかと思うと彼女の背後に立ち、強烈な蹴りを背中に見舞った。衝撃で飛ばされ壁に激突するルアージュ。

「ぐ……!」

冷静になり周りを見ると、すでに自分以外の者は全員倒されていた。唇を強く噛み締める。

「おい。お前らは手を出すなよ。このガキは俺が遊ぶんだからな」

不快な笑みを浮かべたまま、ジキルはルアージュに近づく。

――このままでは勝てない。武器があっても勝つのが難しい相手に徒手空拳では無理がありすぎる。

無茶をしないように――

アンジェリカの言葉が頭のなかで再生される。ごめんなさい、アンジェリカ様。無茶をせずに勝てる相手ではありません。ルアージュは目を閉じると何やら言葉を紡ぎ始めた。

「#€◇%☆+↓%………」

長く師事した体術の師匠から授かった秘技。身体能力を大幅に向上させ、短時間であれば人間離れした力を発揮できる。もちろんその代償は決して小さくはない。

「『解放《リリース》』」

全身から力がみなぎる。これなら……! ルアージュは再びジキルとの距離を詰め接近戦を挑む。先ほどはほとんど見えなかったジキルの動きが今は見える。

「そこっ！」

彼女の横へ移動したジキルに鋭い足刀横蹴りを喰らわす。

「ぐっ！」

痛みを感じたのか、ジキルからニヤニヤした笑みが消えた。いける。

一瞬体勢を崩したジキルの横っ面へ、渾身の肘打ちを叩き込んだ——と思ったのだが、それは残像だった。

「へえ。まさかそんな奥の手があったとはな」

背後からの声に慌てて振り返ったルアージュの顔に、ジキルの容赦ない拳が打ち込まれる。

「あぅっ!!」

地面を数メートル転がされる。さらにジキルは、追い討ちと言わんばかりに彼女の背中を勢いよく踏みつけた。

「ぐぁっ!!」

背中の骨が軋《きし》む。

「妹の仇討ちのために頑張ったんだなぁ。いっぱい努力したんだろうなぁ……。でも、ぜーんぶ無駄になっちゃったな！　アーッハッハッハ！」

骨が折れそうな痛みに耐えるルアージュに、不快な言葉が降りかかる。ああ。やはり強い。アンジェリカ様が言った通り、やはり私では勝てないのか。ルナの仇が、あれほど殺したかった相手がすぐそばにいるのに。いや、まだだ——諦めるときじゃない。私はまだ、すべてを懸けてない！

「『全解放《フルリリース》』」

ルアージュは再び秘技を使った。使用したあとはどうなるか分からない。師匠からも禁法であると教えられた技だ。

「うおぉあああああ!!」

背中を踏みつけていたジキルをとんでもない力で跳ね返す。

「な、なにぃ!?」

さすがのジキルも少々焦ったようだ。再度、超至近距離での戦闘を開始するルアージュ。ジキルの顔、胸、腹へ次々と強力な打撃を加えていく。

「ぐあっ!」

一瞬体をくの字に曲げた隙を逃さず、膝蹴りを腹に叩き込む。——ブチブチと音が聞こえる。それが、自分の腕や足の筋が切れている音だとルアージュは理解していた。だが、そんなものどうでもいい。

「ちょ、調子に乗るなよ……!　クソガキが!!」

ジキルは鋭い刃物に変化させた右手を下から上に薙ぎ払う。何かがドサっと落ちた音がルアージュの耳に届く。落ちたのはルアージュの切断された左腕。

「クク……これでもう……!?」

普通なら痛みでのたうち回るはずが、ルアージュの表情に変化はない。

——腕でも足でも好きなだけあげる。

ルアージュは残された右拳に残されたすべての力を集中させる。

――だからちょうだい。代わりにお前の命を!!

そのまま体ごと全力で拳をジキルの顔へ叩き込んだ。ジキルの顔はぐしゃりと潰れ、打撃の衝撃で床を跳ねながら転がる。倒れたままジキルは動かない。

……勝った、のぅ？

満身創痍《まんしんそうい》のルアージュは、足を引きずるようにして倒れたジキルのそばへ向かう。まだ生きているならとどめをささなくては。もたもたしていると、配下の吸血鬼が襲ってくる可能性もある。仰向けに倒れているジキルのそばに立ち、心臓を足で踏み抜こうとしたそのとき――。

「……今のは危なかったぜぇ」

ルアージュの目に飛び込んできたのは、潰れた顔のままニヤニヤと笑うジキルの顔だった。

第二十三話　すべてを懸けて

「よいかルアージュ。能力全解放の秘技は決して使うでない」

海を越えた遥か向こうからやってきたという老師は、私に秘技を伝えたあとそう告げた。使ってはならない秘技をなぜ教えたのか。ルアージュは率直な疑問を抱いた。

「全解放は人間がもつ本来の力をすべて引き出せる。だが、その代償は大きい」

「…………」

「これは言わば禁法だ。限界以上に力を引き出した代償に、体中の組織が破壊される」

つまり、死ぬということか。

「死なぬまでも、まずもとの暮らしはできぬであろう」

上等だ。

それであいつを殺せるのなら――。

――その禁法まで用いたというのに、こいつは死ななかった。もう私からできることはない。体が言うことをきかないのだ。ジキルは立ち上がるなり私を蹴り飛ばし、仰向けになった私の腹を踏みつけた。それからも、何度も執拗に私を蹴り、殴り、投げ飛ばした。もはや私は手足をもがれた虫のようなもの。死を待つだけの存在だ。そして、いよいよそのときがやってきた。

「手こずらせてくれたなぁ。ククク。また人間にしてはまあまあやるほうだったけどな」

ジキルは下卑《げひ》た笑みを浮かべ、私の胸ぐらを掴み無理やり立たせた。

「お楽しみの時間だぜ」

ジキルはそう口にすると、私の首筋に鋭い牙を立てた。ぢゅるぢゅると嫌な音を立てながら私の血を貪る。

「かああーー！　うめぇ！　やっぱり若い女の血は最高だな！」

首筋にかかる熱い吐息が気持ち悪い。私の体からどんどん力が失われていく。

「ああ……最高だ。必死に抵抗した女を屈服させて血を飲む。今俺は最高に気持ちがいい」

「…………」

「ああ、ああ……うま……い……ん、んぐっ！　がっ……！」

突然苦しみ始めるジキル。喉を押さえてヒューヒューと変な呼吸をしている。

「て、てめぇ……！　な、何を……！」

これが正真正銘、最後の切り札。あの日以来、私は特別な毒に銀の粉を混ぜたものを毎日少しずつ飲み続けてきた。すべてはこの日のために。目の前で妹を殺したあの男を確実に殺すために。喉を押さえてのたうち回るジキル。ああ、ルナ。やっと仇をとれたよ。そして、やっとお姉ちゃんもそっちに行ける。

「くそっ……！」

ジキルは懐に手を入れると、小さな小瓶を出して中身を一気に飲み干した。

「……ふう。今度こそダメかと思ったぜ」

ばかな──。

ジキルの体がふわりと光を放ったかと思うと、戦闘でついた傷がすべて元通りに回復した。

「これはな、この前殺した冒険者から奪ったエリクサーってやつだ」

エリクサー。あらゆる状態異常と傷を回復させる最高級の治療薬。今度こそダメか。もう万策尽きた。ああ。ごめんねルナ。お姉ちゃん、こんなに頑張ったけど無理だったよ。悔しいけど、もう体が動かない。左手は失い、体中の筋は切れ、片目も潰れ視界も悪い。ルアージュはルナに謝りながら終わりを待った。が──突如室内の温度が急激に下がり、空気がピンと張り詰めた。見えにくい目を凝らすと、ジキルの背後にゴシックドレスを纏った少女の姿が見えた。

「はぁ……。無茶はしないようにって言ったのに」

冷たい色を宿した紅い瞳で周りを睥睨《へいげい》しつつ、呆れたような言葉を口にしたその少女は――アンジェリカ・ブラド・クインシー。真祖である。

「あ……ああ……」

ルアージュはもうまともに言葉を発することもできない。とんでもない魔力と殺気を纏うアンジェリカに、さすがのジキルも無視できないようだった。

「……何者だ、貴様」

アンジェリカはその言葉を無視し、ルアージュのそばへ転移すると彼女を連れてまたもとの場所へ戻った。

「あーあ。こんなにボロボロになって。まあ内部のダメージはパールが何とかしてくれるでしょ」

アンジェリカはルアージュの左肩に手を触れる。

「『再生《リ・ジェネレーション》』」

ジキルに斬り飛ばされた腕が再生する。

「あ……ああ……」

「喋っちゃダメよ。大人しくしてなさい」

「な、なんで……ここに……」

「ああ。あなたにあげたリングね、私が作った魔道具なのよ。あなたの命が失われそうになったとき、

私が居場所を感知できるようになってるの」

事もなげに言い放つアンジェリカ。

「き、貴様は何者だ……」

アンジェリカはジキルに視線を向ける。

「人に名前を聞くのなら自分から名乗りなさい」

「その紅い目……そうか、貴様も同胞か。ならなぜ俺の邪魔をする？　多少やるようだが、俺は貴様などがまともに口をきける存在ではないんだぞ？」

ジキルはアンジェリカを睨みつける。

「俺はジキル・トレーズ。八百年以上続く吸血鬼の名門、その嫡男だ」

トレーズ……トレーズ……。アンジェリカは思考を巡らせる。

何となく聞き覚えがある。ああ、お父様の眷属に連なる一族か。

「はあ……。その末裔がこれとか」

アンジェリカはこれみよがしにため息をつく。その様子を目にしてジキルは激昂した。

「何だ貴様のその態度は！　名門トレーズ家に敵対する気か⁉」

「敵対してもいいけど、あなたも家族も皆殺しにされちゃうけどいいの？」

アンジェリカは目を細めてジキルを凝視した。

「ああ？　舐めてんのか小娘」

「はあ。面倒くさいわね。えーと、トレーズ家のジキルだっけ？　私はクインシー家の者よ」

アンジェリカが家名を告げると、ジキルは真顔になって凍りついた。

クインシー。その家名を知らない吸血鬼はいない。クインシーを名乗れる者は六名しかいない。真祖であるサイファ・ブラド・クインシーとその妻メグ、皇子のシーラ、キョウ、ヘルガ、そして唯一の娘であり王女、アンジェリカ。

アンジェリカ・ブラド・クインシー。男兄弟を押し除け、サイファ・ブラド・クインシーに匹敵すると言われる真祖一族最強の存在。単独でいくつもの国を滅ぼした国陥としの吸血姫。ジキル配下の吸血鬼は全員が腰を抜かして震えている。本能的に逆らってはいけない相手と認識したようだ。

「ば、ばかな。なぜ真祖の王女がこんなところに……！」

ジキルはよろけながらも何とか言葉を紡ぐ。

「で。そのトレーズ家の嫡男さんが、クインシー家の王女である私に何か文句があるのかしら？」

アンジェリカは冷たい光を携えた紅い瞳をジキルに向けた。

第二十四話　愚かな選択

先ほどまでの激しい戦闘が嘘のように広間のなかは静寂に包まれていた。凛とした空気を纏い圧倒的な存在感を放つアンジェリカに、ジキルも配下の吸血鬼も凍りついたように動けない。当然である。アンジェリカ・ブラド・クインシーは、あらゆる種族において恐怖の対象なのだ。吸血鬼の頂点に君臨する真祖は雲の上の存在であり、その王女であるアンジェリカはこれまで種族を問わずいくつもの国を滅ぼしてきた伝説級の吸血鬼である。純血種とは言えジキルが固まったように動けなくなるのも無理はない。

「ねえ、トレーズ家のジキル。私の言葉が聞こえなかったのかしら?」

冷たい光を宿した深紅の瞳がジキルを突き刺す。

当のジキルは愕然とした表情を浮かべたまま、大量の冷や汗をかいていた。

「……いえ。聞こえている……います」

アンジェリカの問いかけにハッとしたジキルは、やや苦々しそうな顔で答えた。

「そう。文句はないのね」

「ええ……」

これまで味わったことがない屈辱に、ジキルは顔を歪ませる。くそっ、なぜこんなところに真祖が! しかも、なぜ人間の小娘を助けやがるんだ!

ジキルが以前からイシスを拠点としていたのなら、アンジェリカの話も耳に入っていただろう。だが、ジキルがこの街にやってきたのは割と最近のことだ。アンジェリカがランドール国内にいるなど知るよしもなかった。

「あ、そうそう。お前には悪いけどここで死んでもらうから」

日常における会話のように軽い調子でとんでもないことを告げられ、ジキルは驚愕する。

「な、なぜですか!?」

「お前はやりすぎたのよ。ほんと吸血鬼の恥さらしだわ。真祖としても放置できない」

ジキルは奥歯が砕けんばかりにギリギリと強く噛み締め、アンジェリカに怒気を含んだ目を向けた。

「ふ、ふざけている……。そっちこそこれまでどれくらいの人間を殺してきたんだ？　俺のやったことなんかかわいいものじゃないか！」

「それは否定しないわ。でも私は娯楽や快楽目的で殺したことはないし自ら率先して国を滅ぼそうとしたこともない。ましてやこんな姑息な手を使ったこともね」

そんなことを言われてもジキルとしては納得できない。そして彼は、もっとも愚かな選択をした。

「ふん……バカバカしい。よく考えたらお前が真祖である証拠なんかないじゃねぇか。名前なんかいくらでも騙れるしな」

目の前の小娘はたしかに強大な魔力を秘めている。だが、そもそも真祖のような伝説の生き物がこんなところにいるものだろうか。きっとこいつも俺と同じ純血の吸血鬼だ。どういう理由なのかは知らないが、真祖を騙って俺を排除しようとしているのだろう。ジキルは都合よく結論づけた。

こちらにはまだ配下が十名近くいる。俺も本気でかかればきっと何とかなるだろう。

「ふうん。敵対するってことね？」

アンジェリカは腕を組んだままジキルに冷たい視線を送る。

「当たりめぇだ！　何が真祖だ！　てめぇのはったりにいつまでも付き合ってられるか！　おい！　お前らいつまでそうしてやがる！　こんな小娘、全員でかかって殺してしまえ！」

興奮した様子のジキルは大声で配下に指示を出した。が、その刹那――

「ごきげんよう。そしてさようなら」

どこからともなく現れた美しいメイドが、またたく間に吸血鬼たちの首を刎ねていった。アンジェリカの忠実なる眷属でありメイド、アリアである。あまりにも一瞬の出来事であったため、首を刎ねられた吸血鬼たちは何が起きたのか理解できなかったようだ。転がる首は一様にぽかんとした表情を浮かべている。

「な……ななっ！　……！」

ジキルも目の前で起きたことが信じられなかった。屈強な冒険者やハンターを歯牙にもかけない配下たちが、一瞬であっさりと殺されたのだ。

「ば、ばかな……！　こんなことあるわけ――」

驚きと恐怖で震えるジキルの耳に、ボトンという音が聞こえた。途端に走る激痛。

「ぎゃあああああ!!」

見ると左腕がなくなり鮮血が噴き出していた。足元には切断された腕が転がっている。転移でジキルの背後にまわったアンジェリカが手刀で切断したのだ。

「ずいぶん脆いのね」

アンジェリカは、肩を押さえてうずくまるジキルに無感情な目を向けると、胸倉を掴んで無理やり立たせた。

「うーん。バランスが悪いわね」

そう口にするなり、アンジェリカは残ったもう一つの腕を掴み、まるで小枝を折るようにもぎとった。

「ぐぎゃぁあああっがっっぐぅぅぅ……!!」

断末魔のような叫び声をあげてのたうち回るジキル。アンジェリカはその様子をじっと眺めていた。

「も、もう……許して……ください……」

床に横たわったジキルは涙目で訴えた。

「そうやって許しを乞う相手をあなたは許してきたのかしら?」

ジキルはもう何も言えなかった。ほとんど魔力を使わずともこの強さ。間違いなく真祖だと認識させられた。ジキルは己の愚かな選択を心の底から後悔した。

「死んでもらうとは言ったけど、あなたを殺すのは私の役目ではないわ」

アンジェリカは座って壁にもたれかけているルアージュへ目を向ける。

「ルアージュ。これはあなたがやるべきことよ」

先の戦闘で多大なダメージを負ったルアージュは、すでに意識が朦朧としていた。腕は再生したとはいえ、体は満身創痍であり目の焦点も定まらない。そんな彼女の前に、アリアが一振りの剣を差し出す。

「……これを」

広間へ入る前に回収されていたルアージュの剣だ。

「……あ……あ……」

ルアージュは霧散しそうな意識を必死に手繰り寄せる。痙攣が治まらない両手で受け取った剣を杖のようにして立ち上がると、よろよろと床に転がるジキルのもとへ歩み寄った。

「ひっ……！　や、やめろ……！」

鞘から抜いた剣を携え、幽鬼のようにふらふらと迫ってくるルアージュにジキルは戦慄する。

「ふ、ふざけるなよ！　人間ごときにこの俺が……！」

まだ口は達者だが、両腕をもがれているため何もできない。仰向けになったジキルのすぐそばに立ち、剣を垂直に構える。

「……ルナの……仇……!!」

ルアージュは全体重をかけ、剣の先端をジキルの心臓に突き刺した。

「ひぎゃあああっあっ……ああ……あ……――」

今度こそ断末魔の叫びをあげたジキル。血走った目を大きく見開き、僅かに体を痙攣させたあとジキルの体は灰になった。

「……やったのぅ？」

半ば呆然とした様子のルアージュ。最後の力を一滴まで使い果たした彼女は、その場に崩れ落ちそうになったが――。

「……あ………」

その前にアンジェリカが彼女の体を支えた。

「ルアージュ。お疲れ様」

僅かに微笑みながら労いの言葉をかけるアンジェリカ。途端にとてつもない安心感に包まれたルアージュは、そのまま意識を失った。

第二十五話　戦いを終えて

すべてが片づいたあと、アンジェリカは冒険者ギルドへ、アリアはルアージュを連れて屋敷に戻った。ルアージュは瀕死の重傷を負っていたが、パールが聖女の力を使うとたちまち回復し、そのままぐっすりと深い眠りについた。

「とまあ、そういうことよ。イシスの人々を襲ってたのは、市長を殺して成りすましていた吸血鬼とその配下ね」

冒険者ギルドの執務室でギブソンと向かい合うアンジェリカは、事の次第を簡潔に説明した。

「そうでしたか……。ではおそらく、市政に関わっていた者の大半も殺されていると考えてよいでしょうね……」

高い確率でそうだろう。あの場にいたジキル配下の吸血鬼たちは皆身なりのよい格好をしていた。おそらく殺されて成りすまされたと考えられる。

「犠牲になった冒険者たちの遺体もそのままだから、早めに何とかしてあげてちょうだい。あとは政治を立て直すための人材も必要だろうけど、それはバッカスが何とかするでしょ」

「そうですね。早急に行動を起こします」

ギブソンは目に強い光を携えて頷く。

「じゃあ私はこれで帰るわね。あとのことはよろしく」

「はい。アンジェリカ様。此度もこの国の問題を解決するのに手助けをしていただき、深く感謝しております。ありがとうございました」

ソファから立ち上がったギブソンは深々と腰を折って頭を下げる。

「気にしなくていいわ。吸血鬼がやらかしたことだし、こちらにも事情があったしね」

それじゃ、と告げるとアンジェリカはその場から姿を消した。


「うーん。大丈夫かなぁ……」

アンジェリカ邸の一室で眠り続けるルアージュの顔を心配そうに眺めるパール。何があったの？ってくらいボロボロだったからなぁ。ほんとびっくりしたよ。それにしても、女の子の顔をあんなに傷だらけにするなんて酷いよ！　私がその場にいたら魔導砲と魔散弾でもっと酷い目に遭わせてあげたのに！　ぷんぷん、と静かに怒りを燃やす。実際にはアンジェリカに両腕をもがれるなどかなり酷い目に遭っているのだが。

「パール、様子はどう？」

手ぬぐいと水が入った桶を携えたアリアが部屋に入ってきた。

「ぐっすり眠ってるよー」

「そう。はい、これ持ってきたわよ」

「うん、ありがとうお姉ちゃん」

パールは受け取った手ぬぐいを水で濡らし、ルアージュの顔や腕の汚れを拭き始める。癒しの力で傷はすっかり元通りだが、自分の血や返り血で酷い有様なのだ。

「私がやるからいいのに」

コトン、とパールの隣に置いた椅子に腰掛けるアリア。

「だってお姉ちゃん、人間嫌いでしょ？」

「うっ……」

図星であるため苦笑いを浮かべる。パールが冒険者として活動し始めてからさまざまな人間と関わる機会が増えたものの、アリアの人間嫌いは相変わらずであった。

「最近はかなりマシになってきたわよ」

たしかに、以前と比べれば「下等な人間ども」や「劣等種の人間ごとき」といった発言は減っている。

「ほんとかなー。私も人間なんだし、お姉ちゃんにはもっと人間を好きになってもらいたいよ」

「う……。努力する……」

かわいい妹にそう言われると従うしかないアリアであった。

「ただいま。ルアージュはどう？」

「ひゃっ！」

急に背後から声をかけられ、パールは思わず変な声を出してしまった。

「んもう、驚かさないでよママ。ルアージュさんの傷は治したから、今は眠ってるだけだよ」

「そう。さすがパールね」

アンジェリカはパールの頭をそっと撫でると、ベッドで静かに寝息をたてるルアージュへ目を向ける。あれだけの戦闘を繰り広げたあとだ。まだしばらくは眠り続けるかもしれない。

「今はゆっくり休ませてあげましょ」

アンジェリカの言葉にパールは頷く。そのまま、とりあえずお茶にしようとアンジェリカに連れられテラスへ向かった。


テラスではすでにフェルナンデスが待機していた。アンジェリカやパールが着席したタイミングを見計らい、ティーポットからカップへ紅茶を注ぎ始める。鼻に抜けるような爽やかな香りが湯気にのって広がる。

ああ、幸せな時間だわ。アンジェリカは目を閉じて紅茶の香りをうっとりと楽しんだ。カップに手を伸ばそうとしたとき、庭の奥から白銀の皮毛を揺らしながらアルディアスが近づいてきた。

『アンジェリカよ。ルアージュはどうなった？』

彼女は彼女でルアージュのことを心配していたようだ。

「危ないところだったけど何とかなったわ。彼女自身の手で仇も討てたしね」

『そうか……。本懐を遂げたのじゃな……』

アルディアスは空を見上げてぽつりと呟く。

『それにしてもアンジェリカよ。そなたも相変わらず素直ではないのぅ。助けるつもりなら最初から手助けしてやればよかったものを』

「べ、別にそんなんじゃないわよ。ただ、今回は一応同族が馬鹿なことをしてたみたいだし……」

照れ隠しなのか、紅茶を一気に半分ほど飲み干す。

『クックッ。パールよ、この母のようにならぬよう気をつけるのじゃぞ。素直になれぬ者は婚期も逃すからのぅ』

くつくつと愉快そうに笑うアルディアスとは対照的に、アンジェリカの眉間にシワが寄る。

「……なに、あなた私が婚期を逃してるって言いたいの?」

『別にそなたのことを言ったわけではないぞよ』

どこまでも愉快そうなアルディアスに、アンジェリカは忌々しげな視線を向ける。

『ただ、そなたの天邪鬼な性格がパールに移ったら婚期を逃しそうで心配じゃわ』

「いや、嫁になんてやらないし」

思わず本音が出てしまうアンジェリカ。

「ねーママ、婚期って何?」

「知らなくていいのよ」

うん。知らなくていい。パールが嫁に行くとか考えただけで発狂しそうだ。ああ嫌だ嫌だ。ふるふるふると頭を振るアンジェリカを、パールは不思議そうに見つめるのであった。と、そこへルアージュの様子を見守っていたアリアがやってきてこう告げた。

「お嬢様。ルアージュさんが目覚めたようです」

第二十六話　賑やかなる森

客間の扉を開けたアンジェリカたちの目に飛び込んできたのは、ベッドの上で半身を起こしたルアージュの姿だった。どうやら、パールの力でダメージはほぼないようだが、なぜか不思議そうな表情を浮かべている。

「ルアージュ、もう起きて大丈夫なの？」

アンジェリカから声をかけられたルアージュがぼんやりとした顔で視線を向ける。

「あ……はいぃ。あの……私って……」

「……もしかして、あまり覚えてない？」

無理もないと思った。散々ダメージを受けてさらに血まで吸われたのだ。記憶が曖昧になっていても仕方がない。

「はいぃ。あの、アンジェリカ様。私はあいつを倒せたのですよ……ねぇ？」

「ええ。たしかにあなたが剣であいつの心臓を貫いたわ。あいつは私たちの目の前で灰になって消滅した」

ベッド脇の椅子に腰掛けたアンジェリカは、優しく諭すようにそのときの状況をルアージュへ説明した。

「そう……ですかぁ。私……ルナの仇をとれたんですねぇ……」

そう呟くように口にしたルアージュ。

記憶は曖昧でも、今ごろになってやっと実感が湧いてきたのだろう。少し俯いたルアージュの瞳から大粒の涙が零れ落ちる。肩を震わせながら嗚咽《おえつ》し始めたルアージュの頭を、アンジェリカは優しく撫でた。

「よく頑張ったわね」

目の前で愛する妹を奪われ、仇を討つためにすべてを費やしてきた。オシャレや恋愛を楽しむ同年代の少女を尻目に、地獄のような日々を送ってきた。剣を握る手のひらの皮は何度破れたか分からない。文字通り、血反吐を吐きながら修行を続け、やっとこの日がやってきた。アンジェリカからかけられた労いの言葉を聞き、これまでの日々が鮮明に蘇る。そうだ。やったんだ、やり遂げたんだ。ルナの仇をこの手で……！

ルアージュはベッド脇に座るアンジェリカに抱きつき大声を上げながら号泣し始めた。アンジェリカがやや困った顔をパールに向けると、彼女もまた号泣していた。なぜだ。五分ほどたっぷり泣いたあと、ルアージュはやっと落ち着きを取り戻した。

「す、すみませんでしたぁ。アンジェリカ様には助けてもらったばかりか、こんなに甘えてしまってぇ……」

先ほどの大泣きぶりがさすがに恥ずかしくなったのか、ルアージュの顔は少々赤い。

「まあいいわ。それよりあなた、体はどう？　ダメージはもうないと思うけど」

「あ、はいぃ！　傷もすっかり治ってますし、痛いところもまったくありません！」

ベッドの上でぐるぐると肩を回す。本当にすっかり治ったようだ。

「あなたを治療したのはこの子、娘のパールよ」

自慢げに胸を張るパール。やだかわいい。

「そ、そうだったんですねぇ。パールちゃん、ありがとうございましたぁ」

ベッドの上でぺこりと頭を下げる。

「それで、あなたこれからどうするの？　仇討ちは終わったし家に戻るの？」

「はい……。父に報告しないといけませんしぃ。あと妹のお墓にも」

そう口にしたあと、少し黙り込んだルアージュだったが……。

「あの、アンジェリカ様。報告が終わったらまたここへ戻ってきていいでしょうかぁ？」

いきなり意味不明なことを言い出した。

「いや、どうしてよ。もう仇も討ったんだし、ここにも私にも用はないでしょ」

「妹の仇を討てたのもアンジェリカ様のおかげですぅ。だから、そのご恩をお側で返したいんですぅ」

いや、そういうのいらないし。

「お願いしますぅ。何でもしますからアンジェリカ様のお側に置いてくださいぃ」

うるうると涙を溜めて訴えるルアージュ。

すると横にいたパールが、

「ママ……。私はルアージュちゃんと一緒に暮らすの楽しそうって思うんだけど……」

まさかの援護射撃。パール砲炸裂である。

「えぇぇ……。でも、アリアが……」

アンジェリカは人間嫌いのアリアにちらりと目を向ける。

「私は……別にいいと思いますよ。私が屋敷にいないときにメイドの仕事やってもらうとか……」

アリアお前もか――実は、先ほどパールから人間をもっと好きになってほしいと言われたことも多少影響している。

「はぁ……。分かったわ。好きにしなさいよ」

こうして、新しく屋敷の住人が増えたのであった。


翌日、報告のために屋敷をあとにしたルアージュだったが、三日もしないうちに戻ってきた。本当に報告だけして戻ってきたようだ。そして、彼女が戻ってきたまさにその日、アンジェリカを取り巻く環境はさらに賑やかさを増した。アルディアスが出産したのである。母親と同じく白銀の毛を纏った子フェンリルが三頭も産まれた。パールもルアージュも大喜びである。平静を装っていたアンジェリカであったが、実は誰よりも喜んでいたのはここだけの話。何せモフモフ要員が一気に増えたのだ。喜ばないはずがない。産まれてきた赤子はすでに大型犬くらいの大きさはある。アルディアスの話によれば成長も早いとのこと。

「ああ……かわいいいい……」

すでにパールはすっかり子フェンリルの虜である。キラやルアージュ、果てはアリアまでもが子フェンリルから離れない。ソフィアやレベッカがやって来る頻度も増えそうだ。それにしても……。真祖に聖女、Sランカーのハーフエルフ、吸血鬼ハンターの人間、神獣フェンリル×四頭。昔に比べてずいぶんと賑やかになったものだ。でも、こういうのも悪くないかもね。子フェンリルから離れないパールたちを眺めつつ、アンジェリカはそんなことを考えるのであった。

閑話2　我の名は

「あ。お師匠様おはようございます」

「ママおはよー」

まだ朝の早い時間帯ではあったが、アンジェリカ邸のダイニングルームではキラとパールが朝食をとっていた。

「おはよう。今日はずいぶんと早いのね」

アンジェリカは二人に声をかけながら向かい側に着席する。

「ええ。今日はギルドへ行く日なので」

「ああ、そう言えば昨日そう言っていたわね」

「むぐむぐ、昨日ギルドマスターさんからねもぐもぐ、案件を渡されたんだーむぐむぐ」

左手にフォーク、右手にパンを掴んだパールが補足してくれるが……。

「パール、食べながら喋るのやめなさい」

アンジェリカに注意され、パールはおとなしくもぐもぐし始めた。やっぱりこういうことはちゃんと注意しなきゃね。この子が恥をかくことになるかもしれないんだから。きちんと母親らしいこともしているアンジェリカである。

「ごちそうさまー！　キラちゃん、私ちょっと準備してくるね」

パールはそう告げるとパタパタと足音を立てながらダイニングをあとにした。

「パール、パタパタ走るんじゃないの」

「はーい！」

元気よく返事したパールだが、閉まった扉の向こう側からは相変わらずパタパタと音が響いていた。

「はぁ。あの子はほんとに……。すっかりお転婆娘に育っちゃったわ」

「まあお師匠様の娘ですしね」

こめかみを押さえて眉間にシワを寄せるアンジェリカに、キラは正直な意見を告げる。

「どういう意味かしら？」

「あーっと、ごちそうさまでした！　私も準備しなきゃ……！」

アンジェリカからじろりと視線を向けられたキラは、慌ててその場を離脱しようとする。まったくこの弟子は。はぁ、と軽くため息をついたタイミングでダイニングの扉が開き、メイドのアリアが入ってきた。

「キラ、おやつにコレ持っていきなさいよ」

アリアは小さな革袋をキラに差し出した。

「なにこれ？」

「この前ソフィアさんがお土産に持ってきてくれたのよ。デュゼンバーグで流行ってるチョコレート菓子なんだって」

キラは革袋からチョコを一つ取り出すと、包装を剥がして口に放り込んだ。

「んん……美味しっ。あ、これってチョコのなかにウイスキーが入ってるのね」

口のなかでチョコの甘味とほのかな苦味、芳しいウイスキーの風味が絶妙に絡み合う。

「いいねこれ。アルコール結構きついけど美味しい。ケトナーたちにも分けてあげよっと」

「お酒入ってるからパールにはあげちゃダメよ？」

「分かってるよ。ありがとうね」

アリアから受け取った革袋を大事そうに携え、キラはダイニングをあとにした。

――リンドル・冒険者ギルド――

朝は冒険者ギルドがもっとも混雑しやすい時間帯だ。すでに多くの冒険者がたむろしており、朝だというのに熱気で肌がじっとりと汗ばむ。パールがギルドに足を踏み入れると、テーブルに足をのせて行儀悪くくつろいでいた冒険者たちが慌てて足をおろした。

「お嬢はざーっす！」

「お嬢ちゃーっす！」

「お嬢今日もかわいいっす！」

次々と挨拶してくる屈強な冒険者たちに愛想を振りまきながら、パールたちは受付へ向かう。

「ケトナーたちはまだ来てないのかな？」

キラが室内を見回すと、奥まった場所にあるテーブルでケトナーとフェンダーが複数の冒険者と談笑している様子が目に入った。

「パールちゃん、ケトナーたち呼んでくるから受付お願いしていいかな？」

「はーい」

パールは慣れた様子で冒険者たちの隙間を器用にすり抜けつつ受付のカウンターへと進んだ。

「トキさん、おはようございます！」

「はい、パールちゃんおはようございます」

メガネが似合う美人受付嬢、トキがにっこりと笑みを返す。

「今から例の討伐に出かけるので手続きをお願いします」

「はい。ギルドマスターから伺ってますよ。パールちゃんたちなら心配ないとは思うんだけど……。ちょっとよく分からない部分が多いから気をつけてくださいね」

トキは少し心配そうな視線をパールに向けつつ、依頼内容をまとめた書類を手渡した。

「はい！　ありがとうございます！」

元気よく答えたパールは、受け取った書類を胸の前に抱えてキラたちのもとへ向かった。


「それじゃあ、依頼内容の再確認をするわね」

テーブルについた三人にそう告げると、キラは書類に目を落とす。

「昨日ギルドマスターから聞いた通り、依頼そのものはいたってシンプルよ」

依頼内容は盗賊の討伐である。何でも、最近国境近くで商隊ばかりを狙った盗賊が出没しているらしい。しかも、ただ積荷を奪うだけでなく、その場にいた者を皆殺しにするという残忍な手口とのこと。商隊も冒険者や傭兵を護衛に雇うなど自衛したようだが、それでも被害があとを断たないらしい。リンドルのギルドからも何人かの冒険者が護衛依頼を受けたようだが、誰一人戻ってこないとのことだ。そのため、盗賊がどのような奴等なのか、人数はどれくらいいるのかといった情報がまったくといっていいほどない。

「依頼そのものはシンプルだが、討伐対象の情報がまったくないのは不気味だな」

Sランク冒険者のケトナーが顎をさすりながら呟く。

「ああ。もしかしたら人間じゃねぇ可能性もある」

フェンダーも腕を組んだまま、珍しくまじめな表情だ。

「まあ、だからこそうちらのパーティに話が来たんでしょうよ」

三人のSランカーと一人のAランカーで構成されるこのパーティは、間違いなくリンドルの冒険者ギルドにおける最大戦力である。しかも、そのうち二人は真祖から直接手ほどきを受けている手練れだ。高難易度や情報不足の案件を回されるのはある意味仕方がないことである。

「もしかしたら、とんでもなく強い種族の敵が待ち構えてるかもってことだよね」

ちょこんと椅子に座るパールが口を開く。

「その可能性はあるよね。まあこの面子なら何が来ても大抵は大丈夫だろうけど」

キラは苦笑いを浮かべながら手元の書類を折りたたむ。

「じゃあさっそく出かけようか。今日ランドールに出入りする商隊は二つ。そのうちのどちらか、もしくは両方が襲撃される可能性がある。私たちは近くに潜んで様子を見て、敵が現れたら殲滅する」

キラの言葉に頷いた三人は、目的地へ向かうためすぐさま準備に取りかかった。


ランドール共和国とセイビアン帝国を隔てる国境周辺には、整備されていない手つかずの荒野が広がっている。ゴツゴツとした大小さまざまな規模の岩山がいくつも点在するため、身を隠して待ち伏せするには適した環境だ。

「このあたりでいいのか？」

周りをきょろきょろと見回すケトナー。

「この辺は地面が硬いうえに平らだから、帝国との行き来によく使われてるのよ。ちょっとした道のようなものができてるでしょ？　基本的に商隊もここを通るわ」

風に靡く髪を押さえつつキラが答える。

「なら、道を挟むような形で待ち伏せたほうがいいな」

商隊が通るであろう道に目をやりながら、フェンダーが提案した。道、と言っても整備されたものではなく、幅は二十メートルほどある。敵が現れる場所によっては対応が遅れてしまうため、フェンダーの提案は的を射ていた。

「そうね。じゃあ二手に分かれて待機しましょ。どう分ける？」

「どちらにも魔法の使い手は欲しいな。俺とパール嬢、フェンダーとキラでどうだ？」

ケトナーの提案に三人が頷く。

「どんな敵か分からないから慎重にいきましょ。ヤバそうな相手ならヘタに手を出さないこと。自分たちの命が最優先よ。パールちゃんもいいね？」

「うん！」

こうして、パーティを二つに分けたパールたちはそれぞれが岩場に隠れて敵が現れるのを待つことにした。三十分程度が経過したころ、帝国側から商隊がやってきた。パールたちに緊張が走るが、盗賊らしいものは現れなかった。

「盗賊出なかったねー」

「そうだな。だがまだ油断はできん。パール嬢、気を抜かないようにな」

「はーい」

お腹すいたなー、などと考えながらパールは岩場の陰からあたりの様子を窺った。さらに一時間程度が経過したころ、今度はランドール側からの商隊が国境に差しかかった。

「今日国境を通過する商隊は二つだから、これが最後よね」

「ああ。もし盗賊が現れるとしたら――」

――キラとフェンダー、二人は同時に異様な雰囲気を察知する。

「何か、禍々しい魔力を感じるわ……」

小声で一人ごちたキラは、そっと岩山から顔を出し、あたりに視線を巡らせる。間もなく商隊の先頭はキラたちが潜む岩場の近くへ達しようとしていた。と、そのとき。キラは商隊から百メートルほど離れた場所に、誰かが立っているのを見つけた。距離があるためよく見えないが、ローブを纏った小柄な人間に見える。何だ？　そこで何をしている？　キラが疑問を抱いた刹那――。

商隊の先頭集団が突然爆ぜた。突然の轟音に、思わず耳を塞ぐキラとフェンダー。

「い、いったい何だ⁉」

「分かんないけど、多分あいつが放った魔法だと思う！」

悠々と商隊へ歩を進める小柄なローブ姿のそれは、紛れもなく禍々しい魔力の元凶だった。どうする？　飛び出すか――。キラたちが迷っているさなか、小柄なそれが纏っていたローブを脱ぎ捨てた。健康的に見える小麦色の肌に特徴的な長く尖った耳。肌を刺すような禍々しい魔力に強力な魔法。

「――ダークエルフ」

愕然とした表情を浮かべたキラがぼそりと呟く。ダークエルフはエルフとまったく異なる存在と言っても過言ではない。多くの個体はあらゆる種族に敵対し、剣技や体術、魔法に長けている。

「まずいよ、フェンダー。あれはダークエルフだ」

「そんなにやべぇのか？」

「エルフの上位種であるハイエルフにも匹敵する魔力をもち、しかも独自の闇精霊魔法を操るとびっきりにヤバいヤツだよ」

キラの頬を冷や汗が伝う。四人でかかれば何とかなる可能性はある。だが敵の力が上回ればそのときは……。パールちゃんの命を危険に晒してしまう。

「……残念だが撤退だ。パールちゃんを危険に晒すわけにはいかない。一度撤退しギルドマスターに相談を――」

途端に腹の底まで響くような爆発音があたり一帯に響き渡る。またあいつが魔法を⁉ と思ったキラの視界に映ったのは、警戒対象であるダークエルフの周辺が派手に爆ぜる様子。そして、何が起きたのか理解できず、混乱するキラたちの耳へ飛び込んできたのは……。

「……我の名はパール！　偉大なる真祖アンジェリカ・ブラド・クインシーの愛娘であり聖女、Aランク冒険者であーる！　……ひっく」

鈴のようなかわいらしい声で名乗りをあげるパールの声だった。

「！！！？！！？！？」

驚きすぎて心臓が止まりそうになったキラとフェンダー。声がする方向に目を向けると、岩山の上に立つパールの姿が目に入った。彼女の背後には直径一メートル前後の魔法陣がすでに五つ展開されている。やる気満々だ。

「ちょ、ちょちょちょ待って！　パールちゃん何やってんの⁉」

「お、俺に聞いても知るかよ！　もしかしてケトナーの作戦とか？」

「んなわけないでしょーが！」

慌てたキラは飛行魔法を使い、低空飛行で目立たぬようケトナーのもとへ向かう。

「ちょっと！　何やってんのよ！　パールちゃんどうしちゃったの⁉」

キラはケトナーの両肩を掴んで前後に激しく揺する。

「い、いや、それが俺にも何が何だか……。いきなり様子が変になって……」

ケトナーの顔も真っ青である。と、ケトナーの足元に何かの包み紙が落ちているのを視界の端に捉える。朝、アリアから貰ったウイスキー入りチョコレートの包装紙だ。そう言えば、ギルドでケトナーたちにもお裾分けしたんだった。

まさか――。

「ねえ……朝あげたチョコ、まさかパールちゃんに食べさせてないよね……？」

「ん？　いや、一つ分けてあげたが？　パール嬢がお腹空かしてたみたいだったからな」

キラは頭を抱えてうずくまった。間違いなく原因はそれだ――ケトナーたちにお裾分けしたとき、キラはウイスキー入りのチョコと説明するのを忘れていたのだ。つまり、今のパールは酔っ払っている。と、再び轟音があたりに響き渡った。

「ふふふー！　どうした！　それでも商隊をいくつも襲撃したお尋ね者か！　ひっく。本気でかかってこーい！　ひっく」

　パールの声も響き渡る。酔って力の加減ができなくなっているのか、凄まじい威力の魔導砲を連発しているようだ。

「ちょっと、どうすんのよ……」

「……こうなったらやるしかないだろ。パール嬢だけに戦わせるわけにはいかん」

「相手がダークエルフってのも問題だけど、今の酔っ払ったパールちゃんに魔法で誤射される可能性もあるんだけどね」

　じろりとケトナーを睨むキラ。

「す、すまん。とりあえず、パール嬢より少し下がった位置、商隊を守れる場所に展開しよう」

　こうして、なし崩し的にダークエルフとの戦闘が開始したのであった。


　今回も簡単に終わるはずの仕事だった。ランドールから帝国へ向かう商隊を襲い、積荷を奪って商人と護衛を皆殺しにする。すべてあいつの指示だ。これまでの襲撃はすべて成功している。なかには多少まともな護衛もいたが、そもそもただの人間がダークエルフの魔法に敵うはずはないのだ。獰猛な目をしたダークエルフの女、ウィズは慣れた作業のように商隊へ魔法を放った。あとは接近して一人残らず斬り刻み、逃げる奴は魔法で焼き尽くすだけだ。

「つまらん仕事だ」

　不満げな表情を浮かべたまま纏っていたローブを脱ぎ捨てる。服の上からでも分かる見事な双丘とくびれた腰。男を虜にする扇情的な肢体を晒し、ウィズは商隊へと歩みを進めた。そのとき――

向かって右方向からいくつもの閃光が迫ってきた。

「⁉」

それが魔法だと気づくのにやや時間を要してしまった。なぜなら、このような魔法を目にするのは初めてだからだ。かろうじて回避したウィズだが、土煙が収まってから周りを見まわして驚愕した。周囲にはいくつものクレーターができている。恐るべき魔法の威力――

これほど威力が高い魔法の使い手はダークエルフのなかにもそれほどいない。嫌な汗が背中を伝うが、同時に喜びも湧きあがる。これほどの使い手と戦える機会は少ない。ウィズは魔法が放たれた方向に視線を向ける。商隊の護衛……ではなさそうだ。だが無関係でもないだろう。となると、別働隊の護衛だろうか。目を凝らすウィズの視界に、魔法を放ったと思わしき者の姿が映り込む……が。

「……は？　こ、子ども……？」

小さな岩山の上に立つのは小さな女の子。美しい金色の髪が印象的なその女の子の背後には、いくつもの魔法陣が展開されていた。

「……あの子どもがさっきの魔法を？」

とてもではないが信じられず、ウィズは目眩を起こしそうになる。が、次に耳へ届いた言葉にウィズはさらに混乱してしまった。堂々とした佇まいで名乗りをあげた少女は、自らを真祖の愛娘、聖女、Aランク冒険者と口にした。意味が分からない。

「は⁉　真祖の娘？　んで聖女でAランカーの冒険者？」

まったく理解できず頭を抱えるウィズ。いやいや、てことは吸血鬼ってこと？　どう見ても人間にしか見えないんだが。そもそも吸血鬼で聖女っておかしいでしょうよ。そんなことを考えていると、再び先ほどの魔法が岩山から放たれた。

「……くっ！」

風にのって少女の笑い声と煽る言葉が聞こえてくる。

「かわいい顔して戦闘狂かよ！」

この距離で戦うのはまずい。こうなったら接近して……！　子どもに手をかけるのは趣味じゃないが、こっちも仕事だ。が、先ほど言っていた真祖の娘、というのが気になる。仮にそれが真実だとすれば、真祖の娘に手をかけた私は間違いなく敵と認識される。それがどのような結末を招くのかは言わずもがなだ。真偽を考えたところで分からない。仮に真実としても、死体まで消してしまえば足はつくまい。ウィズは考えをまとめると、猛烈な勢いで少女が立つ岩山へ駆け出した。

「キラ、来たぞ！」

「ああ、奴をパールちゃんに近づけるわけにはいかない。私も魔法で援護するから何とか食い止めて！」

見事な双丘を揺らしながら迫ってくるウィズの姿を確認すると、まずケトナーが岩陰から飛び出した。ケトナーの姿を視界に捉えたウィズは、走りながら背中の剣を抜き払う。

「どおりゃあーー‼」

大剣でウィズの胴を薙ごうとするケトナー。だがウィズはそれを飛んでかわすと、そのままケトナーに斬撃を放った。間一髪かわせたケトナーだが、着地したウィズの横蹴りをまともに喰らい地面を転がる。

「『炎矢《ファイアアロー》』！」

岩場の陰から姿を現したキラが援護射撃する。さらに、反対側からフェンダーも駆けつけてまたたく間に乱戦となった。

「ちっ！　やはり別働隊の護衛がいたか！」

ウィズは忌々しそうに呟くと、手のひらに集めた魔力をキラに放った。岩場が粉々に砕かれ、衝撃でキラも地面を転がった。

「てめぇぇぇぇ！」

フェンダーが自慢の大型ハンマーで踊りかかるが、ウィズはすべての攻撃を剣で受けとめる。と、そのとき――上空から無数の細い光が降ってくるのを全員が目にした。まるで光の雨である。

「やばい！　パールちゃんの魔散弾《バレット》だ！」

キラは叫ぶなりケトナーとフェンダーの頭上に魔法盾を展開させた。一方、ウィズも迫る危険を認識し素早く魔法盾で身を守る。

「ちっ！　仲間もろともかよ！　めっちゃくちゃじゃねーか！」

やはりあいつが一番の手練れだ。あれを何とかしないとこっちの戦いにも集中できない。と言うよりいろいろとヤバすぎる。ウィズはケトナーたちからやや距離をとった。

「『闇の鎖《ダークチェイン》』」

ウィズが魔法を唱えると、顕現したいくつもの黒い鎖がケトナーたちを拘束した。

「な、何これ⁉」

「くっ！　動けん！」

「まずいぞ！　お嬢、逃げろ！」

フェンダーは岩山の上に立つパールに向けて叫んだ。


これであとはあいつだけだ。あの子どもさえ始末すればもう邪魔はいない。魔法は強力だが接近戦への対処はできないだろう。ウィズは剣を携えたまま岩山を駆け上る。

「いた」

本当に子どもだ。まだ六歳くらいなんじゃないか？　だが情けをかけることはできない。ウィズはパールに駆け寄り真正面に立つと、上段の構えから雷のような斬撃を繰り出した――が。

「ふふふー！　残念でーしたー！」

ウィズの剣はパールに届かない。片手で一瞬のうちに展開した三枚の魔法盾にウィズの剣撃は阻まれた。

「なっ――！」

驚愕の色を浮かべるウィズ。さらに、パールは右手でウィズの腹に触れ――。

「『魔導砲《キャノン》』！」

瞬時に展開した小さな魔法陣から放たれる魔導砲。密着した状態からのゼロ距離砲撃である。超強力な一撃を至近距離から喰らったウィズは吹き飛ばされ、岩山から転げ落ちた。

「ふふふー！　どうだ、私の魔導砲の威力はー！　ひっく」

パールは腕を組んで満足げな笑みを浮かべた。

「な、なんてガキだ……！　これは本格的にヤバい……」

岩山から転げ落ちたウィズは、腹を押さえてうずくまる。魔法によるダメージはもちろん、転げ落ちた際に全身を強かに打ったことで大きなダメージを負ってしまった。これはもう撤退しかない。仕事を完遂できないのは不本意だが、命あってのものだねだ。ウィズは忌々しげな表情のまま岩山の上に視線を向ける。

「ガキンチョめ覚えてろよ……！」

奥歯を噛んだウィズは、飛行魔法でふらふらと飛びながらその場をあとにした。ウィズが立ち去ったことでケトナーたちを拘束していた鎖もとけた。三人が慌てて岩山へ登ると、そこには大の字に寝転がるパールの姿が。

「パールちゃん！」

ダークエルフにやられたのだと勘違いした三人は大いに慌てたのだが、ただ眠っているだけと分かり心から安堵した。パールたちの活躍？　により商隊の被害は最小限に留められた。パールを連れた三人はギルドに戻ると、何があったのかをギルドマスターにすべて報告した。迎えに来たアリアにも事情を話し、ケトナーとフェンダーも一緒に屋敷へ連れ帰ることに。もちろん、アンジェリカに謝罪するためだ。三人とも震えあがるほど説教されたのは言うまでもない。

第四章
浸食されるランドール

第二十七話　謀略

　意匠を凝らした調度品がいくつも配置された部屋のなかは、ひんやりとした空気が漂っていた。楕円型のテーブルの上で、燭台に立てた蝋燭《ろうそく》の灯りがゆらりと大きく揺らめく。隙間風が入ってきた……わけではない。テーブルを挟んで向き合う二人の男。その一人がため息をついたのだ。

「もう少し経済を掻き回し市井に混乱をきたすつもりだったが、思いのほか対処が早かったな」

　頭に直接響いてきそうな低い声を発した主は、ニヤリと口の片端を吊りあげた。

　彫りが深く端正な顔立ちだが、彼の前頭部からは二本の短い角が生えている。

「……喜んでいる場合ではない。我々の計画を成功させるには、まだまだかの国の力を削ぐ必要がある」

　でっぷりとした体躯《たいく》をソファに埋めている初老の男がしゃがれ声で言葉を紡いだ。大きな宝石をあしらった指輪が男の指でいやらしい輝きを放つ。

「情報はどうなっている？」

「まだまだ足りぬ。圧力を強めなくては」

　初老の男はゴツゴツとした指輪をいくつもはめた指で手元の書類をめくった。

「力を削ぎすぎるのも問題だ。痩せ細った国を手に入れても意味がない」

角を生やした悪魔族の男が目を細める。

「分かっておる。計画の第一段階でうまくいくのならそれに越したことはない」

初老の男は書類をテーブルの上へ投げ捨てた。

「理想は第一段階での国盗りだ。かの国は背後に真祖がついてるという話もある」

「真祖だと？　ばかな。真祖が人間の国などを庇護しているとでもいうのか？」

悪魔族の男、フロイドが目を剥く。

「あくまで噂だ。かの国は真祖に王族を滅ぼされておるしの」

「なら関係ないだろ。自分で王族を滅ぼしておいてその国を庇護するなんざ意味が分からねぇ」

「そうだの。だが慎重に事を進める必要があるのは変わりない」

フロイドはその言葉に小さく頷いた。


「よ……おおっ……わわ……！」

「パールちゃんその調子だよ！」

アンジェリカ邸の庭では、キラがパールに飛行魔法を指導している最中だった。少し離れた場所ではアルディアスが地面に体を横たえている。その足元では三頭の子フェンリルとアンジェリカ、ルアージュがくつろいでいた。アンジェリカは子フェンリルのモフモフを堪能しつつ、パールが練習している様子をにこやかに眺めている。

「お……おお！　できた……かもーー！」

満面の笑みを浮かべて、地上から十メートルほどの高さを縦横無尽に飛行するパール。だが、まだ魔力の調節が甘いため不安定さが見てとれる。

「パールちゃん！　まだ無茶しちゃダメだよ！　あと、パンツ見えちゃうよ！」

パールが着用しているのは膝丈のワンピースである。それで宙に浮けば……。

「あ！　わわっ……！　きゃあーーー！」

キラに指摘されハッとしたパールは思わず両手でスカートを押さえるが、途端に魔力の調節ができなくなり真っ逆さまに地上へ落ち始めた。

「パ、パールちゃん!!」

キラは慌てて受け止めようとするが――

「……へ？」

地上まであと三メートルほどに迫ったあたりで、パールの体がふわりと風に包まれそのままゆっくりと地面に着地した。振り返ったキラの目に映ったのは、子フェンリルを侍らせたアンジェリカが片手をこちらに向けている姿。アンジェリカが咄嗟に風を操ったのだ。

「あー……びっくりしたー」

パールは胸に手を当ててほっとしている。何事もなかったことにキラも安堵した。

「パール。あんな状態で気を抜いちゃ危ないでしょ」

地上に降り立ったパールのもとへ歩み寄ったアンジェリカがやんわりと注意する。

「はーい……」

「でも、初めてにしては上手だったわ。もう少し魔力をうまく調節できるようになれば飛行も安定するはずよ」

太陽の光を絡めて煌めく金色の髪を手櫛《てぐし》で整えたあと、軽く頭を撫でてあげるとパールはパッと嬉しそうな笑顔を見せた。

「うんうん。凄いですよぅ、パールちゃん」

相変わらずのんびりとした口調でルアージュも褒める。

『ほんに大したものじゃ。飛行魔法はかなり難易度が高い魔法じゃぞ。エルフのような魔法に長けた種族ならまだしも、人間の少女がこれほどあっさり習得するなど聞いたことがないわ』

子フェンリルを伴いパールのそばへやってきたアルディアスが驚いた様子を見せる。

「まあ私の娘だからね」

にんまりと口角を上げるアンジェリカ。相変わらずの親馬鹿ぶりである。

『ふむ。聖女ゆえの素質とアンジェリカの指導によるものと……』

アルディアスはじっとパールを見つめる。たしかに、聖女は生まれつき膨大な魔力と魔法の才を宿すと聞いたことがある。だが、その力が顕現するのは十代の前半ではなかっただろうか。パールはまだ十歳にもなっていない。にもかかわらず、癒しの力のみならず強力な攻撃魔法や堅固な防御魔法、果ては飛行魔法のような特殊魔法まで習得しようとしている。どう考えても異常としか思えない。アンジェリカは自分の娘だから、と言うがそれだけでは到底説明がつかない。アンジェリカは本気でそう考えているのだろうか。そもそも、パールの出自そのものが謎に包まれすぎている。

ちらとアンジェリカに視線を向ける。

「……？　何？」

『いや……何でもないぞよ』

まあ考えても仕方あるまい。パールとキラに首元や尻尾をモフられながら、アルディアスは空を見上げた。

第二十八話　重要な会議

アンジェリカ邸のテラス。丸いテーブルを囲むのは屋敷の主人であるアンジェリカに娘のパール、エルミア教の教皇ソフィア、Sランク冒険者のキラ、吸血鬼ハンター兼メイド見習いのルアージュの五人。なお、アンジェリカの背後にはメイドのアリアと執事のフェルナンデス、ソフィアのそばには聖騎士のレベッカが控えている。

「それでは、これより会議を始めます」

やや重苦しい空気のなか口を開いたのはキラ。

「まず一つめの議題は……」

テーブルを囲む面々の顔つきが真剣になる。

「風呂上がりのルアージュが裸で屋敷内を徘徊する問題についてです」

アリアにフェルナンデス、パールがこくこくと頷く。

「びっくりするからやめてほしい！」

とパール。

「目のやり場に困ってしまいます」

とは唯一の男性であるフェルナンデス。

「シンプルに迷惑」

辛辣な意見を直球でぶつけるアリア。

「うぅ……。旅をしながら一人で生活してきたのでついぃ……。すみません……」

ルアージュはもじもじしつつ申し訳なさそうにぺこりと頭を下げた。

「そうね、パールの教育にもよくないから今後は気をつけるように」

アンジェリカが話をまとめる。

「では次の議題ですが……」

その後もいくつかアンジェリカ邸での生活に関する議題について話し合いが行われた。同席しているソフィアやレベッカには関係ない話だが、二人とも興味津々である。

「では、これが最後の議題です。アルディアスさんの子どもたちの名前を何にするか話し合いましょう」

アンジェリカをはじめとした全員が強く頷く。実はアルディアスの許可も得ているのだ。

「誰か候補がある人は……」

アンジェリカがすっと手を挙げた。

「はい、お師匠様」

「チョコにショコラ、ココアでどうかしら？」

最強と評される吸血鬼が考案したとは思えない甘々な名前をドヤ顔で発表したアンジェリカ。

「えーと、お師匠様。子フェンリルはみんな男の子なんですけど……」

「ちょっと甘々すぎとゆーか、美味しそうな名前だよね」

キラとパールに困惑した顔を向けられアンジェリカは唇を尖らせる。

「じゃあ、はい！」

「ソフィアさんどうぞ」

「奏と書いてメロディ、聖闘士でセイント、大空でスカイはどうでしょう⁉　古代語を今風な読みにしてみました！」

これしかないでしょと言わんばかりに身を乗り出して提案するソフィア。そこはかとなく漂うキラキラ感に全員が微妙な顔つきになる。

「うーん、悪くはない……と思いますけど……」

「とりあえず候補にしておいたら？」

腕を組んで唸るキラにアンジェリカが助け舟を出す。結局、そのあともいくつか候補が出たものの決定にはいたらなかった。

「これについては再度議論が必要ね。次はアルディアスも交えて話し合いましょう」

アンジェリカの提案に全員が賛同したので、この日の会議は終了の運びとなった。

「さあ、では食事にしましょう」

そう、今日ソフィアやレベッカが訪れたのは先ほどの会議に参加するためではない。今日はパールの誕生日。アンジェリカ邸でお祝いの食事会を開くことになり、ソフィアやレベッカを招待したのだ。なお、パールの正式な誕生日は不明であるため、アンジェリカが森から連れ帰った日を誕生日としている。ダイニングのテーブルには、いつにも増して豪華な料理が並べられた。万能メイド、アリアが趣向を凝らした自慢の料理がテーブルを華やかに彩る。

「パール、七歳の誕生日おめでとう」

ダイニングの上座に座るアンジェリカがパールに祝いの言葉をかけると、キラやソフィア、レベッカたちが次々とそれに続いた。

「ありがとう、ママ！　お姉ちゃんにフェルさん、ソフィアさん、レベッカさん、キラちゃん、ルアージュちゃんもありがとう！」

頬を少し赤く染めたパールは、一人ひとり視線を巡らせつつ感謝の気持ちを述べる。皆が絶品料理に舌鼓を打ち始めると、アリアは一度厨房へ下がり何かを携えて戻ってきた。

「アリア、それは何？」

「リンドルの超人気レストランで提供されている高級ワインとジュースです。この日のためにご用意しました」

どこか自慢げな表情を浮かべるアリアが、二本のボトルをテーブルの上にコトリと置いた。

「そんな人気店のワインとジュース、よく手に入れられたわね。市販してるわけじゃないんでしょ?」

アンジェリカがアリアに怪訝な目を向ける。

「そうなんですよお嬢様。でも、ギルドマスターをちょっと脅し……じゃなくて協力してもらって何とか入手できました」

「……へえ。まあせっかくだからいただくわ」

アンジェリカにジト目を向けられたアリアは、少し慌てた様子でワインのコルクを抜く。アリアはボトルを傾け、緋色のワインをトプトプとグラスへ注ぐとアンジェリカの前へ差し出した。

綺麗な色。アンジェリカの第一印象はそれだった。グラスに顔を近づけ香りを楽しむ。長期にわたり熟成された芳醇な香り。これが美味しくないはずがないわね。アンジェリカはグラスに口をつけようとしたのだが――。

「あ。忘れてた」

アリアにジュースを注いでもらっていたパールが何かを思い出したように口を開いた。

「ママ。ギルドマスターさんがギルドへ来てほしいって言ってたよ。バッカスさん? も交えて大切な相談があるんだってー」

グラスを口へ運ぶ手を一瞬止めたアンジェリカは、そっと小さくため息をつく。バッカスも交えて相談となると、何かしら国に関わる問題が起きたに違いない。いや、それにしても最近私への相談多くない? まさかこのワインで帳消しにするつもりじゃないでしょうね。アンジェリカは諦めた様子でグラスに口をつけると、一息にワインを飲み干した。熟成された見事な風味だが、僅かに残る苦味と酸味が気になった。

第二十九話　忍び寄る影

リンドル近郊にある廃墟。もともとは貴族御用達の宿泊施設として繁盛していたが、貴族制が廃止されてからはたちまち衰退し、建物も再利用されないまま今に至っている。

「……おい。約束通り来たぞ。重要な話とはいったい何だ？」

人々が寝静まる時間帯。廃墟の真っ暗な一室に男の声がこだまする。もともと受付カウンター前のホールだった場所は広々としており、手燭の灯りだけでは到底あたりを照らしきれない。

「おい……いないのか……？」

不安からか、男の声はやや震えていた。落ち着きなく周りに視線を巡らせるが、あたりに気配は感じられない。そのとき——。

静寂が支配する空間に、ミシリと何かが軋んだ音が響く。男は思わず腰を抜かしそうになるが、何とか踏みとどまり音が聞こえた方向へ目を向ける。刹那、胸に鋭い痛みを感じた。全身から力が抜け、口からはゴボゴボと血が溢れてくる。そっと落とした視線の先に見えたのは、自身の胸に吸い込まれている一本の剣だった。

「が、ががっ……ぐぼぉえぁっ……！」

膝から崩れ落ちた男は、そのまま床に突っ伏し絶命した。

「ちっ。人間一人殺すのに何故これほど慎重にならなきゃいけないんだか……」

ローブを纏った女は剣を軽く振り、刃にまとわりつく血を払う。

「あとは痕跡を消して……と」

ローブの上からでもはっきりと分かる見事な双丘の持ち主は、ぶつぶつと呟きつつ男の死体をアイテムボックスに回収して、魔法で床の血痕も消去する。

「こんなコソコソちまちました仕事は性に合わねぇ」

女は忌々しげにボソリと呟くと、闇のなかへ溶け込むように姿を消した。


「それで、相談とは何かしら？」

メイドが運んできた紅茶に軽く口をつけると、アンジェリカはそう切りだした。ランドールの最高意思決定機関、そこで代表議長を務めるバッカス邸の客間では二人の男がアンジェリカと顔を突き合わせている。屋敷の主であるバッカスと、冒険者ギルドのギルドマスター、ギブソンである。

「アンジェリカ様、短期間に幾度となくご相談に応じていただき、まことにありがとうございます」

ギブソンが口を開くと、二人そろって頭を下げた。

「まあいいわ。それで相談とは？」

「はい……実は我が国の機密情報が外部に漏れているようでして……。しかも、国の中枢にいる者が情報を漏えいさせているようなのです」

　ふむふむ。ならそいつを処分すればいいんじゃないの？　まあ、そうはいかないからこそ相談してきてるんだろうけど。

「現在、国の中枢にいるのは私を含め十五名の議員です。そのうちの一人が最近発言力を強めており、この男が怪しいと我々は睨んでいます」

「なぜ？」

「彼の政敵が次々と失踪しています。すでに五人の行方が分からない」

　政治の世界は魑魅魍魎《ちみもうりょう》が跋扈する世界でもある。脅迫に誘拐、暗殺などさまざまな手段で政敵を追いやることは珍しくない。

「で、その男が情報を漏らしている犯人だとして、発言力を強めることと併せて何が問題なの？」

「……情報が渡っているのは帝国です。現に、最近我が国の軍事技術を帝国は導入し、一部の者しか知り得ない軍事拠点も攻撃に遭いました」

　セイビアン帝国。旧王国の王族を抹殺したとき、ここぞとばかりにこの国を実効支配すべく軍を送り込もうとした国だ。あのときはたしか、アリアに命じて軍の主だった将校を皆殺しにしたんだっけ。アンジェリカは窓の外へ目をやりながら記憶を手繰る。

「帝国とまた戦争になりそうなのかしら？」

「いえ……アンジェリカ様のおかげで帝国は優秀な人材の多くを失っています。表立った大々的な軍事行動に及ぶ可能性は低いでしょう」

なるほど。戦争になったら勝てる確率が低いため、内部から力を削いでいくという寸法か。

「渦中の議員……ガラム議員は帝国と通じているのでしょう。だとすれば、彼の政敵が姿を消しているのも帝国の者が手を貸している可能性がある」

苦々しげな表情を浮かべるバッカス。

「このままでは、帝国の傀儡《かいらい》が国の中枢を牛耳るようになるおそれがあります。いずれは国を帝国へ身売りする、といったこともありえるでしょう」

ギブソンは真剣な眼差しで言葉を紡ぐ。

「話は分かったわ。でも、それほど悩むこと？　その怪しい議員を始末してしまえばいいだけなのでは？」

「……そう簡単にいかないほど、彼の力は大きくなっています。しかも、彼が帝国と通じている証拠は何もない」

ふむふむ。

「そもそも……彼は真面目で清廉潔白な男でした。国を愛する気持ちも誰より強かった。その彼がこんなことをしているとは、まだ信じられないのです……」

バッカスが悲痛な声を絞り出す。

「突然心変わりして帝国に尻尾を振ったと？」

「さっぱり分かりません。こちらでも探りましたが……」

うーん、何か面倒くさい話ね。

「とにかく、彼を処分するにしても、心変わりの理由を知るにしても情報が必要です」

まあそうでしょうね。

「そこで、アンジェリカ様にお願いがあります」

え、私に情報収集しろってこと？

「パール様を、リンドルの学校へ入学させてくれませんか？」

「…………は？」

バッカス邸の客間に寒気がするほどの沈黙が訪れた。

第三十話　唯一の手がかり

「どういうことなのか、説明してもらえるのよね？」

血のように紅い瞳を向けたアンジェリカにギブソンが頷く。

「はい。件のガラム議員ですが、私的な交流をもつ者が少なく、本人も非常に寡黙な人物です。また、彼の使用人たちは先代から長く仕える忠誠心が高い者ばかりであり、情報収集が一向に進みません」

ふむ。

「ただ、彼には八歳になる幼い娘がいます。この娘が何かしらの情報をもっている可能性があります」

なるほど。だいぶ読めてきた。

「その娘はリンドルの旧王国学園に通っています。が、行き帰りは護衛付きの馬車を使っており、屋敷から出ることもほとんどありません」

「で、パールを入学させてその娘に接近させ情報を得たい、と」

「仰る通りです。彼女は唯一の手がかりと言っても過言ではありません。うまくいけば真の企みや、なぜ彼がこのような行為に及んでいるのかの謎も明らかになる可能性があります」

たしかに、話を聞く限りこの件に適任なのはパールだろう。子どもだらけの学校に大人が潜入するのは無理がある。それに、大人よりも同じ子どものほうが心も開きやすい。情報も取得しやすいだろう。

だが――。

「心配だわ」

アンジェリカは深いため息をつく。

「そ、それはごもっともだと思います。ですが、パール様は幼いとはいえまがりなりにもAランク冒険者。そうそう危険な目には……」

ギブソンがやや焦った様子で言葉を紡ぐ。

「……そうじゃないわよ。あの子は生まれてからずっと森のなかで過ごしてきたのよ？　同年代の子と交流したこともまったくないわ」

そもそも、人間そのものと交流をもち始めたのもわりかし最近である。冒険者の活動を始めてたくさんの人間と関わるようにもなったが、それも基本的に遥か年上ばかりだ。

「もし……もしあの子が学校でいじめられたり仲間外れにされたりしたら……」

僅かに俯き普段より低い声で言葉を絞り出すアンジェリカの様子に、ギブソンとバッカスは背筋が凍る感覚に陥る。

「そのときは学校も含めて国ごと地図から消しちゃうかも……」

とんでもないことを言い出した。ギブソンとバッカスはすでに顔面蒼白である。彼らは玉のような汗を額に浮かべたまま、ごくりと喉を鳴らした。

「……まあ、それは冗談よ」

再び小さくため息をついたアンジェリカは、冷めた紅茶のカップに手を伸ばす。ギブソンとバッカスはほっと胸を撫で下ろすが、目の前にいるのが過去にいくつもの国を滅ぼしてきた真祖であることを再認識する羽目になった。

「ひとまず話は分かったわ。でも、これに関しては私の一存で決めることはできない。パールが嫌だと言えばそこでこの話は終わりよ。それでいい？」

アンジェリカとしては、パールが年の近い子どもたちと交流を図る機会ができたのはいいことだと考えている。もちろん、諸々の不安はあるのだが。

「も、もちろんです！　そこはパール様の意思を尊重しますのでご安心ください」

少なからず希望を見出せたことに二人の表情が明るくなる。とりあえずパールに聞いてみるからと言い残すと、アンジェリカは客間から姿を消した。

屋敷に戻ったアンジェリカは、さっそくパールに先ほどの話をしたのだが……。

「ええーー!?　学校!?　行く行く!!」

案の定ノリノリだった。そう言うと思ったわよ。正直なところ、ギブソンたちにはああ言ったものの、アンジェリカはいじめや仲間外れといったことはあまり心配していない。パールには人の心を掴む何かがある。それに、贔屓目なしに見てもパールはかわいい。ほんとかわいい。おそらくすぐクラスの人気者になるだろう。心配があるとすればそこである。つまり、モテすぎてしまったら、ということだ。変な虫がついたらどうしよう……。まだ入学させてもないのに、そのようなことを考え一人悶々とするアンジェリカであった。


翌日、アンジェリカはパールを伴い冒険者ギルドへ足を運んだ。昨日の話を詰めるためである。ギブソンの話によると、学園は初等部と高等部が設けられているとのこと。年齢で細かくクラス分けされているわけではなく、学力と特殊技能のレベルによってクラスが決まるらしい。

「ガラム議員の娘は初等部の特級クラスに所属しています。高い学力と特殊技能をもつ子どものみが入れるエリートクラスです」

どうやら件の娘はかなり優秀らしい。まあうちの娘も優秀さでは負けないけど。

「あの、ギルドマスターさん。特殊技能って何ですか?」

「剣術や魔法のことです。ガラム議員の娘はクラスでも上位に位置する魔法の使い手と聞いています」

「すごーい。そうなんだー」

キラキラと瞳を輝かせるパール。いや、あなたの魔法もっと凄いからね？

「それと、今さらなのですが……」

「何？」

「学園は独立した機関なので、バッカス殿や私の力で便宜を図るといったことができません。なので……」

「つまり、パール自身の力で特級クラスに入らなければいけない、ということね？」

まあそんなことだとは思っていた。

「まあそれに関しては想定通りよ。問題ないわ」

いつか必要になると思い、パールにはさまざまな教育を施してきた。主にフェルナンデスが。魔法は真祖直伝なのでなおさら問題ない。

「ありがとうございます。転入の手続きはこちらで進めておきます。試験は筆記と実技があり、ほかに転入者がいるのなら一緒に受験することになります」

「えーと、つまり私は試験で高得点をとればいいんですよね？」

「その通りです。何としても特級クラスに入るため、パール様には全力で試験を受けてもらいたいと思います」

「分かりましたー！」

元気よく返事をしたパール。後日、ギブソンはこのときの発言を心から後悔することになる。

第三十一話　大天才

「本日試験を受けるのは五人ですか」

髪に白いものが混じった初老の男は、手渡された書類に目を落とすと表情をいっさい変えぬまま紙面に目を走らせた。ここは旧王国学園、現リンドル学園の学園長室。

「ん？　このパールという子は父母の名前が書かれていないようですが……む？　冒険者ギルドのギルドマスターが後見人……？」

学園長は怪訝な表情を浮かべ顔をあげると、書類を運んできた女性の教師に何やら問いたげな目を向けた。

「あ、はい。何でもその子のご両親は高名な冒険者らしく、娘さんだと知られたら騒がれるおそれがあるからと」

「……ふむ。それにしても我々にまで秘匿するというのはいったい……」

学園長のギルバートは、額に刻まれた深いシワを指で撫でつつ思案する。

「さあ、そこまでは……ただ、何かあれば冒険者ギルドが責任をもつと。あと、バッカス代表議長もその子を支援しているみたいです」

ギルバートの顔に驚きの色が浮かぶ。

「なんと……。それはかなり優秀な子ということなのでしょうか？」

「優秀なのは間違いないとのことです」

ふむ。冒険者ギルドのギルドマスターに、国家運営に携わる重鎮が太鼓判を押す七歳の女の子。

「少し楽しみですね」

椅子から立ち上がったギルバートは、窓の外に目をやると聞こえないくらいの声でそう呟いた。


「わあーー。大きい〜！」

リンドル学園の敷地前で、パールは施設の大きさに圧倒されていた。

「まあ、リンドルで唯一の教育施設だからね」

パールの隣で口を開いたのは眼鏡がよく似合う小柄な美女。冒険者ギルドの受付嬢トキである。

彼女は、ギブソンの指示によりパールに同行していた。試験前の手続きに大人が必要とのことで、ギブソンがトキに同行するよう指示したのである。なお、詳しい事情は聞かされていないようだ。

が、パールが子どもながらに凄腕の冒険者と理解しているため、おそらく何かの依頼なのだろうと推測している。試験はまず筆記が行われ、採点と休憩を挟んだあと特殊技能の実技試験が実施される。

「パールちゃん、手続き終わったよ」

手続きを終えたトキから番号が記載された受験票を受け取る。

「本当に一人で大丈夫？　試験終わるまで一緒にいようか？」

「大丈夫ですよ！　午後まで試験あるから遅くなっちゃうんで。ギルドマスターさんにお礼を言っておいてもらえますか？」

「パールちゃん、ほんとしっかりしてるわよねぇ。偉いわぁ。じゃ、私は戻るけど試験頑張ってね！」

トキにもお礼を言って別れたパールは、案内された部屋で適当に着席するとそっと周りに視線を巡らせた。私以外に四人もいるんだー。でも、私と年が同じくらいの人は少ないかな？　みんな私より少し年上っぽいなー。あ、一人は女の子だ。そんなことを思っていると、大人の女性が部屋に入ってきた。先生かな？

「皆さんおはようございます。私は当学園の教師、ラムールです。本日の試験における案内や進行を務めますので、よろしくお願いします」

挨拶を終えると女性教師は胸の前に抱えていた書類を一人ひとりの机に配っていく。

「皆さん、用紙は行き渡りましたね？　では――」

「あ、あのっ！」

試験開始を告げようとした教師の声を遮ったのはパール。顔に戸惑いの色を浮かべ用紙と教師の顔を交互に見ている。

「えーと、あなたはパールさんですね。どうしましたか？」

「あ、あの。試験の用紙ってこれで合っているんですよね？　その……間違いとかじゃなく？」

パールは少し上目遣いで教師へ疑問を口にした。ラムールはパールのそばへ行き、机の上の用紙を確認する。

「ええと……ええ。間違いないですよ」

ふふっ。試験内容が難しすぎて驚いたのかしら？　ラムールはそう思ったのだが、実はそうではない。

「あ、はい……。分かりました」

「コホン、では。改めて試験開始！」

静寂に包まれた室内。カリカリとペンを走らせる音だけが静かに響く。パールはまだ少し戸惑った表情を浮かべていたが、口を真一文字に結んで気合いを入れ直すと、ものすごい勢いでペンを走らせ始めた。


「そこまで！」

筆記試験が終了した。今から別室で採点が行われ、午後からは実技だ。あー、座りっぱなしって疲れるなぁ。二時間連続はちょっときついよ。まあ試験は多分大丈夫だと思うんだけど……。それにしても、ずいぶん簡単な内容だったような……。あまりにも簡単だったから、試験用紙を間違えてるのかと思ったよ。周りを見ると、みんなぐったりとしている。なぜだ。とりあえずお腹空いたな……。パールは、屋敷を出る前にアリアから手渡された箱を袋から取り出した。ワクワクしながら蓋を開ける。目に飛び込んできたのは、彩り豊かな具材をやわらかなパンで挟んだサンドイッチ。ひとつつまむと、指先にほどよくしっとりとした触感が伝わってきた。

「いただきまーす」

実技試験を控えて緊張している受験生のなか、呑気に食事をとり始めるパールに全員が呆気にとられた。もしかして、とんでもない大物なのでは……。誰もがそう思わざるを得なかった。


「が、学園長!!」

ノックも忘れて学園長室へ飛び込んできたラムールに、学園長のギルバートは怪訝な目を向ける。彼女の顔には驚愕の色がありありと浮かんでいた。

「ど、どうしました？　試験で何か問題でも？」

「こ、これを見てください！」

ラムールは執務机の上に一枚の答案用紙を勢いよく置いた。意味が分からないまま答案用紙を手に取り、視線を這わせたギルバートの目が驚愕に見開かれる。

「こ、こ、これは……！」

一般常識からこの国の歴史、算術、古代文字にいたるまでほぼ満点である。それだけではない。かつて王国学園だったとき、自信過剰で天狗になった貴族の子息や令嬢の鼻を折るために出題していた高難易度の問題。魔法陣に関する高度な理解が求められる問題まで完璧な答えを導き出している。今回の受験生は、全員魔法が特殊技能とのことだったので、久々にこの問題を引っ張り出してきたのだ。

「ば、ばかな……。これを七歳の子どもが……？」

著名な冒険者のご息女とは聞いていたが、まさかこれほどまでとは思わなかった。

「もしかして、とんでもない大天才なんじゃ……」

ギルバートとラムールは顔を見合わせたまま、しばらく言葉を発せなかった。そしていよいよ、学園の歴史に長く刻まれることになる伝説の実技試験が始まるのであった。

第三十二話　弁償します

リンドル学園の中庭は普段とは違った賑わいを見せていた。生徒たちの視線の先にはクラス選別筆記試験の結果が貼りだされている。当事者たちだけでなく、在校生まで注目している理由は——

「ま、満点……？」

「嘘……初めて見た……」

「しかも、七歳の女の子らしいぞ」

試験の結果は、パールがぶっちぎりの満点で一位だった。何でも学園始まって以来の快挙らしい。

「おお、やったね。ママたちも喜んでくれるかな？」

試験結果を確認したパールは、実技試験が行われる場所へ移動する。実技試験は運動ができる屋内施設で実施されるようだ。広大な敷地の一角に建つ大きな建物。外から見る限りではなかなか堅牢な造りである。外壁の素材も頑丈なものを使用しているようだ。入り口のそばで椅子に座っていた人に試験を受けにきた旨を伝えると、なかで待っていいと言われたのでパールは建物のなかへ足を踏み入れた。

「うわぁ……」

ウッドデッキに用いるような硬い木材を使用した板張りの床に高い天井。間仕切りがひとつもないため、かなり広々としている。試験に使うのだろうか、目を向けた側の壁際には五つの的が用意されていた。天井には直径三十センチ程度の球体がいくつも吊るされ光を放っている。おそらく屋内を照らすための魔道具だろう。ふらふらと建物内を歩きつつ見学していると、在校生らしい人たちが何人か入ってきた。

あれ？　ここって試験会場だよね？　そのあとも次々と生徒が入ってくる。が、みんな壁に近いところに集まっている。え、もしかして試験の見学とか？　そんなことを考えているうちに、先ほど一緒に試験を受けた四人と先生もやってきた。いよいよ実技試験が始まるらしい。

「はい、試験を受ける方はこちらに集まってください。ほらそこ！　見学するならもっと壁際に寄りなさい」

やっぱり見学か。試験の見学なんかして楽しいのかな？　不思議がるパールだが、原因が自分であることには気づいていない。

「では試験内容について説明します。と言ってもやることは簡単です。あちらを見てください」

試験の進行を担う教師、ラムールが指さした方向へ全員が目を向ける。そこには先ほど見た壁際の的が。やはりあれは試験に使うものらしい。

「皆さんには、ここからあの的に魔法を放ってもらいます。一番得意な魔法で構いません。一度に複数の的を狙うのもありです」

ふむふむ。

「あの、先生」

やや年上と見られる受験生の少年が手を挙げる。

「的に当たらなかった場合、魔法が壁に直撃してしまいますが、それは……」

うん、それ気になるよね。

「問題ありませんよ。この建物は魔法による模擬戦闘を想定した設計を採用しています。壁を強化する魔道具を使用し、壁そのものも魔法で硬化させているんです」

ふむ。

「過去には、講師として訪れたAランク冒険者の二人が激しい模擬戦を繰り広げましたが、そのときも建物が損傷することはありませんでしたから」

そうなんだ。だからギルドマスターさんは全力でって言ってたのかな？　そこまで徹底的に強化してるなら問題ないよね。

「では、受験番号の順にお願いします。足元の線を越えないように注意してください。見学者が多いですが、気にせず落ち着いて頑張りましょう」

ラムールの合図で試験が始まる。パールの順番は一番最後だ。出番までほかの受験生の様子を見ているのだが……。ん？　みんな手加減してる？　魔法を発動させるまでの時間が長いうえに、威力を抑えてるのか、的に当たっても壊せない。そもそも、的に当たらない者もいる。ちなみに、誰一人手加減や手抜きはしていない。パールが規格外なだけであり、子どもの魔法など普通はこの程度のものだ。そう言えば、自分と年が近い人の魔法見るの初めてかも……。もしかして、これが普通……？　微妙な焦りを感じ始めるパール。自身の規格外な力を少し認識し始めたようだ。よし、少し手加減しよう。うんうんと一人頷く。そうこうしているうちに、パールの順番が回ってきた。

「さあ、それでは最後、パールさんお願いします」

「はい！」

トテトテと所定の位置へ向かう。途端に見学者たちのあいだにざわめきが広がる。すでに、パールが筆記試験で満点をとった少女であるとバレているようだ。初等部だけでなく高等部の生徒も興味深そうにパールを見ている。

「おい、あの子だろ？　筆記で満点とったの」

「あんな小さな女の子が？」

「ていうか、めちゃくちゃかわいい……」

見学者たちのやり取りが自然と耳に届く。もしかして期待されてる……？　ほんの少し緊張してしまう。

「パールさん、いつでもいいですよ」

「は、はい」

ダメだダメだ。集中しないと。パールは魔力を練り始めると、両手を前方へ突き出し、手のひらを正面に向けた。

「『展開《デプロイ》』」

パールの前に直径一メートル前後の魔法陣が五つ横並びに展開する。途端に大きくなるざわめき。

「な、なんだあの魔法？」

「凄い……あんな緻密な魔法陣を五つ同時に……？」

「しかも一瞬で展開したぞ……」

見学している誰もが驚愕の表情を浮かべ様子を眺めている。よし、できるだけ被害は最小限に……。

「んーーー『魔導砲《キャノン》』!!」

五つの魔法陣から一斉に放たれる閃光。刹那、凄まじい炸裂音が響きわたり爆風が吹き荒れる。

あ、ヤバいかも。

その場にいたすべての者は目を疑った。壁際の的は影も形もなく消失し、背後の壁にはいくつもの大きな穴が空いていた。床にへたりこんで口をパクパクさせているラムール。見学していた生徒の多くも、目の前の惨状に腰を抜かしている。

「な、なに……さっきの魔法……？」

「見たことない……まさか独自魔法？　あり得ない……」

「嘘でしょ……こんなことって……」

当のパールも固まっていた。冷や汗がつーっと頬を伝う。

「パ、パールさん……？」

ラムールに声をかけられハッと我に返ったパールはすぐさまその場に平伏した。

「す、すみませんでしたーーーー！　加減はしたんですけど……！　壊れた壁は弁償するんで！」

「い、いえ！　大丈夫ですよ。試験中の事故みたいなものですし……アハハ」

ラムールは穴が空いた壁に目をやると乾いた笑いを漏らす。ん？　この子さっき加減したって言った？　まだ本気じゃないってこと……？　背中にぞくりと寒いものを感じ、ぶるりと体を震わせる。

「と、とりあえずこれで試験は終了です！　結果は先ほどと同じ場所へ後ほど貼り出します。では、皆さんお疲れ様でした！」

教師にも生徒たちにも強烈すぎる印象を残し、パールの受験は終わったのであった。

第三十三話　逸材

リンドル学園の学園長室で、ローテーブルの上に広げられた資料を食い入るように見る複数の男女。学園長のギルバートと試験の指揮をとったラムールを含む、学園の主だった教師たちである。

「それほど凄かったのか、その子は」

「はい、とんでもないですね……。あの魔法防壁を一発の魔法で穴だらけにしちゃうんですから」

先ほどのことを思い出し身震いするラムール。

「しかも、独自魔法だとか……？」

「はい。見たことも聞いたこともない魔法です。おそらく、ご両親に指導を受けたのではないかと」

ギルバートに目を向けて答える。

「あの……それほど凄い生徒に教えることってあるんでしょうか……？　聞いた話では筆記も満点とのことですし……。むしろ私が教えてほしいくらいなんですけど」

黒いローブを纏った若い女性教師が不安そうに口を開く。学園で魔法を指導している教師だ。

「それについてはこちらの書類に」

ラムールがギルバートから一枚の書類を受け取りローテーブルの上に広げる。

「…………なるほど。そういうことなんですね」

「はい。後見人によると、パールさんは育った環境が特殊らしく、これまで同年代の子どもと接する機会がほとんどなかったようです」

「つまり、同年代の生徒との交流と、それを介した社会性や協調性などの育成が主な目的ということですね」

黒ローブの教師は納得したように頷く。

「とりあえず、彼女は文句なしに特級クラスですね。きっとほかの生徒にもよい影響を与えてくれるでしょう」

ギルバートの言葉にその場の全員がしっかりと頷いた。

「こんにちはー！」

試験に無事合格し、特級クラス入りに成功したパールは、その日のうちに報告のため冒険者ギルドへ足を運んだ。

「パールちゃん、おかえりなさい。試験はどうだった？」

「もちろん合格です！」

トキの問いかけに満面の笑みで答える。

「おめでとう！　やっぱりパールちゃん凄いね。あ、ギルドマスターに報告行く？　多分執務室にいると思うけど」

「はい！　ギルドマスターさんに渡さなければいけないものもあるので」

ぺこりとトキに頭を下げたパールはギルドマスターに報告すべく執務室へ足を向けた。


「お疲れ様でした、パール様。それにしてもさすがですね」

試験に無事合格し、特級クラスに入れたことをパールが伝えると、ギブソンは安堵の表情を浮かべた。

「あ、それと先生からこれを預かっています」

パールはおずおずと一枚の封書を手渡す。

「む、何でしょう？」

封書のなかには一枚の書類が入っていた。ギブソンは取り出した書類に目を走らせるが、その顔色はまたたく間に青くなった。書類には、パールが破壊した魔法防壁の修理に高額な費用がかかるため、修理費を折半してほしい旨が記されていた。ラムールは学園の経費で何とかなると思っていたようだが、魔導砲が直撃したダメージは思いのほか大きかったようだ。

「こ、こ、これは……！」

「ごめんなさい！」

すかさず謝るパール。

「手加減はしたんですけど、それでも壁にいっぱい穴空いちゃいました……」

「えええええ!? 手練れのAランク冒険者が全力で魔法をぶつけても傷一つつけられない防壁を……？」

ギブソンはパールが放つ魔法の威力はある程度理解しているつもりだった。が、どうやら予想を遥かに超えていたようだ。

「ごめんなさい……」

上目遣いで申し訳なさそうに謝るパールに、ギブソンはハッとする。

「い、いえ！ パール様が謝ることなど何もありませんよ。この件は私が滞りなく処理するので安心してください」

おお！ よかったー。まあ私も冒険者の仕事で稼いだお金がまだたくさんあるんだけどね。

「じゃあ、私は明日から学園に通います。できるだけギルドにも顔を出すようにしますね」

ギブソンに明日からの予定を伝えたパールは、少しのあいだギルドのホールで顔見知りの冒険者と談笑したあと、迎えに来たアリアとともに屋敷へ戻った。

「おかえり、パール。試験はどうだった？」

ウッドデッキの端に腰掛けて子フェンリルと戯《たわむ》れていたアンジェリカが、パールの姿を認めて声をかける。

「ただいまママ。筆記試験は満点だったよ！　実技試験も一番だった！　試験場の壁壊しちゃったけど」

「へぇ。凄いじゃない。試験場の壁が壊れた程度でよかったわね」

ふふ、と笑ったアンジェリカは、隣に座ったパールの頭を優しく撫でる。

「うう……。まあ、これで明日から学園に通えるよ。ちゃんと特級クラスにも入れたしね」

「あまり気負いすぎないでね。同年代の子たちと交流できるいい機会だから楽しんでらっしゃい」

「うん！　楽しみだなあ」

本のなかでしか知らない学校。普段関わることがない同年代の子どもたちとの交流。うまくやれるかなぁ、と若干の不安がありつつも、パールは明日が楽しみで堪らなかった。

「じゃあ今日は早めにご飯とお風呂済ませて寝なきゃね。汗もかいてるだろうから、先にお風呂入る？」

「うん、そうしようかな」

ウッドデッキから立ち上がり、子フェンリルの頭を軽く撫でたパールはパタパタと屋敷のなかへ戻っていく。入れ替わるようにアンジェリカのもとへアリアがやってきた。

「アリア、そちらはどう？」

「はいお嬢様。帝国の街中では特にこれといった情報は得られませんでした。ただ……」

アリアの大きな瞳に、スッと鈍い光が宿る。

「最近、帝国内で悪魔族を目撃したとの声を耳にしました」

「……へえ。何かしら被害が出ているのかしら」

アンジェリカはウッドデッキから立ち上がると、テラスのガーデンチェアに腰掛けた。

「いえ、それがそういった話はまったくありませんでした」

悪魔族は狡猾で残忍な種族だ。欲望のままに行動する個体も少なくない。目撃談はあるのに目立った被害がないというのはどうにも引っかかる。

「……少し気になるわね」

何やら思案する顔になるアンジェリカ。

「まあいいわ。引き続きお願いね。ただ、中枢へ潜り込むときは十分注意すること。以前あなたが軍の主要人物をまとめて暗殺したから、多少なりとも警戒はしているはずよ」

まあ、いくら警戒したところでアリアの障害にはなり得ないと思うが。

「あ。明日はパールの初登校だから普段より早めに寝させるわ。食事の用意も早めてもらえるかしら？」

「かしこまりました。そう思い、すでにルアージュが食事の用意を進めています」

さすがは万能メイドのアリアである。が。

「……あの子、料理できるの？」

アンジェリカはやや心配そうな目をアリアに向ける。

「問題ありませんよ。旅をしながら一人で生活してきた子なので、一通りできるみたいです」

「ああ、そう言えばそうだったわね」

でもやっぱり心配だからあなたも手伝ってあげて、と伝えるとアンジェリカは再び子フェンリルと戯れるためウッドデッキの端に移動した。そんなアンジェリカの様子に若干呆れつつ、アリアは屋敷のなかへ戻っていくのであった。

第三十四話　初登校

「おはようございます。今日から皆さんと一緒に学ぶ新しいお友だちを紹介しますね。パールさんです。みんな、仲よくするように」

教壇から生徒にパールを紹介しているのは、初等部特級クラス担任の女性教師、ヴィニルである。

リンドル学園初等部の特級クラス。六歳から十二歳までの選ばれしエリートが勉学と特殊技能の修練に励むクラスである。二十名の生徒が在籍しており、男女比はちょうど半々だ。

「パールです！　よろしくお願いします！」

元気よく挨拶し、ぺこりと頭を下げたパールに多くの生徒が熱視線を送る。すでにパールの噂は学園中を駆け巡っており、実技試験の様子を目の前で見た者もいるようだ。なお、優れた知能と特殊技能があれば六歳から在籍できるクラスだが、どうやらパールが最年少らしい。

「じゃあ、パールさんはあそこの空いた机を使ってね。オーラさん、お隣ですから分からないことは教えてあげてくださいね」

「は、はい！」

オーラと呼ばれた女生徒が慌てたように返事する。パールは指示された机へと向かった。

「オーラちゃん、よろしくね」

「は、はい！　こ、こちらこそよろしくお願いしますです！」

ん？　何かこういう喋り方する人に覚えがあるような。

「では、さっそく歴史の授業を始めます」

パールはバッグから教科書を取り出し開くと、真剣な顔で黒板に目を向けた。

歴史の授業を終えた担任のヴィニルは、教室を出て周りを確認すると、大きくため息をつく。そのままとぼとぼと歩いて職員室に戻り、自分の席に座ると机に突っ伏してしまった。

「ヴィニル先生、どうされたんですか？」

算術担当の教師が、ヴィニルの並々ならぬ様子に思わず声をかける。

「いえ……。ちょっと自信をなくしただけです……」

「ん……んん？　何かあったんですか？」

「実は……」

ヴィニルが落ち込んでいる原因はパールである。問題を出すとことごとく答えられ、さらに教師を遥かに上回る知識を披露するため、ヴィニルは授業中ずっと緊張しっぱなしだった。

「筆記試験で満点とは聞いていたんですが、まさかあそこまでだったなんて……。さすがに自信なくしちゃいますよ……」

はぁーー、と再度深くため息をつく。

「そこまでですか……。よし、次は算術の授業なので、私が先生の仇をとってきますよ」

胸の前でぐっと拳を握る算術担当のハミル。三十歳独身、絶賛婚活中の女性教師はやる気満々のようだ。

「お、楽しそうな話してますねー。じゃあ私も頑張ってパールさんをぎゃふんと言わせてみせます！」

二人の背後から聞こえた声の主は、黒いローブを纏った魔法担当のリザ。

「よし、お互い頑張りましょう！」

何か変に盛り上がっている二人にちらと目を向けたヴィニルは、またまたため息をつくのであった。


——そして昼休み。

職員室ではヴィニルに算術担当のハミル、魔法担当リザの三人が机に突っ伏していた。ハミルもリザもあっさりとパールの返り討ちにあってしまったのである。特に魔法担当であるリザは、パールの圧倒的な魔法知識の前に完膚なきまでに叩きのめされたらしい。ご愁傷様である。一方、そのころパールはクラスメイトに囲まれて大変なことになっていた。美少女なうえに運動施設の防壁を魔法で破壊できるほど強く、しかもあらゆる教科で教師を圧倒する知識を有するパールに興味を抱かない者はいないだろう。

「ねえねえ！　どうしてそんなに頭いいの⁉」

「昨日の魔法は誰に教えてもらったの⁉」

「どこに住んでいるの⁉」

パールはアリアに作ってもらったお弁当を口にしつつ、クラスメイトからの質問に答えていく。アンジェリカの予想通り、パールはあっさりとクラスに受け入れられたようだ。すでに大人気である。同年代の少年少女と会話を楽しみつつ、パールは斜め前、入り口近くの席に座り一人食事をしている女の子に視線を向けた。綺麗な金髪のツインテールが印象的なその女の子こそ、帝国との内通を疑われているガラム議員の娘、ジェリーである。初日にいきなり話しかけるのは変かな？　でも、それが目的でここにいるんだしなぁ。全部の授業が終わったあとに話しかけてみようかな？　うん、そうしよう。

どこからともなく入り込んだ隙間風で、燭台に灯した炎がふわりと揺らめいた。どうやら窓の建てつけがよくないらしい。それに、以前から感じていたがこの部屋は何となく肌寒い。とてもではないが、高貴な者が私室として使用するには不適格だ。

「ランドールはどうなっている？」

悪魔族のフロイドは足を組んでソファに体を預けたまま、向かいのソファへ腰かけている男へ視線を飛ばす。

「もうそろそろであろう。ガラムの政敵はあらかた始末した」

初老の男はでっぷりとした巨体をソファに沈めると、ローテーブルから書類を手に取った。

「あいつを完全な傀儡にできりゃ話は早い。面倒なこともしなくて済む。まあ、あいつが俺たちに逆らえるはずはないんだがな」

ニヤリと片側の口角を上げたその顔はまさに悪魔である。

「だが、一つだけ気になることがある」

フロイドは急に真面目な顔つきになった。

「いったい何だ？」

初老の男が書類から目を離し、フロイドに視線を向ける。

「帝都のなかに油断ならざる者が入り込んでいる可能性がある」

「……どういうことじゃ？」

でっぷりとした体を揺すると、初老の男は書類をローテーブルの上に戻した。

「……少し前から得体の知れない奴が帝都をうろちょろしていると、使い魔から報告を受けていた」

「ふむ、それで？」

「報告によると、メイドの姿をしたその女は明らかに只者ではないとのことだ。時期が時期だからな、面倒は避けたい。使い魔には始末できるならしておけと命じたんだ」

「…………」

「ところがだ。それ以降使い魔からの報告はいっさいない。おそらく返り討ちにされたんだろうな」

フロイドは苦々しそうに言葉を紡ぐ。

「……いったい何者だ？」

「それは俺が聞きたい。俺の使い魔はAランク冒険者すらあっさり殺せる強さだ。にもかかわらず、数体の使い魔を痕跡すら残さず消すとは尋常ではない」

「…………」

「もし、帝国に敵対する者なら面倒なことになるぞ」

フロイドは真剣な表情を崩さない。

「……こんな時期じゃというのに。頭が痛いのぅ」

セイビアン帝国の皇帝、ニルヴァーナ・レイ・セイビアンはソファの背もたれに深く体を預けると、天井を見上げて目を閉じた。

第三十五話　仲良し作戦

　ランドールの情報を帝国に流しているとの疑いをかけられているガラム議員。最近では中央執行機関における発言力が格段に増したという。理由は、彼の政敵が次々と謎の失踪を遂げているからだ。そもそも、彼は政争と無縁の存在だったらしい。これといった野心も抱かず、常に国のことを考える愛国心溢れる人物だったとのこと。

　――たしか、ギルドマスターさんとママはそんなふうに言ってたよね。パールは記念すべき初登校日における最後の授業を受けつつぼんやりと考えを巡らせた。

「パールさん、ちゃんと聞いていますか？」

　パールの様子がどことなく上の空に感じた古代語の教師が声をかける。

「あ、はい。聞いてます」

「では、この古代語を訳してみなさい」

　黒板には古代語で長文が書かれていたが、クラスメイトは明らかに困惑した表情を浮かべていた。いくら特級クラスとはいえ、とても初等部の生徒に解けるような難易度ではないからだ。もしかすると高等部でも解けないんじゃ……と口にはしないものの誰もが同じことを考える。が――。

「はい、これでいいですか？」

黒板の前に立ったパールは、クラスメイトが見守るなか高難易度の問題をあっさりと解いてしまった。教師はすでに涙目である。

「あ、先生！　この単語なんですけど、こういう文のときはこっちの単語を使ったほうがいいと思います。実際、昔はこの単語を使ってたってママが言ってました」

そう指摘したパールは、該当する単語を指さしたあと、空いているスペースにそっと単語を書き足した。

「あ……そうですか。うん、ありがとうございます、じゃなくて、よくできました……」

魂を抜かれたような顔で何とか言葉を紡ぐ古代語教師。ほかの教師のリベンジ失敗である。それからはもう指名されることもなかったため、再びパールはガラム議員の娘、ジェリーを気にしつつ考えをまとめ始めた。

えーと、たしかクラスメイトの話では、ジェリーちゃんはもともと明るい女の子だったんだよね。でも、ここ数ヶ月で急に暗くなってみんなとの会話も少なくなった。だからお昼も一人で食べてたんだよね、きっと。うーん、理由が気になるなぁ。多分、お父さんの件と関係があると思うんだよね。うん、これはやっぱり直接話してみるしかないや。最後の授業が終わったあとは、担任の先生からの話があってそのあと解散という流れだ。ジェリーちゃんはいつも馬車で送り迎えしてもらっているらしい。で、馬車が来る時間は毎日決まっていて、それまでジェリーちゃんは教室で一人待っている。これもクラスメイトから仕入れた情報だ。よし、狙うならこのタイミングだ。

授業の終了後、パールは昼休みのようにクラスメイトたちから囲まれないよう、担任の話が終わると風のように教室を出て行った。みんなが諦めて帰るまでトイレに隠れ、ジェリーちゃんが教室で一人になったときを狙おうという寸法だ。

「そろそろいいかな……？」

特級クラスの教室から学舎の玄関へ行くにはトイレの前を通る必要がある。耳を澄ますと、クラスメイトたちの声が少しずつ遠ざかっていく様子が窺えた。そろりと個室の扉を開き、そっとトイレから廊下を覗こうしたそのとき——。

「きゃあっ！」

「ひゃっ！」

トイレの入り口からそっと顔を出した瞬間、入ってこようとしたジェリーと鉢合わせになった。

「な、何よ、びっくりした……！　ってあなた、たしか……」

「あ、パールです！　ごめんね、驚かせちゃって……」

パールはそそくさとトイレを出る。さすがにトイレにやってきた女の子を引きとめることはできない。しばらく待つとジェリーがトイレから出てきたが、パールに怪訝な視線を投げかけた。

「……まだいたんだ」

「うん！　ジェリーちゃんとお話ししたいなと思って」

微笑んだあとやや上目遣いでジェリーを見つめる。どうだ！　並の大人ならこれでイチコロだよ！

「私と……？　んーん……私はいいや……」

ガーンである。そう、パールの上目遣いは大人にこそ抜群の威力を発揮するが、子ども相手には大して効果はなかった。ジェリーはパールの横を素通りして教室へ戻ろうとしたが、パールはそんな彼女の前に素早くまわり込む。

「じ、じゃあ何か困ってることない⁉　勉強でも何でも教えるよ⁉」

「……どうして私に構うのよ」

ジェリーは眉間にシワを寄せ、苦々しげな表情を浮かべる。

「んー、だってジェリーちゃん可愛いし、何だか気になっちゃったんだもん」

その言葉に、一瞬ジェリーの表情が緩んだ。

「だから仲良くなりたいなって。本当に勉強でも何でも教えるし」

「…………」

怖くなるくらいの沈黙。耳の遠くで小さくキーンと音が響いている気がした。

「…………ほう」

「……え？」

ジェリーが何か呟いたが聞こえなかった。

「治癒魔法……教えられる？」

「治癒魔法……？　どこか悪いの？　もしくは誰か治療したい人でも――」

最後まで言葉を紡ぐ前に、ジェリーは「何でもない」と呟きその場を走り去る。パールはその背中を見送ることしかできなかった。

「何かご用かしら？」

　セイビアン帝国の帝都で情報収集をしていたアリアは、背後から尾けてくる気配を察知し、敢えて人気のない通りまで移動した。振り返ったアリアの前に立っていたのは一人の悪魔族。

「……用件はお前のほうがわかっているだろう？」

「さあ……何のことでしょう？　私は街中を散策しているただのメイドですよ？」

　不自然なほどニコニコとした笑みを顔に貼りつけたアリアが答える。

「む……お前、吸血鬼か。しかもこの時間帯に出歩けるってことは純血種だな」

「そういうあなたは上位悪魔族とお見受けしますが？」

　フロイドの肩がぴくりと跳ねる。

「俺のことはいいさ。で、吸血鬼がいったい何をしてるんだ？」

「あなたにお答えする必要はありません」

　笑顔を絶やすことなく告げるアリア。

「俺を上位悪魔族と理解したうえでずいぶんと強気だな」

「強気なのは生まれつきですの」

　刹那――。フロイドはアリアの目の前から一瞬で姿を消した。

「やれやれ。相手の力量も測れないとは愚かなことだ」

　アリアの背後に転移したフロイドは、そう呟くと後ろから手刀で彼女の心臓を貫いた――かに見えた。

「⁉」

アリアの姿が陽炎のように揺らめき消える。

「いったいどこへ…………ぐぁっ‼」

瞬間、背中から胸に強烈な痛みを感じたフロイド。静かに視線を落とすと、自分の胸元から細い手が生えているのが見えた。

「相手の力量を測れない？　違いますよ。測る必要がないんですよ」

ぬらりとフロイドの体から手を引き抜いたアリアは、その場で大きく手を振って付着した血を落とそうとする。

「……悪魔の血とかほんっと最低。汚らしい」

ゴミを見るような目をフロイドに向けたアリア。確保しようとそばへ近づいたのだが……。

「……くっ……！」

フロイドはその隙を与えず姿を消した。

「あら、逃げられちゃった。お嬢様に怒られるかな？」

ふう、と大きく息を吐く。

「とりあえず早く帰ってお風呂入ろうっと」

一人呟いたアリアもその場から姿を消し、あとには不気味な色をした血溜まりだけが残された。

第三十六話　今日はどこで誰を

学校終わりに冒険者ギルドへやってきたパールは、扉を開けた途端に異様な雰囲気を感じた。

え？　何でこんなに静かなの？　人が少ないわけではない。この時間帯に相応しい数の冒険者が屋内にはいるが、何故か誰もが微妙に緊張している。その原因はすぐ分かった。フロアの一角にあるテーブルで優雅にお茶を飲んでいる少女。長い闇色の髪にゴシックドレス。後ろ姿でもすぐにアンジェリカと気づいた。

「ママ！」

振り返りにっこりと微笑むアンジェリカ。冒険者たちの緊張も僅かに緩んだ。

「おかえり、パール。初めての授業はどうだった？　お友達はできたかしら？」

「うん！　授業はちょっと簡単だったけど、お昼休みはクラスメイトに囲まれて大変だったよー。ていうかママ、どうしてここに？」

アンジェリカは椅子から立ち上がるとパールの頭にそっと手をのせる。

「アリアが来られないから代わりに迎えに来たのよ。ギルドマスターへ報告に行くんでしょ？　私も一緒に行くわ」

冒険者たちが一斉に頭を下げる様子を視界の端に捉えつつ、アンジェリカとパールはギルドマスターのもとへ向かった。

「ぐ……くそっ……！」

アリアを排除しようとしたものの、反対に背後から胸を貫かれてしまったフロイド。転移で逃れたものの、ダメージは決して小さくなかった。かろうじて急所は避けたが、胸には風穴を開けられている。帝都内の拠点に戻ったフロイドは、紫がかった血を垂れ流しながら床の上に倒れ込んだ。いったい何者だったんだあいつは……。只者でないことは何となく理解していた。だが、まさかあれほどの強者だったとは……。

「……く……ぐぅ……」

顔には苦悶の表情が浮かび、額から大量の汗が流れ目に入る。とそこへ――。

「悪魔侯爵ともあろう者がずいぶんなザマじゃないか」

声が聞こえたかと思うと、暗闇からすっと誰かが現れた。小麦色の肌に長く尖った耳。溢れ落ちんばかりのたわわな双丘。背中に剣を背負ったダークエルフの少女は、床に倒れ込むフロイドに視線を落とす。

「ウィズか……呑気なこと言ってないで早く治癒魔法をかけろ……」

苦痛に顔を歪めながら何とか言葉を絞り出す。

「はいはい。あんたに死なれちゃ報酬がふいになっちまうからな」

ウィズは倒れたフロイドのそばに立つと、風穴が開いた胸に手をかざし治癒魔法を発動した。みるみるうちに傷が塞がり、フロイドはゆっくりと体を起こして深く息を吐く。

「あんたがそんな傷を負うなんてな。誰とやり合ったんだ？」

ウィズが率直な疑問を口にする。腕を組んでいるため立派な双丘がさらに強調された。

「……わからん。が、尋常ならざる者だ。ただの純血種の吸血鬼だと思ったんだが、あれほどの強者とは思わなかった」

塞がった傷口をさすりながらフロイドが言葉を紡ぐ。そもそも、あいつは何をしていたんだ？目的からして不明だ。俺たちの計画に関係しているのか？　もしかしてランドールに関係する者だろうか。帝国も悪魔である俺と手を組んでいるんだ。あの国が人ならざる者と組んでいてもそれは不思議ではない。

まさか、真祖――。

とんでもないことに考えが及びフロイドの額にまた玉のような汗が浮かぶ。――まさかあのメイドが真祖？　いや、真祖に若い女は一人しかいないと聞いている。遥か昔、悪魔族の軍勢を一人で殲滅し、いくつかの支配地を奪った吸血姫。伝え聞いただけだが、血のように紅い瞳の美しい少女だという。真祖……ではない。が、もしかすると真祖に近しい存在なのかもしれない。……ダメだ。考えがまとまらない。不確定なことに気を回してもどうにもなるまい。とりあえずこれまで通り計画を進めるだけだ。

「治癒魔法……ですか」

冒険者ギルドの執務室では、ギルドマスターのギブソンがアンジェリカとパールの二人と向き合っていた。パールは学園でガラム議員の娘、ジェリーと接触を図ったこと、治癒魔法を教えられるかどうか聞かれたこと、真意を聞く前に逃げられたことなどを包み隠さず話した。

「治癒魔法を覚えないといけないような状況にある、ということでしょうか？」

「うーん、そこまでは。聞こうとしたら逃げられちゃったし」

「ふむ……まだ分からないことだらけですね」

「明日も何とか話しかけてみます！」

あのときのジェリーちゃん、何となく悔しそうな、苦しそうな顔をしてた。もし本当に困ってることがあるのなら助けてあげたい。でも、今思えばちょっとグイグイいきすぎたかも。登校初日で初対面なのに、あんなグイグイいっていったから警戒されちゃったかな？　学園でのことを思い出して少し不安になるパールであった。


「ただいまー」

「おかえりぃ、パールちゃん」

メイド姿がすっかり様になったルアージュが玄関でパールとアンジェリカを出迎える。

「あれ？　お姉ちゃんは？」

「さっきまでお出かけしてたけどぉ、さっき帰ってきてお風呂入ってるよぉ」

お姉ちゃんが帰ってきてすぐお風呂入るってことは……。

「……もしかして血塗《ちまみ》れだったり？」

「んー、そうでもなかったようなぁ。でも、ちょっと不機嫌そうだったよぅ」

むむ？　お姉ちゃんが帰ってすぐお風呂入るときって大体外で誰か殺《あや》めたときだよね。前も血が付いて汚いってブツブツ言いながらお風呂入ってたし。

「ねえママ。お姉ちゃん今日はどこに行ってたの？」

「ん？　帝国へ情報収集よ」

ああ、なるほど。パールとアンジェリカがリビングに入ると、ちょうどアリアがソファに座って髪をタオルで拭いているところだった。

「あら、パールお帰り」

「ただいまお姉ちゃん。今日はどこで誰を殺めたの？」

「何てこと言うのよ。人を殺人鬼みたいに言わないでよね」

「だってお姉ちゃんが一人で外出して帰ってきたときっていつも血塗れなんだもん」

アリアは「うっ」と言葉に詰まってしまった。

「で、アリア。首尾はどう？」

アンジェリカの言葉にアリアの目が真剣になる。

「はいお嬢様。報告いたします」

第三十七話　七禍《しちか》

髪を拭いていたタオルを手早く畳んで膝に載せると、アリアは背筋を伸ばして報告を始めた。

「まず、帝都の様子はいつもと変わらず、戦争が始まりそうな気配はありません。民衆もそのような話はいっさいしていませんでした」

キィと扉を開き入ってきたフェルナンデスが、ローテーブルの上にティーポットとカップを載せたトレーを置く。

「あと、やはり悪魔族による被害なども耳にしていません。悪魔族が帝都で活動しているのは確かです。でも、不自然なほど被害が出ていません」

フェルナンデスが紅茶を注いだカップを一人ひとりの前に運ぶ。部屋にはベルガモットの爽やかな香りが広がった。

「あと、今日私を襲ってきたのは上位悪魔族でした。戦闘に及び、体を貫いたとき気づいたのですが、何やら呪いをかけられているようです」

「呪い？」

紅茶を口にしようとしたアンジェリカが口を挟む。

「はい。内容までは分かりませんが、おそらく命令を確実に遂行させるためのものかと」

「……ふぅん」

アンジェリカは紅茶を一口飲むと、ふぅっと息を吐いた。

「……そして私はこのやり口を知っています」

「そうなの？」

「…………七禍です」

ガシャンと何かが割れた音が室内に響き、全員がそちらに目を向けた。音の主はフェルナンデス。空になったティーポットをトレーに載せて部屋を出ようとしていた彼が手を滑らせ、落ちたポットが割れたようだ。部屋から退室しようとしていたフェルナンデスは、割れたティーポットを片づけようともせず、アンジェリカたちに背を向けて立ち尽くしていた。

「フェルさん！　大丈夫？」

パールが慌ててソファから立ち上がり、フェルナンデスのそばへ行こうとするが——。

「来ちゃダメだ！」

フェルナンデスは普段とまったく異なる口調でパールを静止する。驚きのあまり固まるパール。

フェルナンデスの顔は真っ青だった。

「あ…………お嬢、申し訳ない」

「んーん、私は大丈夫だけど、フェルさんは大丈夫？」

心配そうにフェルナンデスの顔を覗き込む。

「ええ……それよりアリア。先ほどの話は本当ですか？」

「はい。保証はありませんが、あれは昔七禍がよく使っていた呪いです」

アリアはフェルナンデスの目を真っ直ぐ見て答えた。

「……七禍が帝国と関わっていると？」

黙っていたアンジェリカが口を開く。

「……ねぇママ、七禍って何？」

「七禍っていうのはね、悪魔族の頂点に君臨する七名の悪魔のことよ」

七禍はすべての悪魔族の頂点であり、個々が尋常ならざる強さを誇る。また、古くはそれぞれが独自に強力な軍を擁していた。

「強いの……？」

パールが少し不安げに口を開いた。

「ええ……強いわ。七名一人ひとりがね。昔本気を出して戦ったけど、引き分けが精一杯だったわ」

アンジェリカの強さを知るパールには、とてもではないが信じられなかった。母から伝えられたまさかの言葉に顔が驚愕に染まる。が、アリアはそんなアンジェリカにジト目を向けた。

「お嬢様。言葉足らずにもほどがありますよ？　お嬢様はあのときまだ子どもで、しかも四名の七禍を一人で同時に相手して引き分けたんじゃないですか。デタラメすぎますよ」

「ああ、そう言えばそうだったわね」

とぼけるように紅茶を口にするアンジェリカ。

「うーん……やっぱりママは凄いなぁ。あ、それでその七禍とフェルさんはどういう関係なの……？」

パールの疑問に対し、アンジェリカとアリアは顔を見合わせる。何やら複雑な事情があるのはパールにも何となく理解できた。

「フェルナンデス。パールにも話していいのかしら？」

「……はい、お嬢様」

フェルナンデスは多少落ち着きを取り戻し、割れたティーポットのかけらを拾ってカチャカチャとトレーに載せていった。

「ふう……。あのね、昔フェルナンデスが真祖の軍で将軍だったって話はしたわよね？」

「うん」

「七禍はね、フェルナンデスが将軍を辞めて私の執事になるきっかけとなった奴らなのよ」

背中を向けて割れたかけらを拾い集めるフェルナンデスの体が一瞬ぴくりと動いた。

「あの頃のフェルナンデスは常勝将軍って呼ばれててね。それは強い将軍だったわ」

アンジェリカは視線を斜め上に向けると、昔を懐かしむような表情を浮かべた。

「でも、あるときの戦いで七禍の一人、ベルフェゴールの罠に嵌まりフェルナンデスは戦場で孤立した」

「え……」

「その頃の私はまだ子どもだったけど、お兄様からそれを聞かされていてもたってもいられなくなったの。だから、初めて一人で戦場に出てフェルナンデスを助け出した」

「おおー！　さすがママだね」

「でもね、所詮まだ子どもだったからね。助け出したころには私もボロボロになってたわ」

そう。そしてフェルナンデスはいまだにそれを気にしている。自らの不手際で幼い子どもを戦場に立たせてしまったこと。自らの不甲斐なさのせいでアンジェリカが傷を負ったこと。

「まあ大まかにはこんなところよ。それよりも、話を一度整理しましょう」

帝国で悪魔族が活動している。でも表立った被害は出ていない。でもアリアには攻撃してきた。

そいつは上位悪魔で七禍の誰かから呪いを受けて何らかの命令を遂行しようとしている。こんなところか。整理したところで今ひとつよく分からないわね。帝国が悪魔族と手を組んでいる、ということかしら。でも、帝国に手を貸して悪魔族に何の利点があるというの？　それに、本当に七禍が関わってるのならそれはそれで面倒だ。何せ今の私は一族を離れてるから正面切って戦争をするのはまずい。

「やっぱりもう少し情報がいるわね」

第三十八話　イジメいくない

長い黒髪とドレスを風に靡かせながら宙に浮く少女。腰に手をあててふわふわと浮く少女の周りを四名の悪魔が取り囲む。

「おい、本当にこのガキで間違いないのか？」

「ええ。三日前に我が軍の大半を焼き払ったのは間違いなく彼女です」

「クケケケ。美味そう、美味そう」

「時間が惜しい。さっさとやるぞ」

紅い瞳の少女を囲んだ悪魔たちはじわじわと彼女との距離を詰め始める。少女の顔にこれといった表情は浮かんでいない。

「けっ！　可愛げがねぇガキだ。これから殺されるってのによぉ」

「油断禁物です。真祖サイファ・ブラド・クインシーの娘にして彼女自身も真祖です。どれほどの力を隠しているのか想像がつかない」

と、我慢ができなくなったのか、一名の悪魔が少女に襲いかかる。鋭い爪で背後から心臓を貫いた――かに思えたが、爪は少女の体に届いてすらいなかった。

「お前ら気をつけろ！　体に物理結界を張ってやが――」

最後まで言葉を紡ぐ間もなく悪魔の体が爆炎に包まれる。見ると、足元にはいつの間にか巨大な魔法陣が展開されていた。

「ぐ……がぁあああ！」

何とか魔法の有効範囲から逃れる。が、今度は少女の周りにいくつもの魔法陣が展開していた。

「『魔導砲《キャノン》』」

少女が静かに口を開くと、彼女を中心に展開していたすべての魔法陣から閃光が放たれた。とんでもない量の魔力を凝縮した閃光が次々と悪魔を襲う。しかも、一度回避しても追尾するためタチが悪い。

「クケケ！　強い！　強い！」

一人の悪魔は片腕を吹き飛ばされたにもかかわらず、何故か嬉しそうな声をあげながら少女へ向かって突進した。幼い少女の顔を容赦なく全力で殴りつける。一瞬、少女の体勢が崩れたものの、即座に反撃の蹴りを受け悪魔の体がくの字に折れた。

「どけ！　巻き込まれるぞ！」

一人の悪魔が叫び、少女にまとわりついていた悪魔が素早く離脱する。刹那――。三方向から同時に放たれた強力な魔法が少女を急襲した。一つは火属性、一つは風属性、もう一つは闇属性の魔法である。

「三属性の魔法による同時攻撃。いかに真祖と言えどこれなら……」

少女の周りを覆っていた煙が風に流されていく。間違いなく存在そのものを消失せしめた。悪魔たちはそう信じて疑わなかった。が――少女は平然とした様子でそこに浮いていた。ダメージがある様子もまったく窺えない。

「これは……相当ですね。我ら七禍が四人がかりで倒せないどころか傷一つつけられないなんて……」

貴族のような格好をした紳士がぼそりと呟く。

「こいつは危険すぎる。世界における力の均衡を崩しかねない存在だ。確実にここで殺しておかねば」

その言葉に悪魔たちは頷き、再び血のように紅い瞳の少女へ一斉に襲いかかった。


「……ん……」

自室のベッドで目覚めたアンジェリカ。寝起きだというのに、強者と戦う前のように気が昂っていた。アリアが七禍の話なんて持ち出すからずいぶん懐かしい夢を見ちゃったわ。たしかあのあともしばらく戦い続けてたのよね。小さく息を吐いたアンジェリカは隣で寝ているパールへ視線を向ける。すやすやと気持ちよさそうに眠るパール。あの頃はまさか自分が子どもを育てる日が来るなんて想像もしていなかった。まあ、七禍と戦ったときってまだ私も子どもだったしね。それにしても、今回のことに七禍は本当に関わりがあるのだろうか。こんな回りくどいことしなさそうなのに。窓に目をやると外はまだ真っ暗だった。アンジェリカは乱れたパールのシーツをかけ直し、再び目を閉じた。


「ママ、行ってきまーす!」

パールの元気な声が屋敷に響く。

「ええ、気をつけてね」

送迎はもちろんアリアである。飛翔魔法が多少上手くなったので、最近は一人で街まで飛んで行きたいなんて言い始めたがとんでもない。せめて十歳くらいになるまでは送迎が必要だとアンジェリカは考えている。パールから過保護と罵られても気にしないアンジェリカであった。

試験で相当目立ったため、パールの顔と名前は学園中に轟いていた。普通に廊下を歩いているだけでざわめきが広がる。

「えーと、今日の一限は何だっけ？」

そんなことを考えつつ歩いていると……。

「パ、パールさん、おはようございますなのです」

「あ、オーラちゃんおはよう」

隣の席のオーラちゃん。可愛くて優しい女の子なんだけど、この喋り方どこかで……。あ。ソフィアさんだ！　もしかして関係者なのかな？　もう少し仲良くなってから聞いてみようかな。今日の一限って何だっけ～、などと話しながら特級クラスの教室へ向かっていたのだが、その途中数名の生徒が言い争いをしている現場に出くわした。壁際に立つ一人の女生徒を五人くらいの男女が責め立てている。責め立てられていたのはジェリーだった。パールはオーラに「ちょっと行ってくるね」と伝えるとジェリーたちのところへ向かう。

「ジェリーちゃん、おはよう！」

突然声をかけられて驚いたのか、全員がビクッとしてこちらを振り向いた。

「な、何だよお前……」

「私はジェリーちゃんの友達です。ジェリーちゃん、教室行こうよ」

パールは五人を割ってジェリーに近づくと手を握った。目を見開いて驚くジェリー。

「待てよ！　そいつにはまだ話があるんだ！　勝手なことするな！」

「そ、そうよ！　それにあなた初等部の生徒でしょ⁉　高等部の先輩に対して失礼なんじゃない⁉」

ぎゃーぎゃーと騒ぎ始める生徒たちにパールは向き直る。

「年上の人が年下の女の子一人によってたかって、恥ずかしくないんですか？　そういうことはしちゃダメだと思います」

「な、何だと⁉　生意気だぞお前！」

「だったらどうしますか？　言っておきますけど、勉強でもケンカでも絶対負けない自信ありますよ？」

一人がパールに掴みかかろうとするが……。

「ば、ばか！　やめろ！　この子、噂になってる試験の子だ」

「あ？　何だよそれ」

「知らねぇのかよ！　筆記で満点、実技では強化された試験会場の壁を一撃の魔法で壊したって子だよ！」

その言葉を聞いた先ほどの生徒はみるみるうちに顔色が悪くなった。

「もう話は終わりですよね？　じゃあ行こっかジェリーちゃん」

パールはそう口にするとジェリーの手を引いてその場からスタスタと立ち去った。あれ、何か忘れてるような…………あ！　オーラちゃん！　やば、と思い振り返ると全力で走ってくるオーラの姿が目に入り、パールはほっと胸を撫で下ろすのであった。

第三十九話　仇敵

いつものように悪魔どもを蹴散らすだけのつまらない戦争だと思っていた。実際、フェルナンデスが先頭に立ち敵陣へ斬り込むとまたたく間に敵は総崩れとなった。だが、それは敵の用意周到な罠だった。敵陣深くまで斬り込んだ彼と直属の兵団は戦場から完全に孤立し、気づいたときには伏せていた手勢に囲まれていたのである。しかも、敵の首魁《しゅかい》ベルフェゴールはフェルナンデスの兵団のなかへ間者を送り込み、彼が悪魔と内通しているとの噂を流していた。姑息なやり方だ。そのせいで兵団は統率がきかなくなり、当主からの援軍も期待できなくなった。常勝将軍と呼ばれ続け調子にのった結果がこの有様である。おそらく私はもう生きて戻れはしないだろう。生きて帰ったところで、悪魔と内通したと疑われているのなら私に居場所はない。こうなったら一人でも多くの悪魔を道連れにし、死して潔白を証明するしかない。覚悟を決めたフェルナンデスは、愛用の大矛を担ぐと敵本陣への単騎斬り込みを敢行した。悪魔どもをひたすら薙ぎ払い、斬り捨て、叩き潰す。体力が尽きいよいよ死の足音が聞こえた頃、突如空が光り、上空からとんでもない威力の魔法が敵に向かって放たれた。一撃で一軍を殲滅するほどの高位魔法。いったい誰が。まさか援軍か？　訝しがる彼の耳に聞き慣れた可愛らしい声が飛び込んできた。

「フェーーーールーーーー!!」

それは紛れもなくアンジェリカの声。彼は自分の目と耳を疑った。何故？　幼い姫君がどうしてこのような戦場に？

「フェル！　大丈夫!?　お兄様からフェルが危ないって聞いて、援軍も出せないって言ってたから一人で助けに来ちゃった！」

地上に降り立ったアンジェリカはそう口にすると、再度敵陣へ向かって魔法を撃ち込んだ。

「早く逃げるよ、フェル！　空から放った魔法でかなり魔力を使っちゃったから！」

アンジェリカの助けもあり、フェルナンデスたちは何とか命を失わずに済んだ。だが、退却時に殿《しんがり》を務めていたアンジェリカは、全身いたるところに手傷を負う羽目になった。敵の首魁、七禍の一柱ベルフェゴールは女嫌いの悪魔として有名である。女の身で戦場へ出てきたアンジェリカが気に入らなかったのか、かの者は彼女へ集中的かつ執拗に攻撃を仕掛けた。そして、そのとき受けた傷は未だにアンジェリカの背に残されている――。

ソファに座ったまま目を閉じていたフェルナンデスはゆっくりと目を開く。将軍の職を辞してからも彼はあの者を探し続けていた。お嬢様を傷モノにした憎き敵の首魁。七禍の一柱ベルフェゴール。行方がまったく知れなかったが、思わぬところから手がかりが舞い込んできた。アリアに感謝しなくては。フェルナンデスはテーブルの上に視線を向ける。テーブルには布にくるまれた棒状の何かが横たわっていた。丁寧に布を剥ぎ取る。現れたのはかつて数多の戦場で大勢の敵を屠ってきた業物《わざもの》の大矛。あの者の居場所が分かったその暁には……。フェルナンデスは瞳に冷たい光を宿すと愛用の矛を手に取った。

「あの……ありがとう」

複数の生徒から詰め寄られていたジェリーを助けて教室に入ると、彼女から小さな声でお礼を言われた。

「んーん。それよりも大丈夫だった？」

「うん。慣れてるし……」

「慣れてるって、それどういう――」

大事なところで授業開始の鐘が鳴り響く。仕方なくパールは席についた。休み時間にまた聞いてみよう、と考えたパールだったが、ほかのクラスメイトに話しかけられたりジェリーが席を外したりとなかなか機会に恵まれない。やっぱり帰り際しかないかな。パールは大人しくすべての授業が終わるまで待つことにした。なお、パールの知識量に舌を巻いた教師たちは、張り合うのではなく授業に活かそうと考えたようだ。そのため、パールは授業中に何度か教師の補助役のようなこともやる羽目になってしまった。

「……みんな帰ったよね？」

前回と同様、パールはトイレにこもってクラスメイトが帰るのを待つ。廊下が静かになったのを確認して教室に戻ると、一人読書をするジェリーの姿が目に入った。

「……何となく来ると思った」

ジェリーは読んでいた本をパタンと閉じる。

「うん、ちょっとお話ししたくて。朝はどうして揉めていたの？」

「……私のパパは中央執行機関の議員なの。あの子たちはパパと敵対してた議員たちの子ども」

「それでどうしてジェリーちゃんが責められるの？」

まあ分かるけど。

「……最近、パパと敵対してた議員が次々と失踪してるの。それにうちのパパが関わってるんじゃないかって」

「そう……なんだ」

やや俯いたジェリーの顔には悔しそうな表情が浮かんでいた。でも、それ以外にもさまざまな感情が入り混じっているようにも見える。

「ジェリーちゃんが元気ないのはそれだけが原因？　ほかにも困ったことあるんじゃない？」

「………………」

「あのとき、治癒魔法を教えられるかと聞いたのはどうして？」

ジェリーは何も言わない。口を真一文字に結び必死に何かに耐えているようにも見える。パールは直感的に気づいた。ジェリーちゃんは救いを求めている。救ってくれる誰かを待ち続けている。

「ジェリーちゃん。私なら絶対にジェリーちゃんを助けてみせるよ」

パールは火傷の痕を隠すためとの理由で着用していた右手の手袋を脱ぐ。手の甲に浮かび上がる星形の紋章に、ジェリーの目が驚愕に見開かれた。

「私、聖女なんだ」

聖女がどのような存在なのかは子どもでも知っている。もちろんジェリーも。突然、ジェリーの瞳から大粒の涙が止めどなく溢れ始めたかと思うと、絞り出すように言葉が漏れた。

「……助けて」

「もちろんだよ」

パールは真剣な顔で力強く頷いた。

第四十話　聖女の力

ランドール共和国の中央執行機関で代表議長を務めるバッカスの屋敷には、主人であるバッカスのほかに冒険者ギルドのギルドマスター・ギブソン、そして渦中のガラム議員が顔を揃えていた。

「バッカスさん。私に大事な用とはいったい何なのだろうか。しかも娘にも関係があると聞いたが。それに、何故冒険者ギルドのギルドマスターが……？」

長身痩躯《そうく》、鋭い目つきのガラム議員は憮然とした表情のまま口を開く。かなり強引にここまで連れて来られたことからやや不機嫌のようだ。

「ガラム殿。私が貴殿に聞きたいことはただ一つ。何故ランドールを裏切った？」

ガラムの肩がぴくりと反応した。が、顔色や表情にまったく変化はない。

「やれやれ。何を言い出すかと思えば。そのようなくだらない話なら帰らせてもらう」

席を立とうとするガラムをバッカスは手で制止する。

「私の言い方が悪かったたな。貴殿がランドールを裏切った理由はもう分かっている。ただ、何故それを我々に相談してくれなかったのだ」

ガラムは怪訝な表情を浮かべたあと、嘲笑うかのような顔を見せた。

「裏切った理由が分かってる？　ふふ、ふふふ……何をバカなことを……」

「娘さんに呪いをかけられていたな？」

顔を引き攣らせ固まるガラム。信じられないような顔でバッカスとギブソンに視線を巡らせる。

「な……何を……」

「期日までに約束を果たさないと命を失う強力な呪い。しかも、どんな魔法でも解呪できないとなれば、貴殿が相手の言いなりになるしかなかったのも理解できる」

これでもかと目を見開いて驚くガラム。その事実は誰にも話していないからだ。

「ガラム殿。すべて話してくれないか。私はもちろん、冒険者ギルドも協力すると言っている」

「……バカなことを……もう遅いんですよ。私は娘の命を人質にとられ、奴らの言いなりとなり議員たちを殺す手伝いをした。もう後には引けないし、娘を救うためにも立ち止まるわけにはいかないんだ！」

そのとき——突然扉が開き二人の少女が入ってきた。

「ジェ、ジェリー!! 何故ここに!?」

「パパ！ もうやめて！ もうそんなことしなくていいの！」

ジェリーは泣きながらガラムに抱きついた。

「ジェリー……分かってくれ。お前を助けるには奴らの言いなりになるしかないんだ」

「もう、もう大丈夫なの！ ほら！」

ジェリーは服をめくって父親であるガラムに柔肌を晒す。それを見てガラムは息が止まりそうになった。本来、そこにあるはずの呪いの紋章が綺麗さっぱりなくなっていたからだ。

「こ、これは……いったいどうして……!?」

「私の友達が……パールちゃんが呪いを解いてくれたの！」

ガラムは娘の後ろに立っている美少女に目を向けた。こんな少女があの呪いを……？ 何が何だか……。


話は二時間前に遡る。教室でジェリーから助けを求められたパールは、詳しい事情を聞きだした。

ジェリーには悪魔の呪いがかけられていること、あらかじめ設定された期日までにジェリーの父親が契約を果たさないと彼女は死んでしまうこと。そのせいで、父親がよからぬことに手を染めていることを彼女は知っていた。だから、彼女は自ら呪いを解こうと考えていたらしい。

「だから治癒魔法を？」

「うん……」

「そっか。でもねジェリーちゃん。治癒魔法じゃ呪いは解けないんだよ」

「え……？」

ジェリーの顔が絶望の色に染まっていく。そう、呪いに治癒魔法は効果がない。呪いの種類にもよるが、悪魔が行使するような強い呪いならそもそも解呪できないこともあるのだ。

「多分、ジェリーちゃんのパパも最初は魔法が使える人に解呪をお願いしたんじゃないかな？」

「うん……何人かうちにやってきていろいろ試してた。結局ダメだったけど……」

「あのね、悪魔の呪いは魔法じゃ解けないことが多いの」

その言葉にジェリーは希望をなくし、俯いたまま涙をこぼし始める。

「でもね……」

パールは立ち上がるとジェリーのそばに寄り、彼女をぎゅっと強く抱きしめた。

「聖女に癒せないものはないんだよ」

瞬間、ジェリーの体が光に包まれる。何が起きているのか分からず困惑するジェリー。ただ、自身の体から禍々しいものがすべて消え去っていくような感覚をジェリーは覚えた。

「ふう。もう呪いなんてなくなったと思うけど、どうかな？」

恐る恐るジェリーが服をめくって見てみると、心臓の位置に刻まれていた呪いの紋章がすべて消え去っていた。

「あ……ああ……」

今にいたる。


「どう？　大丈夫そう？」

ジェリーは涙を流しながらも笑みを浮かべるとパールに抱きついた。

「ありがとう……パールちゃん……本当に、本当にありがとう……」

パールもジェリーを抱きしめ、しばらく泣き止むのを待った。そのあとは、ジェリーを連れて冒険者ギルドまで行き、ギブソンにすべてを説明した。そしてバッカスがガラムを屋敷に連れて行き今にいたる。


「というわけで、パール様は聖女なんです」

訳がわからないといった顔をしていたガラムにギブソンが説明する。しばし呆然としていたガラムだったが、パールの前で平伏し床に頭をこすりつけた。

「あ、ありがとうございます……聖女様……ありがとうございます……」

ガラムは泣いていた。娘を助けるためとはいえ国の情報を流し、議員たちを殺す手助けまでしていたのだ。精神状態もギリギリだったのだろう。

「いや、聖女様はやめてくださいよ。私はただ――」

不意に空間の歪みを感じたパール。そちらに目を向けると――。

「あら？　パール何故ここに？」

「ママ！」

何とアンジェリカが転移でバッカス邸の応接室に現れた。バッカスやギブソンは慣れているが、ガラムとジェリーは驚きのあまり完全に固まってしまった。

「バッカス、ギブソン、どういうこと？」

紅い瞳を向けられた二人は焦りながらも何とか説明する。

「なるほどね。それにしてもさすが私の娘だわ。偉いわよパール」

クラスメイトやその父親の前で褒められて少し恥ずかしがるパール。

「えーと、ママはどうしたの？」

「この前の七禍の話、一応共有しとこうと思ってね」

ああ、なるほど。

「あ、あの……こちらのお嬢さんは……？」

一連のやり取りを見ていたガラム議員が恐る恐る口を開いた。バッカスとギブソンは顔を見合わせたあと、ガラムに向き直り真剣な目を向けた。

「このお方は真祖アンジェリカ・ブラド・クインシー様。そしてパール様のお母様でもあります」

その言葉を聞いたガラムは泡を吹いて倒れてしまった。

第四十一話　また明日

「なるほど。帝都にそのような悪魔族が……」

ギブソンは眉間にシワを寄せ深刻そうな表情を浮かべた。

「そいつ自体は大したことないけど、背後に七禍の誰かがいるのなら少々面倒ね」

「肝に銘じておきましょう」

ギブソンとバッカスはアンジェリカに深々と頭を下げる。その様子を間近で見てゴクリと唾を飲み込む男。渦中の男であり先ほど泡をふいて倒れたガラムである。実質的に国を動かしている重要人物と首都における有力者であるギルドマスターがこの上なく丁寧に接する様子を見て、目の前にいるのが真祖であると改めて実感できたようだ。

「ではガラム殿。娘さんも無事呪いから解放されたことであるし、真実を話してもらえるだろうか」

「もちろんです」

バッカスの言葉にガラムが力強く頷く。

「まず、娘であるジェリーに呪いをかけたのはフロイドという悪魔です。彼から命じられたのは国の情報を帝国へ流すこと、そして私が国を主導できる立場になることでした」

なるほど、傀儡政権を作るつもりだったのか。アンジェリカは紅茶を口にしつつ横目でガラムをちらりと見やった。

「ただ、いくら政敵とは言え手にかけるようなことは私にはできなかった。そう伝えると、彼は時間と場所を決めて呼び出すだけでいい、そう言ったんです」

俯いて絞り出すように言葉を紡ぐ。その様子からはたしかな後悔が見てとれた。

「ふむ……アンジェリカ様が仰った通り帝国と悪魔は手を組んでいるようですな」

「だが、帝国はまだしも悪魔族にとっての利点が分かりません」

ギブソンの疑問はもっともだ。アンジェリカ自身、何故悪魔族が人間の国に肩入れして隣国を落とそうとしているのか皆目見当がつかない。

「ガラム殿、そのあたりは何か聞いておらぬか？」

「いえ、そこまでは……」

「ふむ……ではガラム殿を傀儡にする計画が頓挫した帝国はいかなる手に出るであろうか？」

「戦争……の可能性もなきにしもあらずですね」

「準備だけはしておかねばなるまいか……」

大体の方針を決めてから会議はお開きになった。

「ギブソン、ちょっといいかしら？」

「はい、何でしょうか？」

「念のために……」

アンジェリカはギブソンに懸念していることを伝え対策を勧めた。何せ敵は卑劣な悪魔どもだ。どんな汚いことでもやってくる。

「さ、帰りましょパール」

「うん、ママ」

「あ、あのっ！」

アンジェリカがパールの手を繋いで転移しようとした刹那、ジェリーがそれを遮った。

「パールちゃん、今日は本当にありがとう……。また明日学校でね！」

「うん！　また明日ね！」

笑顔で明日の約束をする二人の様子を目にして、微笑ましいなと目を細めるアンジェリカ。クラスメイトともうまくやれているようだ。

「ジェリーちゃん……だっけ？」

「あ、は、はい！」

おとぎ話でしか知らない真祖に話しかけられガチガチに緊張するジェリー。

「パールと仲良くしてくれてありがとうね。これからも仲良くしてあげてね」

「は、はい！　もちろんです！」

ジェリーは満面の笑みを浮かべてはっきりと答えたのであった。


「……バカな。あの呪いが解呪されるなど……！」

帝都の地下に構えた拠点でフロイドは混乱していた。計画はうまく進んでいたはずだった。あのままガラムが発言力を強めて政治を牛耳れる立場になり、それを帝国が操る。ほとんどの政敵を排除し、あと一歩のところまできていたというのに……。そもそも、あの呪いが解呪されるとはどういうことだ？　あの方までとはいかずとも、俺の呪いを人間ごときが解呪できるはずがない。だが、現実に呪いは解かれてしまった。かくなる上は——。

「ウィズ、いるんだろう？」

「……ああ」

暗闇と同化していたダークエルフのウィズが姿を現す。

「呪いを解かれてもまだやりようはある。いけ」

「はいよ」

人使いが荒いこって、とぼやきながら再びウィズは姿を消した。


「えーと、あれだよな」

夜の闇に紛れてウィズがやってきたのはランドール共和国の首都リンドル。彼女の目の前には立派な屋敷が建っている。中央執行機関の議員であり、帝国とフロイドが傀儡にしようと目論んでいたガラム議員の邸宅。呪いが解かれたのなら直接さらって人質にしてしまえばいい。ウィズは邸内に侵入するため敷地内に足を踏み入れようとする。が――。

「⁉」

強力な結界に阻まれてしまった。それだけではない。おそらく侵入者を検知する仕組みなのだろう、途端にウィズがいる場所へ魔法が飛んできた。

「ずいぶん厳重じゃねぇか！　こう来るってのを予測してたみてーだな！」

ウィズは魔法をかわしつつ頭を回転させる。触った感じ結界は相当に堅牢だ。あれを破って侵入するのは至難の業である。結界を張った本人かどうかは分からんが護衛もいるらしい。人数も敵の強さも分からぬ以上長居は禁物だ。

「まあいいさ。ならもっと攫いやすいところで狙うとするぜ」

奴の娘は学校へ通っていたはずだ。さすがにそこまで護衛も張りついてはいまい。仮に護衛がいたとしても私の敵ではない。いざというときは周りの子どもも盾にできる。我ながら完璧な計画だと一人頷いたウィズは、そのまま暗闇のなかへ溶け込むように消えていった。そして、ウィズはのちにこの判断が大きな誤りであったことを嫌というほど思い知らされる。

第四十二話　悪夢再来

「ふうっ……危なかった～……」

ガラム邸のバルコニーに身を潜めていたキラは、侵入を試みた者が諦めて戻る様子を目にして胸を撫で下ろした。何故キラがここにいるのかと言えば、ギルドマスターからの依頼である。アンジェリカからガラムの自宅が襲撃される可能性について指摘されたギブソンは、Sランク冒険者であるキラに護衛を依頼した。単独での護衛であるため屋敷全体に検知機能をもたせた結界を張り、警戒していたさなかにウィズが現れたのである。

「さっきのって……やっぱあのときのダークエルフだよね……？」

以前、商隊を襲う盗賊の討伐に出かけたとき遭遇した女ダークエルフ。酔っ払ったパールによって完膚なきまでに叩きのめされてはいたものの、キラたちは手も足も出なかった。
「どういうこと……？　偶然……なのかな？　とりあえず侵入は回避できたけど……」
とりあえず明日お師匠様にも相談してみよう。ひとまず思考を終了させ、結界の確認をしてから
キラは部屋のなかへ戻った。

「オーラちゃんおはようー」

「あ、パールちゃん。おはようございますです」

校門を抜けてパールが声をかけたのは隣の席のオーラ。いつも一人で登校しているようだ。私もだけど。

「ねえオーラちゃん、前から気になってたんだけどさ……」

「な、何でしょう？」

「オーラちゃんって、エルミア教の偉い人に知り合いとかいる？」

パールの言葉を耳にした途端におかしくなるオーラの挙動。その表情からは「いるけど何で知ってるの⁉」といった心の声が現れている。

「あ、いるんだ」

「や……え……あの……何で？」

「んー。ママのお友達がエルミア教の偉い人で、よく一緒にお茶してるんだけど、オーラちゃんその人と話し方が似てるんだよね」

「それってもしかして……」

「ソフィアさんって言うんだけど」

あんぐりと口を開けて呆けるオーラ。何に驚いてるんだろう？

「はっ！　ごめんなさい、意識がどこかに飛んでいきそうになったです。パールちゃんの言う通り、私は教皇ソフィア様の……姪です」

「やっぱり！　関係あると思ったんだよね～」

「で、でもソフィア様とはほとんど顔を合わせたことないんです。お忙しい方なので……」

ん？　よくママとお茶したりアルディアスちゃんにモフりに来たりしてるんだが。

「ソフィア様とお茶してるって、パールちゃんのお母様、凄い方なんじゃ……」

「んー、凄いのは間違いないかも。あとめちゃくちゃ美人だよ！」

えっへん、と自慢げに話すパール。と、そんなことを話しながら歩いていると――。

「お、おはよう！」

背後から声をかけられ二人が振り返ると、そこにはいつもと違う明るい表情のジェリーが立っていた。

「おはよう！　ジェリーちゃん」

しばらく見ていないジェリーの笑顔を見てオーラはやや驚いているようだ。が、元気をなくしていたクラスメイトが笑顔を取り戻したのは嬉しいらしく、三人仲良くお喋りしながら教室へ向かった。

「さて……と。どうすっかね。いきなり突撃してもいいけど、騒ぎを大きくしすぎるのは問題だよな」

リンドル学園近くの大通りから学園を眺めるダークエルフ、ウィズ。

「お、いい手を思いついた」

ウィズは大通りで営業していた衣類店に入り、服を物色し始める。そう、服を着替えて教師のふりをして学園に侵入しようという手だ。長時間いたらバレる可能性があるが、ジェリーを見つけて攫うくらいなら十分だろうとの考えである。とりあえず教師に見えそうな服を購入し着替えるが、見事すぎる双丘のせいで何やらいかがわしい女教師のようになってしまった。

「ま、まあ大丈夫だろ……」

自分に言い聞かせたウィズは、意気揚々と学園に向かって歩み始めた。


「ふあ～。次の授業が終わればお昼ご飯だ～」

パールは椅子に座ったまま大きく伸びをすると、バッグのなかから魔法の教科書を取り出す。と
そこへ――。

「パールちゃん、一緒におトイレ行かない？」

「ジェリーちゃん。うん、行こうか」

「あ、じゃあ私も行くです」

結局オーラも合わせて三人でトイレに。パールはもちろんだが、ジェリーもオーラも将来有望なのは間違いない美形である。特級クラスの綺麗どころ三人が連れ立って歩く様子は生徒たちの目を

引いた。

「……ん？　あんな先生いたかしら？」

ジェリーが前方から歩いてくる女教師に目を向け、首を傾げる。小麦色の肌に長く尖った耳。エルフに見えるが、この学校にエルフの教師がいたという記憶はない。

「さあ……見たことないです」

オーラも首を捻った。

「んー……？　何かどこかで見た記憶があるようなないような」

そんなことを話しているうちに女教師は三人のもとへ近づいてきた。

「やーっと見つけた。あなたジェリーよね？」

「あ、はい……」

「じゃあ私と一緒に来てちょうだい。ああ、抵抗したらそこのお友達を殺すわ……よ……」

脅しの言葉を吐きながらちらりとパールに視線を向けたウィズは、驚きのあまり心臓が停止しそうになった。そこにいたのは紛れもなく自分を痛めつけたあのときの子ども。まったく予期していなかった出来事に、ウィズの頭のなかは真っ白になってしまった。

「……ジェリーちゃん、早く先生のところへ逃げて」

「どういうこと？　パールちゃん」

「多分だけど、この人はジェリーちゃんに呪いをかけた悪魔の仲間だと思う。私が呪いを解いたからジェリーちゃんを攫いに来たんじゃないかな」

その言葉を聞いてさらに驚くウィズ。呪いを解いた⁉　このガキが⁉　強いだけじゃなくて解呪もできるとか何者⁉　我に返ったウィズはすぐさまパールから距離をとり戦闘態勢に入る。

「まさかてめぇがここにいるとは思いもよらなかったぜ……毎度毎度邪魔しやがって……」

忌々しげな目つきでパールを睨みつける。

「……？　私に言ってます？　どこかでお会いしましたっけ？」

実は、あのときのパールは酔っていたのでウィズのこともほとんど覚えていない。きょとんとして首を傾げるが、ウィズは煽られたと感じたようだ。

「てめぇぬけぬけと……私なんか眼中にないってか……？」

「んーー？　あ、もしかして……」

「やっと思い出したようだな……」

「この前商業街のカフェで私がケーキ五つ買って売り切れたとき、後ろに並んでた人ですか……？」

「違うわ‼」

あれれ？　誰だろう本当に思い出せないや。この人の勘違いじゃなくて？

「……ちっ。時間もねぇからさっさと終わらせる！　くたばれクソガキ！」

ウィズは距離をとるといきなり魔法を放ってきた。

『魔法盾《マジックシールド》×三』！」

すぐさま魔法盾を展開し自分とジェリーたちを守る。ジェリーとオーラは突然戦闘が始まったことに腰を抜かしかけていたが、冒険者でもあるパールにとってこのような戦いはいつものことであった。

「バカが！　魔法は囮だ！　今日はそのガキさえ捕まえりゃ私の勝ちだ！」

一瞬にして距離を詰めたウィズがジェリーの腕を掴もうとするが――。

「うん、知ってるよ」

パールも敵の目的はすでに理解している。魔法盾を展開した隙をついて接近してくることも。

「……あ？」

「残念でした」

そっとウィズの腹に手を添えると瞬時に魔法陣を手のひらに展開させ――。

「『零距離魔導砲《ゼロレンジキャノン》』！」

零距離からの魔導砲がウィズの腹に炸裂した。腹を貫通しないよう手加減したが、あまりの威力にウィズは吹き飛ばされ廊下をゴロゴロと転がってゆく。

「ぐ……ぐ……またこれかよ……！」

それだけ口にするとウィズは意識を失った。

「……あ。思い出した」

そして、ウィズを倒したあとであのときのダークエルフであることをパールは思い出したのであった。

第四十三話　貝になりたい

ダークエルフはあらゆる戦闘に長けた一族である。魔法を用いた戦闘はもとより、剣技や体術を駆使した近接戦までこなせるのがダークエルフの強みだ。まあ、そんな強い種族だから調子に乗っちまうのはご愛嬌ってもんだ。私たちの祖先はそれに輪をかけてイケイケだったらしい。エルフはもちろんハイエルフともバチバチにやり合い、悪魔や神族にまで喧嘩をふっかけ四方八方に敵を作っていたと聞く。だが、そんなイケイケの祖先はあるときを境に突然大人しくなったらしい。何故って？　絶対に喧嘩を売ってはいけない存在に喧嘩をふっかけたからさ。私が生まれ育った村に古くからのこんな言い伝えがある。

血のように紅い瞳の娘真祖には絶対関わるな――。

この一文から何があったのか何となく想像はつく。おそらく調子に乗って真祖に喧嘩を売った挙句返り討ちにされたのだろう。別の伝承でも、過去に一度ダークエルフが滅亡の危機に晒されたと伝わっている。要するに、絶対の絶対に関わっちゃいけない相手だってことだ。敵対するなんてもってのほかである。正直、私もそんな恐ろしい存在と関わるのはごめんだ。生涯のなかで一度たりとも遭遇したくないと切に思っていた――のだが。

今、私はある屋敷のリビングで、冷たいフローリングの上に正座させられている。すぐそばには、いかにも歴戦の猛者といった雰囲気をかもし出す執事の姿。ここへ連れてこられてから、すでに三十分以上が経っている。正座のしすぎで足が痺れてきたので、そっと膝立ちになり、窓の外に目を向けた。視線の先には、芝生が生い茂る庭で白銀を纏う獣に幸せそうな顔でまとわりつく紅い瞳の少女。一見するととても微笑ましい光景だが、実際にはそんな甘々なものじゃあない。黒い髪に紅い瞳の美少女。あそこにいるのは、間違いなくおとぎ話で伝わる吸血鬼の頂点、真祖。かつてダークエルフを根絶やしにしかけたという、国陥としの吸血姫。私の目には、少女の体から立ち昇るどす黒い魔力がはっきりと見えていた。全身の毛穴という毛穴から嫌な汗が噴き出る。と――

「ああ、楽しかった」

満足した様子の少女が、テラスからリビングへと入ってきた。ダラダラと油汗を流しながら正座している私に見向きもせずに横を通りすぎると、お気に入りの椅子へ優雅に腰をおろす。

正座したまま無意識に少女のほうへ向き直って、恐る恐る上目遣いで彼女を見やった。うん、めっちゃ美少女。シャレにならないくらい禍々しい魔力を纏っているのに、とんでもない美少女だ。思わず嘆息する。いや、美人なのは間違いないが、少女ではないよな……だって、余裕で千年以上生きている真祖だしな……見た目は少女、中身はババアってか。

と、そのようなことを考えていると、風で乱れた髪を手櫛で直していた少女が動きをピタリと止めて、静かに口を開いた。

「……ねえ。あなた、今私の悪口言った？」

何の感情も窺えない、血のように紅い瞳を向けられ私はちびりそうだった。いや、正直に言うと少しちびった。

「い、いいえ！　何も言っていません！」

「……そう。でも、何かイラっとしちゃった」

そう口にした少女が、そっと私の方へ指をさすと――

「んぎゃっ!!」

いきなり雷系の魔法を放たれ、全身を痺れさせられた。威力は相当抑えているのだろうが、それでも痛いものは痛い。私は若干パニック状態に陥った。や、どーゆーこと!?　真祖って相手の心が読めるとか!?　てか、さっき魔法の詠唱すらしなかったよね!?　指先向けるだけで魔法放てるとか聞いたことないんですけど!?　もう私に戦意や敵意なんてものは微塵もない。むしろ、少女の足を舐めてでも許してもらおうと考えている。

「まあいいわ。とりあえず、お話しましょうか」

口角の片側を吊り上げ目を細める少女を見て、再び私の全身から油汗が噴き出す。

「外のほうが気持ちいいからテラスへ行きましょ」

ついてらっしゃい、と言われ、戸惑いながらも素早く立ち上がった私は、小さくなりながら少女の後ろをついていくのであった。

学園に侵入しジェリーを攫おうとしたウィズだったが、またもやパールに返り討ちにされてしまった。その後、気絶したウィズを教師が魔法で拘束。パールの提案で冒険者ギルドへ連絡してもら

い、事情を理解したギルドマスターが護送要員としてキラやケトナーを送り込んだ。ギルドでウィズの取り調べをするつもりだったようだが、学園に侵入した曲者がパールと戦闘に及んだことがアンジェリカの耳に入ることになる。どうやら、アリアがギルドの周りに配置していた下級吸血鬼が情報を伝えたようだ。報告を受けたアンジェリカは直ちにギルドへと向かい、事情聴取は引き受けるからとウィズを屋敷へ連れ帰ってしまった。そして今にいたる。

「とりあえずそこに正座」

ガーデンチェアへ腰をおろしたアンジェリカが、ウッドデッキを指さす。

「……はい」

おとなしく正座したウィズを一瞥すると、アンジェリカは執事のフェルナンデスにパールを連れてくるよう命じた。冷たいウッドデッキの上で待つこと数分。パタパタと元気な足音が聞こえてきた。

「どうしたの？　ママ」

自室で勉強をしていたらしいパールが、リビングを通ってテラスへやってきた。

「こめんね、勉強中に。学園で起きたことを聞きたいんだけど、いいかしら？」

「うん、分かった！」

にっこりと微笑んだパールだが、ウッドデッキの上で正座しているウィズに一瞬怪訝な目を向ける。が、そこはツッコむことなく、トテトテとアンジェリカの向かいへまわりこみ、ガーデンチェアへ腰をおろした。

「さて、まずはあなたのお名前から聞きましょうか」

アンジェリカは無表情のままウィズに質問する。

「ウ……ウィズです」

「ダークエルフ……かしら。珍しいわね」

「あ、はい……よく言われる……ます」

「で、あなたはあの学園に何をしに行ったのかしら？」

アンジェリカの体からやや漏れる殺気にウィズがごくりと唾を飲み込む。

「えと……雇い主から命令を受けまして……ガラム議員の娘を攫え……と」

「ふーん。それで学園に侵入して私の娘とも戦闘になったと」

表情こそ変化はないものの、次第に膨れ上がる魔力と殺気にウィズは気を失いそうになった。

「い、いえ！　戦闘だなんて大袈裟なものではなくてですね……ええ。そもそも私一撃でやられてますし」

「……どうなの？　パール」

「いきなり魔法撃ってきたよー？」

あっさりバラされた。

「ふーん。ほかには？」

「うーん。あ、バカとかクソガキとか言われた気がするー」

みるみる顔色を失っていくウィズ。一方、アンジェリカは普通の者なら意識を刈り取られるほどの凶悪な殺気と魔力を撒き散らしていた。

「へぇ……私の大切な娘にバカ、クソガキと。母親の私ですらそんなこと一度も言ったことないんだけどね」

表情も口調も変わらないのが余計に恐ろしい。ウィズは今すぐアンジェリカとパールの足の裏でも舐めて許しを乞いたい気分であった。

「まあその件については後回しとして……あなたに命令を出した雇い主は誰？」

やっと本題へと入り始めたアンジェリカであった。

第四十四話　敵の狙い

「あ、先に言っておくけど嘘ついたら舌抜いて手足もむしるから」

無表情のまま恐ろしいことをさらっと口にするアンジェリカに対し、ウィズは首がもげるのではないかと思えるほどコクコクと頷いた。いつもなら何を冗談を、と笑い飛ばすところだが、かつて祖先を滅ぼしかけた真祖を目の前にしてそんなことできるはずはない。緊張のしすぎで乾いた唇を舌でぺろりと湿らせ口を開こうとしたところ、タイミングを同じくして執事の男がトレーを片手にテラスへ入ってきた。

「お嬢様。紅茶をお淹れします」

「ありがとう。彼女の分も用意してあげて。あなたもいつまでもそんなとこにいないでそこ座りなさい」

真祖が顎でガーデンチェアを指す。いや、ここに正座させたのあなたなんですけど。もちろんそんなこと口に出せるはずはない。大人しくノロノロと立ち上がり椅子に腰掛ける。着席すると同時に紅茶を淹れたカップが目の前に置かれた。ああ……いい香りだ。少しだけど気持ちが和らぐ。うん、少しだけ。ウィズは紅茶を一口飲みほっと息を吐く。唇と喉を潤した彼女は覚悟を決めたように口を開いた。

「今回の件、私に命令したのはフロイドという悪魔です。彼は私の雇い主で、目的を達成するまでの継続的な契約を交わしていました」

「雇い主？」

「はい……暗殺に誘拐、戦闘などが私の主な稼業です。彼には半年ほど前に腕を見込まれ雇われました」

「ふーん。ということはガラム議員の娘を攫おうとしたこと以外にも何か仕事を頼まれていたのかしら？」

「……少し前にリンドルへ出入りする商隊を襲撃したのも彼の依頼です。市井を混乱させ経済にも打撃を与えたかったようです」

以前、パールやキラは冒険者ギルドから商隊を襲撃している盗賊の討伐を依頼された。実際には盗賊などおらず襲撃はウィズ一人で行われていたのだが、パールの手により見事返り討ちに遭ったのである。

「なるほどね。国力を削ろうとしたのかしら」

「そうですね。あとは国民が国の上層部に不満を抱くように持っていきたかったのでしょう」

「……帝国と悪魔族が手を組んでるのは間違いないのね？」

「間違いありません。皇帝自らフロイドと計画を練っていました」

「……どうしても分からないことがあるわ。帝国がランドールを手中に収める手助けをして、悪魔にどのような利点があるの？」

「……この計画は双方の利害が一致しています。帝国は悪魔の手を借りてランドールを手中に収められる。そして悪魔は……」

ウィズはいったん言葉を切ると紅茶に口をつける。

「……悪魔はランドールそのものを食糧庫にしようとしています」

何やら物騒なことを口にしたウィズにアンジェリカは怪訝な目を向ける。

「傀儡政権を誕生させて出生率を高める政策を進める。どんどん人口を増やす政策を続けることで、帝国はたしかな税収を得つつ悪魔は継続的に食糧としての人間を確保できる」

「何ともおぞましい計画ね」

「そうですね……ランドールを堕とすだけなら悪魔でも可能ですが、統治や国家運営はできない。そこで、運営は帝国と息がかかった者に任せ継続的に食糧を供給してもらおうという計画です」

「そんな……酷い……」

パールの顔色は少し悪い。こんな話聞かせるんじゃなかったとアンジェリカは後悔する。

「まあ……下衆な計画ではあるけど合理的でもあるわ。この計画をフロイドという悪魔が考えたの？」

「計画はフロイドと皇帝の二人で考えたようです」

ふむ……七禍は関係ないのかしら？

「ただ、フロイドは効率よく人間を食糧として確保できる仕組みの構築を上から命じられていたようです」

「……七禍ね？」

ウィズの目が驚きで少し見開かれる。

「ご存じなんですね……ただ、七禍の誰がフロイドにそれを命じたのかまでは分かりません」

「ふーん……」

「ほ、本当です‼」

紅い瞳でじっと見つめてくるアンジェリカにウィズは慌て始めた。

「別に嘘だなんて思ってないわよ。嘘ついたら舌抜くし」

ごくりと生唾を飲み込む。言葉に出されただけなのにウィズは舌がヒリヒリするような感覚に襲われた。

「ガラム議員の娘を攫うのも失敗し、国の上層部を傀儡にする計画は潰えたわけだけどこれからどうするつもりなのかしら？」

「私もそこまでは……帝国はなるべく無傷のままランドールを手に入れたかったようですが、そうも言っていられなくなるでしょうね」

　ふむ。考えられる手はいくつかある。軍、もしくは悪魔を使って力づくでランドールを制圧する、または国家運営に関わる者をすべて抹殺し混乱に乗じて国を乗っ取る。いずれにせよ、そう遠くない将来に帝国と悪魔は行動を起こすだろう。

「……パール、学校は楽しい？」

「え？　うん、友達もできたし楽しいけど……どうしたのママ？」

　突然このようなことを言い出したアンジェリカに対し、パールだけでなくウィズも怪訝な表情を浮かべる。

「ふふ。娘の大切な学び舎がある場所を好きにさせるわけにはいかないわよね」

　その発言はこの件に真祖が介入しようとしていることを意味する。ウィズは直感的に帝国とフロイドの計画が潰えることを確信した。と、そこへ――。

「お嬢様。紅茶のお代わりはいかがですか？」

　美しいメイドがトレーにティーポットを載せてテラスへ現れた。ウィズの視線が見事な胸部に突き刺さる。自らを棚にあげるわけではないがなかなか凶悪な果実をぶら下げている。

「ありがとうアリア。あ、そうだ。ねえウィズ、そのフロイドという悪魔は最近大怪我しなかったかしら？」

「え、あ……はい。胸のあたりを貫かれてかなりヤバかったですね。私が治癒魔法で治しましたけど」

「ふむ。やはりアリアが遊んだのはフロイドで間違いないようね」

アンジェリカはアリアに視線を向ける。

「どうだったアリア？　遊んでみた印象は」

「んー……遊びにもならなかったので正直印象がないですね。もう顔も忘れちゃいました」

あっけらかんと話すアリアにウィズは全身が冷えていくような恐怖に襲われた。このメイドがフロイドを⁉　いや、あいつあれでも上位悪魔なんですけど⁉　しかも遊びにもならなかった⁉　私をあっさりと二回も返り討ちにした娘といいこの爆乳メイドといい、真祖の周りの人材ヤバすぎだろ！　そんな恐ろしい連中に囲まれている状況に、ウィズは目眩を起こしそうになるのであった。

第四十五話　居候

「な、なな……ななな……！」

事情聴取のためアンジェリカに拉致連行されたダークエルフのウィズ。今彼女の目の前には高い位置から見下ろすような視線を向けるアルディアスの姿が。事情聴取が終盤に差しかかった頃、森のなかへ散歩に出かけていたアルディアスが戻ってきた。

『ほう。ダークエルフとは珍しいな』

「喋った‼」

アルディアスが言葉を発したことに驚いたウィズは、後ろへ転倒しそうになった。そんなウィズを視界の端に捉えながら、パールはアルディアスに近づき前足に抱きついた。

「この子はアルディアスちゃん！　私がテイムしているフェンリルなんだー！」

「は……？　フェンリルをテイム……？」

またまた驚愕の事実を伝えられ思わず後ずさる。いやいや、こんな巨大なフェンリルを子どもがテイム？　そもそもフェンリルって神獣だよね？　どゆこと⁉　もはやウィズの思考は追いつかない。目の前で巨大なフェンリルと楽しそうに戯れるパールを見つめながら、これは夢なのではと現実逃避しそうになっていた。

「それはそうと、あなたこれからどうするつもり？」

アンジェリカから声をかけられハッと我に返ったウィズは、いきなり頭を抱え始める。

「あ～～……依頼は失敗、しかも依頼主のことをここまでペラペラ喋っちゃもう戻れない……ですね。ハハ……」

あそこまで騒ぎを起こせば、遅かれ早かれフロイドの耳に情報は入る。私が捕まったこと、依頼主や内容まで話してる可能性も考えるだろう。

「はあ……最悪だ。依頼失敗で金も入らない。ヘタしたら悪魔どもに狙われる羽目になっちまうし……」

そう呟くとウィズはウッドデッキの上にぺたんと座り込んでしまった。そこはかとなく漂う哀愁。二度に渡り戦闘を繰り広げたパールだったが、そんなウィズの様子を目にして少しかわいそうな気持ちになってしまった。口も悪いしガサツっぽいけど、何となく憎めないのだ。

「ねえ、ママ……」

「……はいはい。分かってるわよ」

はあ、とため息をついたアンジェリカはこめかみを指で軽く揉むとウィズに鋭い視線を向ける。

「ウィズ。あなたは帝国や悪魔の計画と思惑を知る貴重な存在よ。とりあえずこの件が片付くまではここにいていいけど、どうする？」

真祖からの思いがけない言葉にパッと顔をあげたウィズ。顔からは驚きの色が見て取れる。

「え、マジですか？　私お嬢さんと二回も戦ってるんですよ……？」

「戦ったっていうか、聞いた話ではあなたあっさりやられたらしいじゃない。脅威にはなり得ないから問題ないわよ」

さらっと酷いことを言われ静かに落ち込む。いや、たしかにあっさり負けたけど！

「屋敷に部屋は余ってるから好きに使いなさい。あ、ときどき雑用を頼むかもしれないからよろしくね」

「は、はい……。ありがとうございます……」

怒涛の展開に戸惑いを隠せないウィズだが、とりあえず衣食住を確保できたことに安堵する。しかも、ここにいる限り悪魔に狙われる心配はない。何せ、動く災厄の真祖にめちゃ強い娘とメイド、神獣フェンリルまでいる屋敷だ。まともな神経の持ち主なら近づくことさえしないだろう。なお、ウィズはまだ知らないがSランカーの冒険者に元吸血鬼ハンターも暮らす屋敷である。

『クックッ。どんどん賑やかになっていくのぅ』

パールと戯れながらアンジェリカに視線を向けるアルディアス。その表情にはどことなく含みがあるようにも見える。

「まあ……なりゆきよ。仕方ないでしょ」

『なりゆきのぅ……』

愉快そうにくつくつと笑うアルディアスを横目でじろりと睨む。と、背後に立つアリアが小さくため息をつくのが聞こえた。

「何？　どうかしたのアリア？」

「いえ……お嬢様は美少女ばかり集めてどうするのかと思いまして。まさかハーレムをお作りになるつもりですか？」

屋敷で生活しているアリアにキラ、ルアージュはもとより頻繁に遊びに来るソフィアにレベッカと、アンジェリカの周りは美少女、美女だらけである。

「何バカなこと言ってるのよ……そんなわけないでしょう？」

「それにしてはお嬢様の周りに美少女と美女が集まりすぎている気がしますけどね」

今度はややジトっとした視線を向けるアリア。アンジェリカが可愛い女の子や美しい女性を好んでいること、男女どちらでもいけることを彼女は知っている。

「ハーレムを作ることに反対はしませんけど、せめてパールがもう少し大きくなってからにしてくださいね？　教育によくないので」

いつもはアンジェリカが口にするようなことをアリアに言われてしまった。

「だから、そんなつもりないってば」

実際アンジェリカにそのつもりはなかったのだが、アリアに指摘されたことでハーレムが形成されつつあることに気づいてしまった。この調子でいけばこの先さらに増えるかも……。屋敷を増築するべきかしら？　割と真面目にそんなことを考えつつ、アンジェリカはぬるくなった紅茶に口をつけた。

第四十六話　まさかの手紙

薄暗い部屋のなかは重苦しい空気に支配されていた。すでに二人が顔を合わせて十分以上経つがほとんど言葉は交わされていない。どちらともなく吐かれるため息と、貧乏ゆすりによる衣擦れの音。お互いの耳に届くのはそんな音ばかりである。

「……どうやら第一段階は完全に失敗したようだ」

沈黙のなか口を開いたのは悪魔侯爵フロイド。その顔には苦々しい表情が浮かんでいる。

「……そのようだな。ほぼ無傷でかの国を手に入れたかったものだが……」

でっぷりとした巨体をソファに埋め、天井へ目線を向けながら呟くように言葉を吐いたのはセイビアン帝国皇帝ニルヴァーナである。

「まさかこうも思い通りに進まぬとは……ガラムの娘にかけた呪いは解かれ、攫いに行ったウィズも戻ってこなくなった」

ウィズは生意気なダークエルフの小娘だが腕はたしかだ。まともに戦って人間が勝つのは難しい。そのウィズはガラムの娘が通う学校に潜入し攫おうとしたらしいが、そこから先の行方がまったく分からない。使い魔の報告では間違いなく学園には潜入したとのことなので、校内で何かあったのだろう。もしかすると殺された……？　いや、ランドールも帝国や我々の動きには薄々気づいているはずだ。だとすれば、貴重な情報源としてウィズを確保した可能性が高い。あの小娘を確保できるとは思えんが、万が一その場合、あいつは口を割るだろうか。そう簡単に口を割るとは思わんが……。実際には驚くほどあっさりと寝返りペラペラと口を割っているのだが、それをフロイドが知る由もない。

「こうなったら第二段階へ移行するしかないかのぅ」

「……そうだな。だが、気がかりなことがある」

「何だ？」

「使い魔の報告によれば、ウィズは当初ガラムの自宅を強襲しようとしたらしい。だが、手練れの護衛が先回りして奴らを守っていたそうだ」

つまり、相当頭のキレる奴がランドールについている。

「ガラムの傀儡化が失敗したときのことを想定して練った第二の計画、すなわち要人の同時暗殺。もしかするとこれも先回りされるかもしれない」

「む……」

「そこでだ。ここは第二と第三の計画を同時に発動させるのはどうだろうか」

「……つまり……？」

皇帝ニルヴァーナはフロイドに顔を寄せ計画の全容を聞くと、シワだらけの顔に醜い笑みを浮かべた。


「オーラちゃんにジェリーちゃん、おはよー」

校門を抜けて二人の後ろ姿を発見したパールは、小走りで駆け寄り挨拶すると並んで歩き始める。三人の美少女が並んで歩く様子に生徒たちの視線が集まった。先日、ウィズの襲撃に巻き込まれた二人であったが、パールがあっさりと返り討ちにしたことからショックは残ってないようだ。

「あ、今日って魔法の実習あるんだっけ？」

「あーー……私苦手なんだよなぁ……」

「私もです……」

パールにとっては初めての魔法実習。アンジェリカとキラ以外から魔法を習ったことがほとんどないため、密かに楽しみにしていた。

「しかも今日って高等部との合同実習だよね」

ジェリーの表情がやや曇る。高等部には父親の政敵だった者たちの子息や息女がいる。自分の命を救うためとはいえ政敵を抹殺する手助けを父はしていた。本来なら父は罪を償う立場だが、バッカス議長の計らいもあり罪には問わないことになった。だが、それでも父の罪がなかったことになるわけではない。

「ジェリーちゃん？」

パールに声をかけられハッとするジェリー。

「あ、ごめんなさい。ちょっと考えごとしちゃってた」

考えたところで結論は出ない。このことは、父と私が一生背負っていかなきゃいけないことだ。

ジェリーは思考に一区切りつけると、力強く前を向いた。

「えーと、一限の授業はと……」

バッグから教科書を取り出し机の引き出しに入れようとしたパールは、何やら封書のようなものが入っていることに気づく。ん？　何だろこれ？　手紙……みたいだけど……。封筒から手紙らしきものを取り出し広げてみる。そこには――。

「パールちゃん、どうしました？」

紙を広げてマジマジと見つめるパールにオーラが怪訝な目を向ける。

「あ、うん……これなんだけど……」

オーラに見せた手紙にはこう書かれていた。

『あなたが入学してからずっと見てました。今日の魔法実習の授業で僕のほうがいい成績だったら、お付き合いしてください』

やだ怖い。てかキモい。

「こ、これって恋文では……！」

「いや、ずっと見てましたって……怖すぎない？」

何やらヒソヒソと話しているパールたちに気づきジェリーもやってきた。件の手紙を見ると……。

「これは間違いなく恋文ね……！」

ジェリーの目が爛々と輝く。どうやらこの手の話が好きみたいだ。

「それにしても、ずいぶんと身のほど知らずな奴もいたものね。パールちゃんの試験結果知らないのかしら？」

腰に手を当てて呆れた表情を浮かべるジェリー。たしかに、パールの試験結果を知っていたら無謀な挑戦であることはすぐ分かる。

「あの、それよりも……この手紙差出人の名前がないですね……」

「それは多分、パールちゃんよりいい成績取れなかったときの保険なんじゃないかしら」

なるほど。成績がよければ名乗り出て、悪ければそのまま何もなかったことにしようと。何かそういうのヤダなー。すでにこの時点で手紙の差出人に対するパールの印象は最悪である。

「でも、どんな人か気になりますね」

「こんなやり方するなんてろくな奴じゃないわよきっと」

うん、私もそう思う。でも、たしかにどんな人なのか気にならないことはない。さてどうするか……あ。

「ちょっといいこと思いついたから先生に相談してみよっと」

首を傾げるオーラとジェリーに、パールは邪悪な笑顔を向けるのであった。

第四十七話　公開処刑

「では魔法実習を始めます。今日は魔法の精度を高める練習です。授業の最後には小試験を実施するのでみんなまじめに取り組むように」

パールたちが集められたのは屋内運動施設。試験のときパールが壁を破壊した建物である。まだ壁の修理は完了しておらず、応急処置が施されたままだ。

「なお、今日の授業は二回に分けて行います。授業時間に変更はありませんが、同じ時間内で実習と小試験が二回あります」

生徒たちのあいだにざわめきが広がる。今までこのような形式で実習が行われたことはないからだ。怪訝な表情を浮かべて顔を見合わせる生徒が多いなか、パールだけはじっと教師の話を聞いていた。それもそのはずで、このような形式にしてほしいとお願いしたのはパール自身である。

「なお、パールさんは少々体調がよくないとのことなので、実習と小試験は最初の一回にしか参加しません。パールさんに勝ちたいなら一回めの試験が勝負ですよ！」

黒いローブを着用した女性教師が拳を突き上げて生徒を鼓舞する。教師の言葉にパールはニヤリとしながらジェリー、オーラと顔を見合わせた。授業は滞りなく進み、すぐに小試験の時間がやってきた。用意された複数の小さな的に魔法を放ち、時間内にどれくらい命中したかで採点される形

式だ。

「では小試験を始めます。高等部の生徒からいきますね。順番に並んで一人ずつお願いします」

初等部の生徒が見守るなか、高等部の生徒が一人ずつ試験に挑む。特級クラスだけあってさすがにレベルは高い。あくまで一般的な基準では、だが。と、準備に入った一人の男子生徒がちらちらとパールに視線を向けていることに気づく。

「ねえ、パールちゃん。もしかして手紙あいつじゃない？」

視線に気づいたジェリーが小声でパールに耳打ちする。

「でも……さっきからパールちゃんをちらちら見てる男子いっぱいいますよ？　パールちゃん可愛いから」

オーラも小声で参加する。実際はパールだけでなくオーラやジェリーも注目されているのだが。

「え、ほんと？　よく分からなかった……」

人からの視線には慣れている。冒険者になりたての頃はめちゃくちゃじろじろ見られたし、今でも街中を歩いてるとよく見られるし。そう、視線を向けられることに慣れているため、男子からちらちらと向けられる視線にも気づけなかったのである。

「とりあえず、特に怪しそうなのは三人ね」

どうやら、ジェリーはパールに視線を向ける生徒たちを観察し怪しそうなのを絞り込んでいたようだ。

「まあでも、私の試験が終わったらはっきりするよ、きっと」

パールは二人に悪戯っぽい笑顔を向ける。何せそのために先生へ直談判して授業の形式まで変えてもらったのだ。教師としても、歴代最高得点で試験に合格したパールの要望を無視することはできなかったようだ。しかも、すでに知識量の勝負では負けているため余計に拒否しにくい。

小試験も滞りなく進み、いよいよ初等部の出番がやってきた。大人しく自分の出番を待つパール。

そしてついに——。

「では次、パールさんお願いします」

「はいっ」

出番を終えて級友とお喋りしていた生徒たちも、一斉にパールへ視線を向けた。大天才、学園始まって以来の逸材と評価されているパールに注目しない者はいない。選別試験のとき使った魔法がまた見られるのでは、圧倒的な破壊力の魔法を目の当たりにできるのでは、と期待に目を輝かせる生徒たち。だが、パールにはこの場面で魔力と精度を抑える必要があった。と言っても、あからさまに手を抜くと不思議に思われてしまう。そこで……。

「ん〜〜……何か今日は体調悪いなぁ〜どうしたのかな〜」

白々しい独り言を盛大に呟くパール。ジェリーとオーラの顔には「いや演技ヘタ！」と言わんばかりの表情が浮かんでいる。友人に大根役者ぶりを見せつけたパールだが、思惑通り威力を抑えた魔法でほとんどの的を外すことに成功した。

「あらら……パールさん残念でしたね。でも、今日は体調が悪いとのことなので仕方ないですよ」

慰めてくれる教師に少し悪い気がしつつ、パールは列に戻った。そのまま小試験は進み、初等部の生徒全員が試験を終えたところで十分の休憩を挟むことに。なお、パールの思惑通り小試験の結果は最下位だった。パールはジェリー、オーラと運動施設の一角に座り込んでお喋りしていたのだが……。

「……やあ。パール君だね？　僕の手紙は読んでくれたかな？」

――きた‼

三人が色めきだったのは言うまでもない。三人が視線を向ける先には、片手で髪の毛をかき上げながら爽やかな笑みを浮かべる高等部の生徒が。こいつか‼

「え？　手紙？」

パールはあえてとぼけてみた。

「え？　机のなかに入っていただろう？　読んでくれたんじゃないのかい？」

はい決定打いただきました。

「あ！　もしかして『あなたが入学してからずっと見てました。今日の魔法実習の授業で僕のほうがいい成績だったら、お付き合いしてください』って手紙をくれた人ですか⁉」

大きな声で恋文の内容をばらされ盛大に慌て始める男子生徒。周りの生徒からの視線が次々と突き刺さる。

「でも、あのお手紙って名前書いていませんでしたよ？　私のほうが試験でいい成績だったときには名乗り出ないつもりだったんじゃないですかぁ？」

真っ赤に染まっていた顔が途端に青くなる。何とも忙しい顔である。そして険しくなる同級生たちの表情。

「マジかよあいつ……そんな姑息なことしてたのか」

「保険かけてたってこと？　やだ最低……」

「そもそも学園始まって以来の逸材に勝てると思ってんのかよ身のほど知らずが」

今や完全に公開処刑の場になってしまった実習現場。同級生たちの好奇の目に晒された男子生徒であったが……。

「う、うるさい！　とにかく僕は勝負に勝ったんだ！　君は僕と交際しなくてはならない！」

開き直った！　いや、私そもそもそんな勝負受けた覚えないんだけど。

「ごめんなさい。お付き合いはできません」

「ど、どうして!?　僕は勝ったのに……！」

「まず、私はその勝負を受けた覚えがありません。名前が書いてなかったので断ることもできませんでしたしね」

その場にいた生徒全員が「うんうん」と頷く。よく見ると教師も一緒になって頷いていた。なぜだ。

「それに、まだあなたは勝っていませんよ？」

「……は？　いったい何を……」

「だって、私二回目の小試験も受けますから」

にっこりと満面の笑みを浮かべるパール。そう、これがパールの狙い。男子生徒は絶望的な表情を浮かべた。

「そ、そんな……！　体調不良だったんじゃ……！」

「治っちゃいました」

てへ、と可愛らしく首を傾げるパールにクラスメイト全員がノックアウト寸前に陥る。結局、二回目の小試験ではパールがすべての的を一瞬で破壊しあっさりと満点を取得。授業が終わると、男子生徒はすごすごと隠れるように教室へ戻っていった。そしてこの日から、パールに姑息なことをするととんでもない逆襲に遭うということを特級クラスの生徒全員が認識したのであった。

第四十八話　迫りくる足音

燭台のぼんやりとした灯りが揺らめく薄暗い部屋のなか。悪魔侯爵フロイドは本国から呼び出した三名の部下の前に立っていた。ここはセイビアン帝国の帝都地下にあるフロイドの拠点。人型ではあるものの、恐ろしい顔つきをした悪魔たちは直立不動のままフロイドが口を開くのを待つ。

「俺の計画が成功するかどうかはお前たちの働きにかかっている」

重苦しい雰囲気のなかフロイドが口を開いた。部下たちの体がぴくりと震える。

「お前たちには、ランドールの中枢にいる要人を暗殺してもらいたい」

「ふむ……別に難しい話ではないと思いますが……」

一人の悪魔は怪訝そうな表情を浮かべた。人間を暗殺する程度のこと、悪魔にとって容易なことであるからだ。

「油断するな。ランドールは我々の計画に薄々気づいている。要人たちは手練れの護衛を雇っているため、そう簡単に暗殺はできない」

「……なるほど」

「本来は段階を踏んで計画を進める予定だったが、二つの計画を同時に発動することにした。その混乱に紛れて要人を暗殺してもらいたい」

フロイドの計画。悪魔の軍勢をランドールの首都リンドルに差し向け、混乱に乗じて国の中枢にいる要人を暗殺する。国の一大事となれば、手練れの護衛や、ランドールの背後についている強者も悪魔の軍勢に対処するため出張ってくる可能性が高い。その隙をついて要人を消してしまうのだ。

悪魔の軍勢はあくまで囮である。軍勢をリンドルへ突入させてしまうと甚大な被害を出してしまい、国を盗っても旨味がなくなってしまう。民たちを混乱させるため最小限の手勢は送り込むが、できるだけ被害は抑えるつもりでいる。

「かしこまりました。最優先で対処すべき対象の情報を教えてください」

「まずは、実質上ランドールの頂点とも言えるバッカス議長。次にガラム議員。そして冒険者ギルドのギルドマスター、ギブソンの三人だ。この三人には特に屈強な護衛がついている可能性が高い。だからお前たちに任せたい」

「冒険者ギルドのギルドマスター？」

「ただのギルドマスターではない。国の中枢にいる要人とも深いつながりがあり、それなりの発言力もある」

「なるほど。ちなみに、リンドルの国境へ送り込む軍勢はいかほどの予定でしょうか？」

「……五万だ」

「……なかなかの大軍ですね。かつての大戦を思い出します」

三名のなかでは唯一初老の悪魔がぼそりと言葉を紡ぐ。

「かつての大戦？」

「若い者は知らぬであろう。かつて真祖とのあいだで起きた戦いだ。最初こそ優勢だったが、途中から参戦してきた真祖の娘が我が軍の大半を焼き払った」

初老の悪魔は胸に手をあて目を閉じる。かつての時代に思いを馳せているようだ。

「そのような強者を放置するのは危険だと、七禍の方々が直々に始末しにいった。だが、その真祖の娘はたった一人で四名の七禍を同時に相手して退けたのだ」

若い悪魔たちがゴクリと唾を飲み込む。彼らもかつて勃発した大戦のことは知っている。だが、ここまで詳しい話を聞いたことはなかった。そして、真祖という言葉を耳にしたフロイドもまた、全身に鳥肌が立つような感覚に襲われていた。どれほどの確率なのかは分からないが、ランドールの背後に真祖がついている可能性がわずかながらある。もし、本当に真祖がランドールの背後にいるのなら……。その考えを打ち消すように頭を振ったフロイドは、三名の悪魔に最終確認を行う。

「とにかく、このまま計画を進める。お前たちは確実に三名の要人を暗殺すること。分かったな？」

三名の悪魔は恭しく頭を下げると、そのまま闇のなかへと溶けこむように消えていった。

「まさか、こんな偶然があるなんてびっくりしましたです」

爽やかなベルガモットの香りが漂うアンジェリカ邸のテラスでは、複数の女性がお茶会を開いていた。屋敷の主人であるアンジェリカに娘のパール、教皇ソフィア、聖騎士レベッカ、そして……。

「わ、わ、私もびっくりしましたです……」

パールのクラスメイトであるオーラとジェリーもお呼ばれされていた。アンジェリカに友達を家に呼びたいと伝えたら快諾してくれたので、休日を利用してお茶会を開くことになったのである。

「本当ね。まさかソフィアの姪とパールがクラスメイトだなんて」

「はい。オーラは姉の娘なんですが、私あまり会ったことがなくて……こんな機会ができて嬉しいです」

にっこりと微笑みオーラに視線を向けるソフィア。そのオーラはガチガチに緊張しているが。ちなみに、アンジェリカが真祖でありパールが聖女ということはオーラにも伝えてある。かなり驚いてはいたが、何となく納得してもらえた。なお、すでにアンジェリカが真祖であることを知っているジェリーも緊張した面持ちである。おとぎ話に出てくる真祖のお茶会に同席しているのだから当然と言えば当然だが。しかも、各国に大勢の信徒を擁するエルミア教の教皇までここにはいる。

「ふふ……オーラ、学校は楽しい？」

「は、はい！　パールちゃんがクラスメイトになってから、もっと楽しくなりました」

紅茶を口に運ぼうとしていたオーラだったが、ソフィアに話しかけられ思わずこぼしそうになってしまった。

「パールは学園できちんとやれているかしら？」

「はい！　パールちゃんは本当に凄いです！　この前も名前を書かずに恋文を送ってきた男子に――」

アンジェリカからの問いに対し普通に答えたつもりのオーラだったが、途端に周りの空気がピリッとした感覚に陥り言葉が続かない。

「……恋文？　男子からパールに？」

アンジェリカからじろりと視線を向けられたパールだが、どこ吹く風でお菓子を頬張っている。

「んーー。ちょっと男らしくない恋文を送ってきた男子がいたから、授業であぶり出して吊るしあげて恥をかかせただけだよ」

アンジェリカは最初悪い虫がついたと危惧したのだが、パールの発言を聞いてその男子生徒が不憫に思えてきてしまった。うん、我が娘ながらたくましく育ってくれた。ちょっとたくましく育ちすぎた気もするけど……。と、そのとき――。

アリアが使役している下級吸血鬼がアンジェリカのそばに現れ、何やら耳打ちを始めた。いきなり見知らぬ男性が現れたことでジェリーやオーラは思わず息を呑むが、パールから「大丈夫だよー」と言われ落ち着きを取り戻す。

「そう、やっと動き出したのね」

下級吸血鬼から報告を聞いたアンジェリカはそう呟くと、紅い瞳に光を宿して凄みのある笑みを浮かべた。

第四十九話　初めてのお願い

「アンジェリカ様、何かあったのですか……？」

不安げに問いかけるソフィアに対し、アンジェリカは紅い瞳を向ける。

「悪魔族の軍勢がランドールの国境に迫ってるらしいわ。それに、リンドルの街にも悪魔が紛れ込んでるみたい」

特に表情も変えずに驚くべき内容を口にしたアンジェリカに、ソフィアだけでなく全員が凍りつく。そもそも、何故そのような事態に陥っているのか理解できないようだ。アンジェリカは、現在ランドールに起きていることについて簡潔に説明する。帝国と悪魔族が手を組んでランドールを狙っていること、ジェリーの父であるガラムが狙われたのもその一環であること。水面下で進んでいた恐ろしい計画に誰もが言葉をなくす。ジェリーやオーラにいたっては顔が真っ青である。

「……悪魔族の軍勢はどれくらいの規模なのでしょうか？」

アンジェリカは席を立つと、恐る恐る尋ねるソフィアのもとへ近寄りそっと耳打ちした。あまりにも想像を絶した規模に思わず声をあげそうになるソフィアの口をアンジェリカは手で塞ぐ。

「というわけだからソフィア、あなたはデュゼンバーグへ戻りなさい。私が転移で送るから」

「で、でも！　アンジェリカ様たちは……？」

「何も問題ないわ。あなたを送ったあと私が一人で国境に足を運ぶから」

それはつまり、アンジェリカが悪魔の軍勢と一戦交えるという意思表示である。だが、いくら真祖とはいえ相手は五万もの軍勢。アンジェリカを敬愛するソフィアは気が気でなかった。

「そ、そんな！　いくら何でも危険すぎます！　私たちも――」

最後まで言わせず、アンジェリカはソフィアの口を再び手で塞ぐ。

「いや、あなたが一緒に来てどうするのよ。それにあなた一応教皇よね？　自分の立場を考えなさい」

明確に拒否されたソフィアは俯いてしまう。

「パール、私はソフィアたちを送ったあとそのままお出かけするわ。あなたとお友達はここにいること。いいわね？」

「えーー！　ママの話だと街にも悪魔がいるんだよね？　私も戦うよ！」

椅子からぴょんと飛び降りるように立ち上がったパールは、腰に手をあてて胸を張った。どうやらやる気満々のようである。

「絶対にダメよ。街のことは私たちに任せておけば問題ないわ。おとなしくお留守番していなさい。アルディアス!!」

あっさりと参戦を却下されたパールは頬をリスのように膨らませているが、アンジェリカはまったく意に介さず大声でアルディアスを呼んだ。アルディアスは子どもたちを連れて森へ散策に出かけていたが、アンジェリカの大声を聞いてすぐに駆けてきた。初めて見る巨体のフェンリルとかわいらしい子フェンリルに、どう反応してよいのか分からないジェリーとオーラ。

『妾をお呼びかえ、アンジェリカ』

「喋った！」

ジェリーとオーラが同時に叫ぶ。アルディアスが言葉を発したときの反応は誰もが同じである。

「ええ。申し訳ないんだけど、ここでパールやお友達たちを守ってくれるかしら？　私は少しお出かけしなきゃいけないから」

ちょっとそこまで買い物に行くの、くらいの軽いノリで言葉を紡ぐアンジェリカ。何が起きているのか何となく理解しているアルディアスは、彼女のそんな様子にくつくつと笑いを漏らす。

『クックック……話は分かった。少し前から不快な臭いが風に乗って運ばれてきておったが、あやつら正気なのかえ？　真祖が暮らす国に攻め込もうとするなど』

どうやらアルディアスは呆れているようだ。かつてアンジェリカと三日三晩戦った経験がある彼女は、真祖に戦いを挑むことがどれほど愚かなことか理解している。

「私がこの国にいるとは知らないんでしょ。それに、おそらくだけど軍勢を首都に進軍させることはないと思うわ」

『ふむ……』

「ここに誰か来ることはまずないと思うけど、念のためあなたにパールたちの護衛をお願いしたいの。よろしくね」

『妾はパールにテイムされておる身じゃからの。何の不満もない。その役目しっかり果たそう』

アルディアスはアンジェリカの紅い瞳をしっかりと見つめながら約束した。

まだ不満そうな顔をしているパールを何とか言いくるめ、アンジェリカはソフィアとレベッカを連れてデュゼンバーグの教会本部、ソフィアの自室へと転移する。レベッカはすぐに情報収集へと向かった。デュゼンバーグはランドールと国境を接しているため、こちらにも何か情報がもたらされているのではと考えたようだ。

「……アンジェリカ様……本当に大丈夫なのですか……？」

目にうっすらと涙を浮かべたソフィアは、正面からそっとアンジェリカを抱きしめた。

「だから、何も心配ないって言っているでしょ」

「で、でも！　五万の大軍だなんて……！」

「まあ、たしかに数は多いわね。ただ、さっきも言ったように向こうから積極的に戦闘を仕掛けてくる可能性は低いわ」

「そ、そうなのですか……？」

「ええ。おそらく陽動でしょうね。ただ……」

「ただ……？」

「私と娘が暮らす国にそんな大軍を送り込んできたのだから、それなりの代償は支払ってもらわないとね」

血のように紅い瞳にギラリとした光を浮かべ、口角を吊り上げるアンジェリカ。

「そ、そんな……戦わずに済むならそれでいいのでは……」

「そうね。私が参戦したことで一族まで巻き込む可能性があるからね。ただ、それでも真祖と悪魔族には並々ならぬ因縁もあるし、好き勝手されるのは癪だわ」

アンジェリカはソフィアの体をそっと離すと、真剣な表情で目を合わせた。

「ねえソフィア。あなた、私のお願いを聞いてくれる気はある？」

「……私に、ですか？　ええ、ええ！　もちろんですよ！　どんなことでも言ってください！」

アンジェリカから今まで一度もお願いなどされたことがないソフィアは、喜びのあまりその場で飛び跳ねそうになった。

「本当に？　何でも聞いてくれる？」

「アンジェリカ様のお願いなら当然です！」

「そう。それじゃ……」

緊迫した状況であるにもかかわらず、どのようなお願いをされるのかと胸を高鳴らせる。アンジェリカの口から発せられた初めてのお願いは、まったく想像もしていないことだった。

「あなたの血を吸わせてちょうだい」

ソフィアの耳の奥でアンジェリカの甘く優しい声が何度もこだました。

第五十話　弱者は無力

　アンジェリカから血を吸わせてほしいと言われたソフィアは一瞬呆けてしまったものの、すぐハッと我に返った。

「あ、ええと……はい。私の血でよいのならいくらでもどうぞ。ただ、一応理由をお聞かせいただいてもいいですか？」

　以前、ソフィアはアンジェリカに初めて会うとき自ら抜いた血を献上しようとしたが、そんなものいらないと拒否された経験がある。真祖には吸血衝動がなく、血を吸う必要もないと本人から聞かされた。それが、今このタイミングで血を吸わせてと言われたことに率直な疑問を抱いたのである。

「理由はいたって単純よ。私たちは血を飲むと真の力を発揮できる」

「そ、そうなのですか……⁉」

　初めて聞かされる衝撃の事実にソフィアの顔が驚きの色に染まる。

「ええ。吸血せずとも何とかなるかもしれないけど、数が数だから。一応本気で戦えるようにはしておかないとね」

「あの、ちなみに今まで吸血したことって……」

「一回だけね。お母様と三日くらい大ゲンカしたとき、人間の街で出会った女の子にお願いして血を吸わせてもらったわ」

「つまり、お母様と本気で戦ったと……」

「まあね。最終的にはお父様やお兄様、従姉妹たち、軍まで駆けつけて全力で止められたけど」

何ともスケールの大きな話に唖然とした表情を浮かべるソフィア。

「なるほど……分かりました。アンジェリカ様のお願いなら断る理由なんてありません。さあどうぞ！」

ソフィアは首筋を差し出すが、微妙にぷるぷると震えていた。初めて吸血鬼に血を吸われるのだから当然と言えば当然である。

「大丈夫、痛くしないから」

アンジェリカはソフィアの背中にそっと手を回すと、白く細い首に鋭い牙をそっと突き立てた。

「……っ!!」

じゅるじゅると血をすする音だけが室内に響く。血を吸われながらも恍惚の表情を浮かべるソフィア。アンジェリカの息遣いが次第に荒々しくなってきた。そして――。

ランドールの国境近くには、首都リンドルから向かった国軍がすでに布陣していた。軍を指揮する将軍は、小高い丘の上から悪魔の軍勢に視線を巡らせる。

「く……！　こんな馬鹿げた数の軍勢をどうせよと言うのだ……！　しかも相手は人間ではないと

いうのに……！」

目の前に広がるのは、地平の先まで埋め尽くす規模の軍勢。総勢五万もの悪魔が布陣する様子は壮観とも言える光景であった。そもそも、何故いきなり悪魔が軍を率いて攻めてきたのか将軍には意味が解らなかった。国境を監視していた兵士からもたらされた報告によって軍を率いてきたものの、常軌を逸する光景に将軍はただただため息をつく。悪魔の軍勢五万に対し、ランドールの国軍は二万程度。しかも、それはランドール全域から軍を集められた場合である。今この場にいるのはせいぜい三千が関の山だ。

「これほどの戦力差でまともな戦いになるはずがない……」

将軍は自らの死とランドールの消滅を覚悟して天を仰いだ。


「情報が少なすぎる！　報告はこれだけなのか!?」

ランドール中央執行機関の拠点は蜂の巣をつついたような騒ぎになっていた。国境の監視兵からもたらされた信じがたい報告は、人々を混乱させるのに十分だった。

「国境への軍の展開はどうなっている!?」

代表議長バッカスの声が拠点内に響き渡る。帝国と悪魔族が何かしら行動を起こす、と予測していたバッカスたちであったが、それでも突然大軍を率いて押し寄せてくるとは思いもよらなかった。

「すでに街中へ侵入した者がいるかもしれん！　冒険者ギルドとも情報を共有しろ！」

的確に指示を飛ばし続けるバッカス。束の間の静寂が執務室を支配した。と、そのとき——何の前触れもなくその男は現れた。人間のように見えるが、肌の色や頭から生える角を見るに、悪魔族であることは明白だった。

「やあ、こんにちは。君がバッカスだね？」

若く見える悪魔はにこりと笑顔を浮かべると、軽い調子でバッカスに声をかける。

「な、何者だ貴様……！」

バッカスは壁に掛けてあった一振りの剣に手を伸ばす。

「死にゆく者に名乗るのは無意味だろ？　君に恨みはないけどこれも仕事なんだ。悪いけど死んでもらうよ」

バッカスとて、かつては戦争で英雄と呼ばれたほどの男である。戦場で数々の武勲を打ち立て、旧王国では爵位を与えられた。鞘から抜いた剣を構え、じりじりと距離を測る。

「私はまだ……死ぬわけにはいかん」

「残念だがそれは叶わない。君は確実にここで死ぬ」

非情なことを口にした悪魔の姿が一瞬で消える。刹那、背中にちくりとした痛みを感じるバッカス。背中に鋭い爪のようなものを突きつけられているようだ。

「弱者は強者の前では無力だよ。さようなら、バッカス」

確実な死を覚悟したバッカスは、国の行く末に思いを馳せながら目を伏せた。が――。

「ごきげんよう」

二人以外誰もいない部屋に若い女の声が響く。驚く二人が向けた視線の先には、スカートの端をつまんで見事なカーテシーを披露するメイドの姿。

「だ、誰だ――」

悪魔の刺客がメイドに注意を引かれた隙を逃さず、バッカスは床を転がるようにして距離をとった。同時に真祖アンジェリカの忠実な眷属、アリアは瞬時に悪魔との距離を詰めると、正面から片手でその首を掴み高く持ちあげた。

「ぐ……がっ……！　き、貴様いったい……！」

首を掴まれたまま宙吊りにされ、苦しみにもがく悪魔の刺客。

「ふふ。死にゆく者に名乗る意味があって？」

「な、なな……！」

「弱者は強者の前では無力。まったくその通りですわ」

不自然なほどの笑顔を顔に貼りつけたアリアは、ふふと笑うと遊んでいたもう片方の手で悪魔の胸を正面から貫いた。何とも言えない不気味な色の血が噴きだす。

「ぎぎゃっ……ぐぐ……があっ……！」

宙吊りにされたまましばらく苦しんだあと、悪魔はぴくぴくと痙攣し始め、やがて完全に息絶えた。死んだのを確認したアリアは、笑顔を消し去り忌々しい表情を浮かべる。

「ちっ……！　汚らしい……！」

吐き捨てるように呟くと、悪魔の体からぬらりと手を引き抜き、死体を床に打ち捨てた。

「き、君はいったい……」

唖然とした表情を浮かべるバッカスを振り返ったアリアは、にっこりと微笑むと……。

「タオルとお水、貸してくださるかしら？」

とりあえず手に付着した汚い血を早急に拭《ぬぐ》いたいアリアであった。

第五十一話　武人の矜持

総勢五万にも及ぶ悪魔の大軍がランドールの国境近くに展開しているという。ガラムにとってその報告はまさに寝耳に水であった。ガラムには国を裏切ろうとした過去がある。娘に呪いをかけられ、命を人質に国の機密情報を帝国に流し続けた。それだけでなく、ガラムを傀儡にしようと考えた帝国と悪魔は、彼の政敵を排除すべくその手伝いもさせたのである。だが、聖女であるパールがジェリーの呪いを解いたことで、帝国と悪魔の策略は破れた。近いうちに必ず別の行動を起こすであろうとは考えていたが、まさかこのような強硬手段に出るとはガラム自身思いもよらなかったのである。

「ジェリーは戻っていないか⁉」

一報がもたらされたとき、ガラムは自宅の執務室で書類の整理をしていた。国としての一大事だが、それ以上に遊びに出かけた娘が気になる。

「は、はい……ご友人のもとへ遊びに出かけたまままだ戻っていません」

使用人の言葉にガラムは色をなくす。

いや……ジェリーはたしかクラスメイトであり、呪いを解いてくれた聖女様のもとへ遊びに行くと言っていた。そして聖女様の母君は真祖アンジェリカ様。そうだ、ジェリーは今ランドールで一番安全な場所にいる。なら娘のことは心配ない。私は私がやるべきことをやらなければ！　ガラムは使用人に馬車を用意するよう伝えると、議員服へと着替えを始めた。が、そのとき――。

「ぎゃっ！」

使用人の短い悲鳴がガラムの耳に届いた。慌てて転倒でもしたのだろうか、と思っていると――。

「あなたがガラム議員で間違いないでしょうか？」

扉を開けて入ってきたのは一人の悪魔。以前接触してきた悪魔より年配に見えるその男の手は赤く血塗られていた。おそらく使用人はこの悪魔の手にかかったようだ。

「何者……と聞くまでもありませんね……」

「ふむ。やはりあなたがガラム議員で間違いないようだ。では、私がここに訪れた理由も理解しているはず」

「ええ……」

ガラムは納得した。帝国と悪魔はこの国を手に入れたがっていた。それにもかかわらず、大軍で攻めてくるのはどう考えても理屈に合わない。おそらく悪魔の軍勢は囮で、我々要人の暗殺こそ真の狙いなのであろう。ガラムは何とかこの場を切り抜け、バッカスをはじめとする国の中枢にいる者たちに真実を伝えなくてはと考えた。

「おっと……ここから逃れることは不可能です。あなたを確実に始末するようにとの命を受けておりますので」

ガラムのわずかな挙動を初老の悪魔は見逃さなかった。つかつかとガラムの目の前まで歩みを寄せた悪魔は、肘を後ろに下げ手刀で彼の喉を貫く姿勢をとる。

――ジェリー！

目を閉じて終わりの瞬間を待った。が――。

「失礼します」

先ほどまで誰もいなかったところに一人の男が立っていた。執事のような恰好をした初老の男だ。

「む……あなたは誰でしょうか？」

「名乗るほどの者ではありません」

やや困惑した表情を浮かべた悪魔の問いに対し、初老の執事は丁寧に言葉を紡ぐ。が、明らかに只者ではないことはガラムも悪魔も気づいている。初老の執事には似つかわしくない猛るような闘気。数えきれないほどの修羅場を潜り抜けた者だけが纏う独特の空気を悪魔は見てとった。

「なかなかの強者のようですね。ですが、私の目的はあなたと戦うことではない。このガラム議員さえ殺せば私の目的は達成しま――」

「!?」

悪魔は目を疑った。たしかに先ほどまでそこにいたはずの執事が姿を消したのである。

再度姿を現したとき、彼の隣にはガラム議員がいた。

「残念ですがあなたの目的は果たせません。さあ、どうしますか?」

「……目的は必ず果たします」

そう口にした悪魔はアンジェリカの忠実な執事、フェルナンデスに狙いをつけて躍りかかった。

強者である執事を先に始末しないことには目的を果たせない、そう考えての行動だ。何者かは分からないが悪魔族として長きにわたり戦い続けた自分より強い者はそうそういない。初老の悪魔は自身の勝利を微塵も疑わなかった。だが、すぐにそれが大きな間違いであることに気づく。執事は全力で殴りかかった悪魔の拳を軽々と片手の手の平で受け止めると、そのままぐしゃりと握り潰してしまった。

「……ぎっ!」

「どうしました。目的を果たすのでしょう? さあ、きなさい」

執事は表情をまったく変えることなくそう口にした。

「あ、あなたはいったい……?」

この一瞬の攻防だけで悪魔は執事が尋常ではない存在であることに気づく。

「……私は真祖アンジェリカ・ブラド・クインシー様の忠実なる執事、フェルナンデスと申します」

驚愕のあまり握り潰された拳の痛みも忘れて呆ける初老の悪魔。その言葉が意味することは——。

「ま、まさか……そ、そんなことが……」

長きにわたり戦い続けてきた悪魔だからこそ分かること。目の前にいる執事こそ、真祖一族の軍を率いて数多くの戦場を紅き血に染めてきた男。常勝将軍の名を欲しいままにし、数多《あまた》の悪魔族を屠ってきた、真祖一族が誇る最強の矛。あるときを境に前線を退いたが、その悪鬼羅刹《あっきらせつ》の如き戦いぶりは悪魔族のなかでも語り草になっていたほどだ。

「じょ……常勝将軍フェルナンデス……」

絞り出すように悪魔が吐いた言葉にフェルナンデスの肩がぴくりと跳ねる。

「……その呼び方は好きではありません。今の私はアンジェリカ様に仕えるただの執事です」

初老の悪魔はすべてを悟った。フロイドの計画がうまく進んでいない理由。それはこの国の背後に真祖がついていたからにほかならない。かつて四名の七禍を一人で相手にして退けた真祖の娘、アンジェリカ・ブラド・クインシー。そのような規格外の存在が背後にいる国に何かしようなど、到底無理な話だったのだ。

「古《いにしえ》の大戦であなたの戦いぶりは何度も目にしました。私も悪魔族の武人……どうか本気でお相手を願いたい……」

「ふむ……あの大戦の生き残りですか。よろしい。かかってきなさい」

フェルナンデスはガラム議員に部屋から出るよう伝え、初老の悪魔と向き合った。一瞬の静寂を打ち破り初老の悪魔がフェルナンデスに飛びかかる……が。フェルナンデスは一歩も動くことなく、魔力を込めた拳を悪魔の腹に叩き込む。悪魔の腹には無残にも大きな風穴があいてしまった。

「……ぐぐっ……！」

大の字になって床に倒れ込む悪魔。目はうつろとなり、間もなく命の灯が消えることは誰の目にも明らかであった。

「……死にゆく前に一つお聞きしたいことがあります。七禍の一人、ベルフェゴールの居場所をご存じないですか?」

「……あのお方は……も、もう……の……知る……」

何か情報をもっていたようだが、悪魔はそのまま骸《むくろ》になってしまった。武人の心意気にあてられつい本気で相手したことに後悔するフェルナンデス。こんなことなら先に情報を聞き出すべきだった。

「ふぅ……とりあえず任務は完了ですね」

悪魔の顔に視線を落としたフェルナンデスは、手でそっと目を閉じてあげると静かにその場から姿を消した。

第五十二話　頑固な娘

「うーん……やっぱり街が心配だなぁ……」

アンジェリカ邸のテラスでお茶会の続きをしていたパールたちだったが、やはり街のことが気になるようである。

『パールよ、心配する必要はない。アンジェリカが何とかすると言っておるのだ』

「そうだけど……」

アンジェリカの強さは娘であるパールが一番理解している。たった一撃の魔法で旧王国の王城を壊滅させるところも目の前で見た。アンジェリカに任せておけばすべて安心、なのもよく分かってはいるのだが……。

「リンドルには仲のいい冒険者さんもいるし、ギルドで受付をしているお姉さんや行きつけのカフェの店員さんも……」

ママは強いけど、一人で対応できることは限られている。ママが国境の悪魔たちと戦うのなら、そのあいだ街は誰が守るんだろう……。冒険者さんと軍の人たちだけじゃ……。パールは膝の上にのせていた拳をグッと握ると、ガタンと勢いよく椅子から立ち上がった。

「アルディアスちゃん！　私……街のみんなを守りたい！」

『パール……妾はアンジェリカからそなたをここで守るようにと頼まれておる……』

強い決意を秘めた瞳を向けたパールに対し、アルディアスは諭すように言葉を紡ぐ。パールに何かあればアンジェリカに申し訳が立たない。それ以上に、アルディアス自身がパールを危険な目に遭わせたくなかった。

「ママのことは信じてる……でも、今こうしているあいだにも街の人が危ない目に遭っているかもしれない。私は、Aランク冒険者として困っている人たちを守らなきゃいけないの」

アルディアスは霧の森での一件を思い出した。あのとき、危険だから森を離れるようにと言われたパールは即座にそれを拒否し、アルディアスとお腹の子を守ると口にした。こうと決めたらもう妾が何を言っても聞かぬよな……。

『分かった、パールよ。なら、妾がそなたとともに行こう。妾の足でなら街までそう時間はかからぬし、そなたのことも守れる』

「アルディアスちゃん！　ありがとう！」

満面の笑顔でテラスからアルディアスに飛びつくパール。

「あ、あの！　パールちゃんが行くなら私も行く！」

「わ、私もです！」

何と、パールのクラスメイトであるジェリーとオーラまでついていくと言い出した。

「え……でも、それは危ないから……」

「危ないのはパールちゃんだって同じだよ！　私たちだって魔法は使えるし、一緒に戦えるんだから！」

困惑と心配の表情を浮かべたパールにジェリーが喰いかかる。

『クックックッ。パールの友達だけあって頑固なところも似ておるわ。パールよ、この童たちだけここに残していくのは少々酷じゃ。妾の背中から離れなければその子らも安全じゃろうて』

「うーん……分かった！　ジェリーちゃんにオーラちゃん、よろしくね！」

力強く頷いたジェリーとオーラは、パールと一緒にアルディアスのふかふかとした背中に飛び乗った。

『振り落とされんよう、しっかりとつかまっておるんじゃぞ』

アルディアスはパールたちに注意を促すと、森全体に響き渡るほどの遠吠えを発した。これで余いで走り始めた。

計な魔物は寄ってくるまい。アルディアスは全身に魔力を通わせると、風を巻きながら凄まじい勢

「くっ……何なんだこいつら……！」

忌々しそうに口を開いたのは一名の悪魔。ギルドマスターのギブソンを暗殺しようと訪れた悪魔の刺客だったが、ギルドに足を踏み入れるなり四方八方から魔法を撃ち込まれる羽目になった。街のなかに悪魔が入り込んでいることは、バッカスによって冒険者ギルドに情報共有されていた。要人が狙われている事実も共有していたため、ギルドでは準備万端の体制で刺客を待ち構えていたのである。狭い場所では不利と見た刺客はギルドに面した大通りに飛び出たが、そこで再び襲撃を受ける羽目になった。

「悪魔と戦うのは初めてですぅ……でも、何とかなりそうかもぉ」

「ルアージュの姐さん……その気が抜けそうな喋り方何とかならないですか……」

襲撃者の正体は吸血鬼ハンターでありアンジェリカ邸の見習いメイドでもあるルアージュと、ダークエルフのウィズ。アリアやフェルナンデスと同様、アンジェリカから要人の一人であるギブソンの周辺を警戒するよう命じられていた。ウィズとしては悪魔側から寝返った手前、今回の戦いにはなるべく参加したくなかったが、アンジェリカから命じられれば聞かないわけにもいかない。

「とりあえず〜……ちゃちゃちゃっとやっつけちゃいましょ〜」

ルアージュは目にも止まらぬ速さで刺客に接近すると、体を回転させながら両手に携えた剣で鋭

い斬撃を放った。刺客の胸部が斬り裂かれ、不気味な色をした血が噴きだす。忌々しそうに顔を歪めた悪魔は、傷を負いながらも鋭い爪でルアージュを引き裂かんとした。が――。

「『闇の鎖《ダークチェイン》』」

すかさず、離れた場所からウィズが魔法で援護する。顕現した黒い鎖は意志をもつ蛇のように悪魔の体へ巻きついた。

「ぐ……ぐぐ……き、貴様ら～……！」

悔しそうな表情を浮かべて歯噛みする悪魔の刺客。

「今だ！　かかれ！」

声の主はキラ。彼女もまたアンジェリカの命を受けた一人である。キラの掛け声と同時に、同じSランカーであるケトナーやフェンダーが一斉に躍りかかった。フロイドが要人暗殺のため国元から呼び寄せた精鋭とはいえ、Sランカー三人による同時攻撃を回避する手立てはない。しかも、ウィズの魔法で体の自由を奪われているのだからなおさらである。結局、悪魔の刺客はまったくなすすべなくその場でなます斬りにされてしまった。

「ふう。何とか倒したな」

「ですねぇ～」

「私の魔法のおかげでな」

キラとルアージュのやり取りにウィズがぼそっと口を挟む。

「はいはい、そうね。でも、まだ油断はできない。街中にもすでに悪魔が――」

キラが視線を向けた先では、煙のようなものが立ち昇っていた。よく見ると、あちこちで同じように煙が上がっている。火の手だ。

「まずい！　街に入り込んだ悪魔が暴れているんだ！　手分けして対処しよう！」

その場にいた全員がキラの提案に頷き、それぞれの方向へと散っていった。

第五十三話　真の姿

「く……！　思っていた以上に数が多い！」

首都リンドルのいたるところに侵入した悪魔は、手当たり次第に人々を襲い始めていた。キラは見つけ次第魔法を放ち、ケトナーも次々と悪魔を斬り伏せていく。

「まずいぞ！　この数ではいずれ押しきられる！」

下級悪魔とはいえ数が多ければ十分な脅威である。こんなことなら戦力を分散するんじゃなかった、とキラは後悔した。と、そのとき——思わず耳を覆いたくなるような大音量の遠吠えがあたり一帯に響き渡ったかと思うと、空からいくつもの雷が降り注ぎ悪魔たちを消し炭にした。一瞬何が起きたのか分からずポカンとするキラ。と、そこへ——。

「キラちゃん！　ケトナーさん！」

キラたちの目の前に現れたのは、アルディアスとパール。先ほどの雷撃はアルディアスが放った魔法のようだ。

「パールちゃん！　どうしてここに⁉」

「街のみんなが心配で来ちゃった！　私とお友達のジェリーちゃん、オーラちゃん、アルディアスちゃんも協力するよ！」

そう口にするなり、パールはアルディアスの背に立つと自身を取り囲むようにいくつもの魔法陣を展開させた。

「いっくよー！『魔散弾《バレット》』！」

すべての魔法陣から一斉に数百もの細い光線が発射される。建物の屋根にのぼり様子を窺っていた悪魔たちはまたたく間に全身を貫かれ、急ぎ屋根から飛び降りた者も次々と追尾型魔散弾の餌食になった。

「す、凄い……」

ジェリーとオーラは、間近で見るパールの凄まじい魔法に口をあんぐりと開けて驚いてしまった。

『このあたりは大方一掃できたようじゃな。キラよ、我らは別の場所へ赴くゆえ、このあたりはお主らに任せるぞよ』

「わ、分かりました！」

アルディアスとパールたちはリンドルの市街地を縦横無尽に走り回りつつ、片っ端から悪魔を殲滅してまわる。ジェリーとオーラもときどき魔法を放ち二人を援護した。アルディアスが広範囲に渡る雷撃を繰り出せば、負けじとパールが魔散弾で全方位へ光線を発射する。神獣と聖女の組み合

わせは想像以上に凶悪であり、下級悪魔が到底敵うような存在ではなかった。

『クックックッ……これほど愉快なのは数百年ぶりじゃ。妾とパールが一緒ならこの世に勝てぬ者などおらんかもしれんの』

心の底から楽しそうに笑うアルディアス。

「うーん、もしかしてママともいい勝負に……ならないな、きっと」

『そうじゃのう……アレはまた別格じゃ』

冗談を言い合いながら次々と悪魔を殲滅していく二人の様子に、ジェリーとオーラはただただ圧倒されてしまう。そうこうしているうちに、街に侵入していた悪魔のほとんどは駆除できたようである。

「……ん？　アルディアスちゃん、あそこ！」

パールが指さす方向、と言ってもアルディアスには見えないが、そこにはルアージュたちがいた。

アルディアスとパールの姿を見て驚くルアージュ。

「パ、パールちゃん！　どうしてここにぃ!?　よくアンジェリカ様が許してくれましたねぇ……」

「んー、ママには来ちゃダメって言われてたけど、みんなが心配で来ちゃったよ！」

アルディアスの背に立ち「えっへん」と胸を張るパール。あとで間違いなく叱られるな、とルアージュは心の中で心配になるのであった。

「あ、お嬢にアルディアスの姐さん。どうもっす」

「ウィズちゃん！　大丈夫だった？　お手伝いに来たよ！」

「マジっすか。絶対あとでアンジェリカの姐さんに怒られますよ。まあそのおかげで街中の悪魔どもはほとんど駆除できましたけどね」

ウィズは周りに首を巡らせて悪魔の気配を確認する。ちなみに、ウィズは居候を始めてからというもの、アンジェリカやルアージュ、アリア、アルディアスのことは姐さんと、パールのことはお嬢と呼び始めた。そしてなぜかキラだけは呼び捨てである。一応種族的に近いエルフということで何かあるのだろうか。

「悪魔たちはやっつけたけど、ケガした人がたくさんいると思うから、私は今からその人たちを治療しに行くね」

ルアージュとウィズにそう伝えると、パールはアルディアスを伴い来た道を戻り始めた。


「な……何だアレは……？」

ランドールの国境沿いに展開する悪魔の大軍総勢五万。軍の指揮を執るのは、計画の発案者でもある悪魔侯爵フロイドである。そのまま攻め込めば人間の国など一瞬で滅ぼせるほどの戦力を集結させているにもかかわらず、今フロイドの顔は恐怖と驚愕の色に染まっていた。彼らの視線の先にいるのは一人の美女。上空にふわふわと浮く紅い瞳の美女は、悪魔の大軍などさしたる問題ではないとでも言わんばかりの表情を浮かべ軍勢を見下ろしている。すらりとした体躯に男を魅了しないはずがない見事な双丘。ゾクゾクするような妖艶さを漂わせる美女の名は、アンジェリカ・ブラド・クインシー。真祖である。普段は十六歳くらいの少女にしか見えない彼女は、吸血によって一時的に姿が成長する。変化するのは見た目でだけではない。ただでさえ凶悪な魔力はより禍々しさを増し、悪魔がまともに目を向けられないほどの威圧を放っている。

「ま……まさか、アレは真祖なのか……?」

かつての大戦で悪魔族の大軍をことごとく一人で焼き払い、七禍の四人を一人で圧倒したという伝説の化け物。真祖である確証はない。だが、思わず足がすくみそうになる凄まじい威圧と禍々しすぎる魔力は、どう考えても真祖としか思えなかった。兵たちの様子からも、視線の先にいる者が尋常ならざる存在であることがよく分かる。数多くの修羅場を潜ってきた悪魔が全身を小刻みに震わせ、顔は恐怖に引き攣っていた。撤退すべきか。リンドルに忍ばせた使い魔からの報告はいまだない。このままでは真祖と戦いになるかもしれない。そう考えていたところ、真祖と思わしき美女がスッと片手を天に掲げた。刹那——。

超がつくほど巨大な魔法陣が空を覆いつくした。たった一つの魔法陣が空一面を覆ってしまうなど馬鹿げている。そこにいる誰もがそう思った。が、驚くのはまだ早かった。真祖が片手を天に掲げたままもう一つの手で地面を指すと、悪魔全軍を囲むように地面へ巨大な魔法陣が顕現する。

フロイドをはじめ、誰もが確信した。

ここが終わりの地であるのだと。

第五十四話　真祖の力

　視界を埋め尽くす悪魔の大軍。地上で蠢く悪魔たちが口々に何かを叫んでいるが、アンジェリカの耳には風が空気を切り裂く音しか届いていなかった。久方ぶりの吸血行為と脳を溶かすような甘露な血の味に加え、眼前にどこまでも広がる敵の軍勢に気持ちの昂ぶりが抑えられない。整然としていた悪魔の軍勢だったが、アンジェリカが展開した二つの巨大な魔法陣を目の当たりにして大きく崩れ始めた。それを上空から紅く冷たい瞳で見つめる真祖アンジェリカ。これほどの大軍を目にするのはいつぶりかしら……。遥かなる過去に思いを馳せていたそのとき——自身の斜め後ろに何者かが現れた気配を感じた。栗色の髪とメイド服のスカートを風に靡かせる美少女。アンジェリカの忠実なる眷属、アリアである。

「……そのお姿、お懐かしゅうございます。お嬢様」

「そうね。そちらは問題なく終わったかしら？」

「はい」

「では……行きなさい」

　振り返らずに短く命じたアンジェリカに対し頭を下げると、アリアはその場から姿を消した。何かを命じたアンジェリカは再び魔法陣に魔力を注ぎ込む。数は脅威だ。悪魔というだけでも脅威であるのに、それが五万もの数で敵意を向けてくれば、どのような種族であろうと戦端を開こうとは思わない。眼下に見える悪魔たちは簡単な戦いだと考えたはずだ。戦略の主軸は陽動、戦いになるとしても軽微なものであると。たかだか人間の国一つ、五万もの大軍で押し寄せれば慌てて降伏するか泣いて命乞いをするであろうと。彼らにとっての大きな誤算は、ランドールに真祖アンジェリカがいたことだ。そして、その真祖は溺愛する娘のため、この国と首都を守ろうとしている。それが意味すること。すなわち、悪魔たちの絶対的な死である。

「あなたたちに特別な恨みはないけど……」

頬にあたる冷たい風を感じながら、アンジェリカは血のように紅い瞳を地上に向ける。

「愛する娘の平穏を脅かす輩は誰であろうと決して許さないわ」

展開したままの魔法陣が強い光を放ち始める。そして――。

「『死界門《イレイザーゲート》』」

詠唱と同時に、天と地に展開していた二つの魔法陣、その中間あたりにぽっかりと巨大な穴が開いた。その様子を呆然と眺めるしかない悪魔たち。次の瞬間、悪魔たちの体が木の葉のように宙を舞ったかと思うと、そのまま黒く巨大な穴に吸い込まれていった。なすすべなくどんどん穴のなかに吸い込まれていく。先ほどまで地平の先まで埋め尽くしていた悪魔の軍勢は、きれいさっぱり消失してしまった。何事もなかったかのように静けさを取り戻した平原。久しぶりに使用した超高位魔法の精度と結果に満足したアンジェリカは、わずかに口角を吊り上げ笑みを浮かべる。と、空間が揺らぎ背後にアリアが再び現れた。肩に何やら担いでいる。

「お嬢様、お見事でございます」

「ありがとう。首尾は？」

「この通りです」

アリアは肩に担いでいた悪魔の首根っこを掴んでぶら下げた。それは、帝国と手を組んでランドールを狙っていた張本人であり、以前アリアが戦闘で致命傷を負わせた悪魔侯爵フロイドであった。

「ご苦労様。地上に降りましょう」

なお、国境に展開していたランドールの国軍はすでに撤退している。アンジェリカが魔法陣を展開する前、バッカスの使者が撤退の命令を伝えに来たのだ。ふわりと地上に降り立つアンジェリカ。続いて降り立ったアリアは、首根っこを掴んだままのフロイドを地面に投げ捨てた。

「……ぐぐっ！」

先ほどまで気絶していたフロイドだったが、乱暴に地面へ転がされたことで覚醒したようである。アンジェリカが魔法を発動させる前に、アリアは軍の先頭に立っていたフロイドを見つけ出し気絶させて確保していたのだ。

「……こ、ここは？　俺はいったい……？」

フロイドは自分が今置かれている状況がまったく理解できないようである。が、アンジェリカの姿を見た瞬間に歯をガチガチと鳴らして震え始めた。

「ヒ……ヒィッ……！」

地面に尻もちをついたまま、情けない声をあげて後ずさるフロイド。その目には恐怖の色がありりと浮かんでいる。

「……あなたには聞きたいことがたくさんあるわ」

アンジェリカはそう口にすると、フロイドに手を向けて丸めた指をパチンと弾いた。途端に弾け飛ぶフロイドの右腕。肩口から不気味な色の血が噴きあがる。

「ぎゃあああああああっ!!」

痛みに地面を転げまわるフロイド。

「アリア、死なれたら困るから止血だけはしてあげて」

一瞬嫌そうな表情を浮かべたアリアだが、仕方なくフロイドの右肩に手を添え治癒魔法を発動した。

「さて……パールも待っていることだし、こいつを連れて一度屋敷に戻ろうかしらね」

魔の森がある方角に目を向けるアンジェリカ。もちろん、パールとアルディアスがリンドルの街中で無双していたことなど知る由もない。なお、アリアはこの場所へ来るまでにパールとアルディアスが街で悪魔を掃討し、ケガ人の治療をしていたのをその目で見ている。呆れ果てたアリアが盛大にため息をついたのは言うまでもない。

「あの……お嬢様」

「ん？　何？」

「いや、ええと……パールのことなんですけど……」

「うん？」

何か言いたそうな、でも言いたくもないようなアリアの不思議な表情に首を傾げるアンジェリカ。

「あのですね、決して怒らないであげてくださいね？」

「……何を？」

「その、パールなんですけどね……」

この時点でアンジェリカは理解した。パールを置いてきたときの状況、アリアが口を開きにくそうにしているこの様子。

「あの子……来ているのね？」

「……はい」

アリアの返事を聞くまでもなく、アンジェリカは全身の力ががっくりと抜け、地面に四つん這いになって盛大にため息をついた。

あんの娘は〜〜……！　そのころ、リンドルでケガ人の治療をしていたパールが盛大にくしゃみをしたのはここだけの話である。

第五十五話　聖軍

「ど……どうしてこうなった⁉」

セイビアン帝国を統べる皇帝ニルヴァーナは、帝国と自身が置かれている状況に頭を抱えた。何かの間違いではないか、そう自分に言い聞かせ再度眼下を見やるが、そこに広がる光景は先ほどと何ら変わりがない。皇帝の眼下に見えるのは、白い装備で統一された数千の兵士からなる軍隊。それが意味することは——。

「なぜ……なぜここにエルミア教の聖軍が……」

聖軍。それはエルミア教の聖騎士のみで構成された軍である。人類の脅威となる存在に対し、組織的に対抗するため創設された軍隊。聖軍は普段から組織されているわけではない。人類の脅威が現れ、教皇から勅命が下ったときに限り、各国の教会で務めを果たしている聖騎士が集い聖なる軍として機能する。ここしばらく聖軍が組織されたことは一度もない。老齢である皇帝ニルヴァーナも目にしたのはこれで二回目だった。教会の聖軍が一国の城に対し布陣するという異常事態。だが、異常なのはそれだけではない。陣のなかほどに見える豪奢な馬車。エルミア教の紋章をあしらったその豪奢な馬車は教皇のみが使用できるものである。つまり、エルミア教の教皇自らが聖軍を率いていることを示す。

馬車の扉が開き、聖騎士の手をとり一人の少女が降りてきた。透き通るような白い髪に整った顔立ち。エルミア教の教皇ソフィア・ラインハルトである。凛とした雰囲気を纏ったソフィアが地面に降り立ち城に目を向けると、一斉に聖騎士たちが道を開けた。

「セイビアン帝国皇帝、ニルヴァーナに告ぐ。ここにあらせられるはエルミア教が教皇、ソフィア・ラインハルト猊下である。貴殿に尋ねたきことがあるゆえ今すぐ会談の準備をされよ」

教皇の護衛であり、教会本部の聖騎士をまとめる団長レベッカが大声を張り上げる。ただでさえこの状況に恐れおののいていた皇帝であったが、レベッカの迫力に再び腰を抜かしそうになった。

「な……なな……！」

「貴殿と帝国には悪魔族と手を結び、人類に仇なそうとした嫌疑がかけられている。会談に応じなければ教会は貴殿と帝国を人類の脅威とみなし攻撃対象とする。決して判断を誤らぬように」

「ぐ……ぬぬぅ……！」

ここまでされては突っぱねることはできない。帝国にもエルミア教の信徒は大勢いる。皇族や貴族のなかにも信徒はいるのだ。教皇自らが聖軍を率いて臨場したなかで、嫌疑をかけられたうえ会談を拒否したとなれば……。だが、儂が悪魔族と手を結んでいたという確たる証拠はないはずだ。そのようなものは残していない。フロイドがランドールを攻めてはいるが、それと帝国を結びつけることもできないはずだ。真っ青な顔でうろたえている側近に耳打ちし、会談の手はずを指示するニルヴァーナ。ここさえ乗りきることができれば……。頭のなかを整理したニルヴァーナは、着替えのため自室へと足を向けた。


「はい！　これでもう大丈夫ですよ！」

リンドルの街中では、悪魔に襲撃されてケガをした人たちをパールが順番に治療していた。ただ、パールが想像していたよりケガ人の数は少なく、すでに治療を終えている人も大勢いるようだった。

実は、冒険者ギルドのギルドマスター、ギブソンがこのようなこともあろうかと治癒魔法が得意な冒険者のみで救護班を複数組織していたのだ。そのため、襲撃が始まったあと、複数の救護班が街のなかへ展開し、ケガをした人を次々と治療していった。そのおかげもあり、リンドルの住人に死者は一人も出なかったようだ。

ふぅ。亡くなった人も傷が酷い人も少なくて本当によかったよ。それにしてもギルドマスターさんさすがだね！　そう言えば、さっきもの凄い魔力の高まりを感じたけど、あれってママだよね？　大丈夫なのかなぁ？　まあ、ママのことだから絶対に大丈夫だとは思うけど。と、そんなことを考えていたパールだったが――。

「パール」

「ひゃん！」

突然背後から声をかけられ思わず跳びあがるパール。

「んもう……ママ、驚かせな……⁉」

やれやれと背後を振り返ったパールは固まり言葉を失う。声はたしかにアンジェリカだったのだが、今目の前にいるのは絶世の美女だ。

「あ……ええ……んんっ？　えと……ママ……じゃない？　んん？」

驚きすぎて自分でも何を言っているのか分からない。

「あ、もしかしてママのお姉さん……とか……？」

「私に姉なんていないわよ。私よ、あなたのママのアンジェリカよ」

「えええええええっ⁉」

とても分かりやすく驚くパール。目を見開いてアンジェリカのつま先から頭のてっぺんまでジロジロと視線を巡らせる。

「まあ、この姿のことはあとで説明するわ。それより、あなたここで何をしているの？　私は屋敷でおとなしくしているようにって言ったわよね？」

真剣な目で問いかけてくるアンジェリカに、パールは思わず後ずさる。娘だけあって、アンジェリカが本気で怒っているかどうかはすぐに分かるのだ。

「う……ごめんなさい。でも、ママは一人しかいないし、街が襲撃されたらたくさん人が死んじゃうかもだし……」

「そうならないよう、アリアやフェルナンデス、ルアージュたちを潜ませていたのよ。それに、ギブソンに救護班を準備しておくように言ったのも私だし」

「そ……そうなんだ……」

しゅんとして目を伏せるパールの頭をアンジェリカはそっと撫でる。ああもう。厳しく叱るつもりだったのに、そんな表情されたら叱れないじゃない。それに、パールが来たおかげで助かった命があるのも事実。予測していたよりもはるかに多くの悪魔族が街中に入り込んでいたようだ。アリアやフェルナンデス、ルアージュたちを潜ませていたとはいえ、パールがいなければ多くの人が死んでいたかもしれない。でも、正直今回は何があるか本当に分からなかった。予想外の事態が発生してもしパールに何かあったら……。でも、この子が頑張ったのも事実だし……。

『……アンジェリカよ、パールを許してやってくれんか。人々を救いたいというパールを妾は止められなんだ。責任なら妾にある』

のそりとそばにやってきたアルディアスがパールを庇う。本当に申し訳なさそうな表情が印象的だった。

「……誰が悪いわけでもないわ。でも、強いて言えばこの子を信じてあげられなかった私が悪いのかもね」

パッと顔を上げるパール。まさかそのようなことを言い出すとは思いもよらず、驚きの表情を浮かべている。

「パール。あなたは子どもだけどAランクの冒険者。並大抵の者には負けないのも分かってる」

そう、そんなことは母親である私が一番理解している。

「だから、街のみんなを守りなさいって、信じて送り出してあげればよかったのかもしれない」

「ママ……」

でもやっぱり心配なものは心配。だって母親なんだから仕方ないじゃない。もしかわいい娘に何かあったらなんて考えたら……。

「本当はもっと子ども扱いして籠のなかに入れておきたい。でも、それはあなたの意思や想いを無視することになっちゃうのよね」

「……」

「ごめんね。今度からはもっとあなたのことを信用する。でも、一つだけ約束して？　どんなときでも絶対に自分の命を最優先に考えるって。分かった？」

「ママ……っ！」

パールの大きな瞳から大粒の涙が零れる。我慢できずアンジェリカに抱きつき、大声で泣き始めたパール。その様子を見てアルディアスは天を仰ぎ、キラやルアージュはそっと涙するのであった。

第五十六話　ソフィアの会談

少し前かがみになった私の背中と頭の後ろに手を回すアンジェリカ様。首筋にチクりとした痛みがあったが、すぐに気持ちが昂るような感覚に襲われた。耳に入るのはジュルジュルと血をすすられる音。肌に感じるのはアンジェリカ様の息遣い。高揚する気持ちとは裏腹に手足からは力が奪われていく。

「……ふぅ……ありがとう、ソフィア」

私の首筋から口を放したアンジェリカ様を見て、私は腰を抜かしそうになった。そこにいたのは、私の知らないアンジェリカ様だったからだ。

「ア、アンジェリカ様……ですよね……!?」

「ええ。血を飲むと体が少し変化するのよ」

驚きを隠せない私にアンジェリカ様はニコリと素敵な笑みを返しながら答えてくれた。今のアンジェリカ様は私より背が高くなり、胸部の迫力ももとの姿と比べものにならない。もとのアンジェリカ様は美少女だったが、今は紛れもなく絶世の美女だ。

「な、なるほど……！」

「それよりソフィア。もう一つあなたにお願いがあるわ」

「は、はい！　何でしょうか？」

アンジェリカ様はハンカチで口元を拭うと、まじめな顔つきで私に目を向けた。

「あなたには帝国への対処をお願いしたいの」

「帝国への対処……ですか？」

「あなたに、というよりは教会に、と言ったほうが正しいわね」

「えーと……具体的にはどのように……？」

「聖軍よ」

アンジェリカ様が口にした言葉に私は思わず息を呑んだ。聖軍。それはエルミア教と教会がもつもう一つの姿。おそらく、アンジェリカ様は悠久のときを生きるなかで、幾度か聖軍を目にしたことがあるのだろう。

「なるほど……聖軍を編成し、悪魔族と手を組んだ帝国に圧力をかける、ということですね？」

「そうね。私が皇帝や皇族を根絶やしにするのは簡単だけど、それだとランドールのように一時的ではあれど国が乱れる。内乱の勃発や外部勢力の介入にもつながりかねない」

たしかにその通りだと思う。でも、真祖であるアンジェリカ様がそこまで気にするほどのことだろうか？

「帝国がどうなろうが私の知ったことではないけど、罪のない人々が苦しんだり死んだりするとパールが哀しむわ」

「たしかに……聖女様ならそうでしょうね」

とても天真爛漫で愛らしい聖女様だが、すでにあのご年齢で人々を慈しむ心をお持ちであることを私も知っている。

「分かりました。ただ、聖軍を編成するほどの聖騎士を今から集められるかどうか……」

「それっぽく見えれば脅しの効果はあるでしょ。教会本部と近隣の教会から集めて、あとはデュゼンバーグの国軍から兵士を借りればいいわ」

何か急に大ざっぱになったけど……まあアンジェリカ様らしいか。

「分かりました。私は今から行動を起こします。帝国の教会にも早馬を出しましょう」

「ええ。よろしくね」

こうして、私は数十年ぶりとなる聖軍を編成することになった。枢機卿のジルコニアや聖騎士団長のレベッカなど、優秀な部下のおかげもあり短時間で聖軍を編成し、私たちはセイビアン帝国へと足を向けたのであった。――で、今にいたる。


趣味の悪い調度品や装飾で埋め尽くされた応接室。体が沈み込んでしまいそうなフワフワのソファに腰掛けているのは、エルミア教の教皇ソフィア・ラインハルト。そしてその向かいに座るのは、セイビアン帝国の皇帝ニルヴァーナである。落ち着いた表情のソフィアに対し、皇帝ニルヴァーナの顔色はよくない。世界中に絶大な影響力をもつエルミア教、その頂点に君臨する教皇と膝を突き合わせているのだから当然である。皇帝の背後と両隣に立つ護衛の兵士からも緊張が見てとれる。唯一緊張していないように見えるのは……。

「教皇猊下。ようこそおいでくださいました」

皇帝ニルヴァーナの隣に座する壮年の男。だらしない体つきの皇帝とは異なり、長身痩躯で精悍《せいかん》な顔つきをしている。

「私はセイビアン帝国皇帝ニルヴァーナの嫡男、オズボーンと申します。猊下とお会いできましたこと、まことに光栄でございます」

「ふむ。教皇ソフィア・ラインハルトである。形式的な挨拶はよい。我々がここに来た理由は先ほどこのレベッカが伝えた通りだ」

ソフィアは表情を変えることなくオズボーンの目をまっすぐ見つめて口を開いた。再び顔色が悪くなる皇帝ニルヴァーナ。どことなく、嫡男が同席したことに困惑しているようにも見える。

「……教皇猊下自らが聖軍を率いてのご臨場、それだけで我々は事の重大さを理解しております。それに、先ほどレベッカ殿が申されたことが真実であれば……」

オズボーンは隣に座るニルヴァーナにジロリと視線を向ける。父親とはいえこの国の皇帝だというのに、なかなかの胆力である。

「く……！　お前は黙っておれ！　儂にやましいことなど何もない！」

堪らず声を荒げるニルヴァーナ。

「皇帝よ。我々の調査によると、そなたは悪魔族と手を結びランドールを手中に入れようと画策しておったようだな」

「と、とんでもない言いがかりです！」

「ほう。そのような事実はないと？」

「当然です！　逆にお聞きしたい。猊下、私が悪魔族と手を結んだという証拠はおありですか？」

表情に出さぬようほくそ笑むニルヴァーナ。そのような証拠があるわけがない。あとは何を言われても知らぬ存ぜぬで押し通そう。それですべてうまくいく——はずだった。何やら急に部屋の外が騒がしくなり、勢いよく応接室の扉が開かれた。弾けるように剣を抜いて警戒する護衛の兵士とレベッカ。そこに現れたのは——。

「ごきげんよう、皆さま」

アンジェリカの忠実なる眷属、メイドのアリアである。

「な、何者だ貴様！　無礼じゃぞ！」

「……その者は教会の関係者だ」

怒鳴るニルヴァーナを手で制したソフィアは、そっとアリアに目を向ける。

「会談中にお邪魔いたします。猊下、こちらをお持ちしました。どうぞ」

そう口にするなり、アリアはアイテムボックスを展開し何かを取り出すと、応接室の床にそれを転がした。誰もがそれを見て青ざめる。床に転がされたのは、両腕を切断された状態の悪魔族。皇帝とランドール攻略を画策していた悪魔侯爵フロイドである。

「……ニルヴァーナよ……我々の負けだ……」

生気と希望を完全に奪われた目を向けられた皇帝ニルヴァーナの顔が絶望の色に染まった。

第五十七話　潰えた企み

両腕を切断された悪魔、フロイドを乱暴に正座させるアリア。散々痛めつけられたらしく、もはやフロイドには反抗する気力も体力もないように見える。

「さあ、私に聞かせてくれたことをここでもう一度話してもらえるかしら?」

にっこりと微笑みながらも目の奥はまったく笑っていないアリアに促され、フロイドがぼそぼそと口を開き始める。

「お……俺とそこのニルヴァーナが……ランドールを手中におさめんと……協力し合っていたのは……間違いありません……」

苦しそうに途切れ途切れ言葉を紡ぐ。その様子を目にしたニルヴァーナはワナワナと震え始めた。すでに顔色は真っ青である。

「以前はランドールの商隊を襲い……国の中枢にいた議員の娘を人質に従属を迫り……そして要人たちの暗殺も企てました……」

皇帝ニルヴァーナの嫡男、オズボーンは悪魔が口にする内容に言葉をなくす。その顔には怒りの色が浮かんでいるように見える。

「そして今日……悪魔の軍勢を率いてランドールの国境近くに布陣したものの……我々は負けました……」

もはや意識を保つのも難しくなったニルヴァーナ。呼吸も荒くなっている。

「……すべて、そこのニルヴァーナと私が企てたことに間違いありません……」

すべてを告白したフロイドは正座したままがっくりとうなだれた。

「陛下……いや父上……あなたはいったい何ということを……！」

オズボーンは膝の上で拳を強く握りしめ、怒気を含んだ目をニルヴァーナに向けた。

「さて皇帝ニルヴァーナよ。そなたが言う証拠ならこの通りである。申し開きすることはあるか？」

「ぐ……ぐぐ……！」

玉のような汗を額から流しながら小刻みに体を震わせるニルヴァーナ。

「……ニルヴァーナよ……俺のことなど知らぬ、関係ないとシラを切るつもりなら無理だ……万が一裏切ろうとしたときのために、お前には呪いをかけている……もし裏切ればその瞬間お前の心臓は止まる……」

驚愕の事実を知らされ、口を開けてぽかんと間抜けな顔を晒す皇帝。完全に詰んだことをやっと悟った。

「猊下。父であり皇帝であるニルヴァーナがしたことは許されることではありません。我々が厳正に処分しますので、帝国を人類の脅威と認定することはどうかご容赦していただけないでしょうか？」

オズボーンはソファに腰掛けたまま、ローテーブルに額がつくほど頭を下げた。

「ふむ……具体的にどう処分するのか聞かせてもらえるか？」

「は。皇帝の座を剥奪し投獄、生涯にわたり幽閉いたします」

驚愕のあまり心臓が止まりそうになったニルヴァーナに、オズボーンは冷たい視線を向ける。

「なるほど。帝国が本来の姿に戻るのであればよしとしよう。あと、今回の件でランドールに多少なりとも被害が出ておる。それに対する賠償もするように」

ソフィアの言葉に強く頷くオズボーン。

「もちろんです。共和国へ使者を送りすぐにでも話し合いの準備をいたします」

「分かった。では私と聖軍はこれで引き上げるとしよう。ああ、その悪魔にはまだ聞きたいことがあるから、こちらで――」

こちらで引き取る、とソフィアが口にしようとした途端、フロイドの全身が激しく痙攣し始める。口からは泡も吹き始めた。

「ごぼっ……ぐぎぎ……ぐぎ……ど……か……お許しくださ……があっ!!」

大きくビクンと体を震わせたかと思うと、フロイドは前のめりに倒れ込み、そのまま体は灰となって消失してしまった。唖然とする一同。

「こ、これは……」

青ざめた表情でフロイドがいた場所を見つめるレベッカ。

「……おそらく呪いの類でしょう」

アリアがぼそりと呟く。以前交戦したとき、フロイドに呪いがかけられている可能性をアリアはアンジェリカに示唆していた。

「なるほど……アリア、ご苦労様。あなたも戻っていいわよ」

ソフィアがアリアに視線を向け、顎をしゃくる。もちろん演技なのだが、ソフィアは内心ずっとビクビクしていた。アリアの恐ろしさは嫌というほど思い知らされているのだ。

「は。では私はこれで失礼いたします」

そう口にするとアリアはその場から姿を消した。突然いなくなったことに驚愕する一同。

「げ、猊下……あのメイドはいったい……⁉」

「……余計な詮索はしないこと。それが長生きのコツよ」

ジロリと睨まれたオズボーンは慌てて頭を下げる。教会は我々が思っている以上にとんでもない組織なのでは……。オズボーンはそう思わずにいられなかった。


「アンジェリカ様。此度もランドールの危機をお救いくださったこと、心より感謝しております」

冒険者ギルドの執務室には、アンジェリカにパール、キラ、ギブソン、バッカスが顔をそろえていた。ルアージュやウィズは物珍しそうにギルドのなかを見学している。

「気にすることはないわ。大した手間でもなかったし」

平然と口にするアンジェリカに緊張の色を隠せないギブソンとバッカス。五万もの大軍をものともせず消し去った真祖の力を改めて思い知らされた。二人が緊張しているのはそれだけが理由ではない。今二人の目の前にいるのは、見慣れた十六歳くらいの美少女ではなく妖艶な色気を振りまく絶世の美女なのだ。なぜそのような姿なのか説明をしてもらったとはいえ、凄まじい色香に二人はずっとどぎまぎさせられている。

「おそらく帝国と悪魔の企みはもう潰えたと思うわ。もうこれ以上は何も仕掛けてこないでしょう」

「……アンジェリカ様がそう仰るのであればそうなのでしょう。本当に感謝して――」

突如空間が揺らいだかと思うと、アンジェリカの背後にアリアが現れた。

「お嬢様、ただいま戻りました」

「ご苦労様、アリア。首尾は？」

「はい、すべて片づきました。帝国は皇帝を更迭《こうてつ》、そのまま幽閉するとのことです。ランドールへの賠償も応じると」

「そう。お二人さん、聞いての通りよ」

呆気にとられるギブソンにバッカス。本当に帝国と悪魔の企みをあっさりと潰してしまった。

「アンジェリカ様はもちろん、パール様やキラさんにも感謝しています。あと、えーと……」

「ルアージュとウィズ？」

「あ、はい。あのお二人はアンジェリカ様とどのような関係なのでしょう……？」

「あの二人は――」

「ママのハーレム要員だよ！」

アンジェリカが口を開くより早く、パールがとんでもないことを口走る。ギブソンとバッカスは「まずいことを聞いてしまった」と言わんばかりの気まずそうな表情を浮かべている。

「いや、違うから。そもそもパール、絶対意味分かってないわよね？」

「んー？　前にお姉ちゃんがそう言ってたからそうなのかなって。ね、お姉ちゃん？」

ソファから振り返ったパールの視線から反射的に逃れようとするアリア。

「そ、そうだったかしら……？」

口がうまく回らないのか、若干しどろもどろになっている。

「ルアージュはうちのメイド見習い、ウィズはまあ……居候よ」

「な、なるほど……」

とりあえずは納得するしかない、と何度も頷く二人。次からアンジェリカへのお礼は美少女を用意するべきだろうか、と真剣に考えるギブソンとバッカスであった。

閑話3　アンジェリカの弱点

魔の森の奥深く。ある屋敷の庭では一人の少女が複数人に取り囲まれていた。輪の中心に立つのは、屋敷の主人である真祖アンジェリカ。いつものゴシックドレスを纏うアンジェリカは腕を組んでそのときを待つ。アンジェリカを囲むのは、彼女の愛娘であるパールに弟子のキラ、吸血鬼ハンター兼メイド見習いのルアージュ、ダークエルフの居候ウィズ。風が止み静寂が訪れた刹那、まずパールが動いた。瞬時に複数の魔法陣を展開すると、アンジェリカに照準を合わせる。

「『魔散弾《バレット》』！」

魔法陣から細い光線が一斉に発射されアンジェリカに襲いかかる。が、アンジェリカに魔法はいっさい通用しない。パールもそれは重々承知している。これはただの目くらまし。アンジェリカの視界を奪い注意を向けさせた瞬間を狙い、ルアージュが懐に侵入し二本の剣で連撃を見舞った。が、常に五枚の結界で体を守るアンジェリカには通じない。以前彼女と戦ったことがあるルアージュもそれは理解済みだ。軽く結界を削ったのを確認し再び距離をとる。

「ウィズちゃん！」

「おお！」

パールの合図に合わせウィズが動いた。

「『闇の鎖《ダークチェイン》』！」

ダークエルフが使う闇属性魔法なら……と一縷《いちる》の望みを抱いた一同だが、その希望はあっさりと打ち砕かれる。意思を持つ蛇のようにアンジェリカの体へ絡みつく黒い鎖。だが、その細い体に巻きついたかと思った瞬間、粉々にちぎれ弾けてしまった。

「くっ……！　やっぱりダメか！　キラ！」

「ああ！」

ウィズの呼びかけに反応したキラが即座に魔法を放つ。またもや目くらましである。パールも同時に魔導砲を放ち援護した。その隙を逃さず、背中の剣を抜いたウィズが一気にアンジェリカとの距離を詰め鋭い剣撃を放つ。さらにルアージュも再度アンジェリカの懐に入り連撃を叩き込んだ。

が――剣が、腕が動かない。見ると、アンジェリカは左手の指二本でウィズの剣を、右手の指二本でルアージュの剣を挟み止めていた。刹那、アンジェリカの体からとてつもない魔力が開放され吹きとばされた二人がゴロゴロと地面を転がる。放った魔力が強すぎたのか、二人は起き上がってこない。どうやら気絶しているようだ。

「うん、今日はここまでかしらね」

にっこりと笑顔を浮かべたアンジェリカがパンパンと手を打つ。その場にへたり込むキラにパール。

「この面子で一斉にかかってまったく何もできないなんて……はぁ……」

「うう……強すぎるよママぁ……」

分かりやすく落ち込むパールとキラのもとへ近づいたアンジェリカは、そっと二人の頭を撫でる。

「ふふ。娘と弟子に負けるようじゃダメでしょ。もっともっと精進しなさい」

ちらりと目を向けた先では、子フェンリルがルアージュとウィズの顔を心配そうにのぞき込んでいた。顔をペロペロと舐められ目を覚ます二人。何が起きたのかを思い出し、パール、キラと同様その場でがっくりとへこんでしまった。なお、再度会議を開いた結果、子フェンリルの名前はミルクとシェル、コットンに決まった。白い毛を纏っているので、白から連想できる古代語をいくつか挙げて、そこから選んだのである。

「あなたたち、大丈夫？　ケガはしていないわよね？」

アンジェリカがルアージュとウィズに声をかける。

「はいぃ……精神的な傷しか負っていません～……」

「右に同じです……はぁ、つら」

めそめそとする二人に近づくと、パールたちにしたのと同じように頭をそっと撫でる。ルアージュは慣れているが、初めてアンジェリカから頭を撫でられたウィズは思わず赤面してしまった。

「今日の戦い方はよかったわよ。もっと頑張りなさい」

ふふふ、と笑うとアンジェリカはそのまま屋敷のなかへと消えていった。


「なあ、アンジェリカ姐さんの弱点って何かねぇのか？」

「お師匠様の弱点……聞いたことないし、あるとも思えんのだが……」

ここはアンジェリカ邸の一室。ウィズが自室として使用している部屋である。アンジェリカがソフィアとお茶を飲んでくると言って出かけたので、パールとキラ、ルアージュはウィズの部屋に集まり作戦会議の真っ只中だ。

「お嬢、娘なら何か弱点知ってるんじゃやないですか？」

「まったく知らない……逆に弱点とかあると思うの？　ウィズちゃん？」

「……ないと思う」

再び頭を抱えて唸り始めるウィズ。

「うーん、アンジェリカ様は普通の吸血鬼とはまったく別次元の存在ですからねぇ～……」

今日は仕事がお休みのメイド見習いルアージュが口を開く。

「ルアージュの姐さん、その気が抜ける喋り方何とかならないんですか……？」

「うん、無理ぃ～」

これはいつものやり取りである。パールやキラにとってはよく見慣れた光景だ。

「あ！　アリアの姐さんに聞けば知ってるんじゃねぇの？　何せ大昔からアンジェリカ姐さんに仕えているんだし」

「なるほど」

同時に返事をした三人は、すぐさま部屋から飛び出しアリアのもとへ。今の時間帯はキッチンで夕食の仕込みをしているはずだ。

「お姉ちゃん！」

「姐さん！」

「アリア（さん）！」

キッチンへ駆けこんできた四人にいきなり大声で同時に呼ばれ、思わずその場で跳びあがりそうになるアリア。

「ど、どうしたのよ⁉」

あーびっくりした、と呟くアリアに四人は先ほど議論していた内容を伝えた。

「お嬢様の弱点？　うーん、お嬢様は小さいころからめちゃくちゃ強かったしなぁ」

「いや、戦いで敵わねぇのはもはや分かってるんですよ。だから、それ以外で何かちょっと驚かせたり悔しがらせたりできねぇかなって」

「うーん、そうねぇ。あ、そう言えばお嬢様は辛い食べ物が苦手だったような……」

「それだ‼」

同時に叫ぶ四人。よし、さっそく辛い食べ物を買いに行こうと、四人はドタバタとキッチンから出ていった。

「んー……苦手だった……よね？」

自分の記憶に自信がないアリアは、騒がしくキッチンを出ていく四人の背中を眺めつつ首を傾げるのであった。が、アリアのこの助言がまさかあのようなことになるとは、このとき誰も想像だにしなかったのである。


「アリアの姐さん……これが例のブツです」

何やら悪い顔をしたウィズが小さな革袋をアリアに手渡す。先ほどパールとキラ、ルアージュとリンドルの商業街で仕入れてきた香辛料である。

「初めて見る香辛料ね。これをどうするの？」

「もちろん、こっそりアンジェリカ姐さんの食事に混ぜるんですよ」

革袋を開いて中を覗くアリアとウィズ。そこにはやや粗めに挽かれた真っ赤な香辛料が。見るからに辛そうである。

「どんな風味なのかしら？　混ぜる料理によっては風味が際立ちすぎて疑われちゃうかもよ？」

開いた革袋にそっと鼻を近づけ香りを確かめるアリア。香りが少ないのか反応は微妙だ。

「少しだけ味見してみます？」

「そうね、ちょっとあなた食べてみて」

「わ、私ですか⁉」

「だって言い出したのウィズじゃない」

はい、とスプーンを手渡されたウィズは恐る恐る革袋の中の香辛料を掬《すく》う。赤い。とにかく赤い。毒々しいまでの赤さだ。震える手でスプーンを口に運ぶ。店員の話では海の向こうから渡ってきた珍しい香辛料とのこと。かなり辛いから気をつけるようにとのことだった。わずかな量であるにもかかわらずなかなか決心がつかない。意外とへたれなダークエルフである。

「早く食べなさいよ」

固まったままのウィズの口に、横からアリアが別のスプーンで香辛料を放り込んだ。

「っ……んん？　あれ？　それほどでも……――――！！？」

どうやら時間差で効いてくる香辛料のようである。口元を押さえて悶絶するウィズ。

「んんんんーーーーー!!　いひゃい！　ねえはん、みる、みる!!」

「み、みる？」

「あはら、みーるー!!」

「……あ、だから水、ね」

アリアからグラスを受け取ったウィズは一気に水を飲み干すが、余計に痛みが増したようだ。目からポロポロと涙を流し、じたばたと地団駄を踏んでいる。結局、落ち着くまで十分以上かかってしまった。まだ舌が痛いらしくヒーヒー言っている。

「こ、これは相当ヤバいですよ……少量でこの破壊力……」

「まあさっきの様子見りゃね。で、風味はどう？」

「んー……そんなに癖もなさそうです。味が濃い料理に混ぜればバレないんじゃないかな？」

「じゃあシチューにでも混ぜてみようか」

これで計画は決まった。アンジェリカ姐さんの苦痛に歪む顔が目に浮かぶ……とウィズは邪《よこしま》な笑みを浮かべキッチンを出て行くのであった。


「ただいま」

夕方になりアンジェリカが帰宅した。

「姐さんおかえりなさい」

「ママおかえりー」

「おかえりなさい～」

リビングで思い思いにくつろいでいたパールやウィズは、帰宅したアンジェリカに目を向けた。

が――。

「お邪魔しますです」

アンジェリカの背後から現れたのはエルミア教の教皇ソフィア。どうやらアンジェリカが連れ帰ったようだ。

「あれ？　ソフィアさん」

「聖女様、こんばんはです。アンジェリカ様から夕飯にお呼ばれしたので来ましたです」

相変わらず変な敬語を口にするソフィアに目を向け首を傾げるウィズ。

「ああ、ウィズは初めてよね。この子はエルミア教の教皇ソフィアよ。仲良くしてあげてね」

「エ、エルミア教の教皇⁉」

ウィズが驚くのも無理はない。エルミア教は世界中に大勢の信徒を擁する一大勢力である。その頂点に君臨するのが教皇であり、権力は各国の国王に比肩するのだ。これがエルミア教の教皇？嘘だろ？　こんなポンコツっぽいのが？　大変失礼なことを考えながらソフィアをまじまじと眺めるウィズ。ソフィアはソフィアでダークエルフが珍しいらしくじーっとウィズを直視している。そうこうしていると、庭で子フェンリルたちと戯れていたキラも戻ってきた。

「さあ、みんな揃ったしダイニングへ行きましょう」

はーい、とソファから立ち上がったパールのあとにルアージュとウィズが続く。アンジェリカの後ろを歩くウィズたち四人はお互いちらと顔を見合わせわずかに口角を吊り上げる。何せ、あのアンジェリカが悶絶する様子を見られるかもしれないのだ。自然と足取りも軽くなる。ダイニングに入り一番奥の上座にアンジェリカとソフィアが並んで座った。そのすぐそばにパール、キラが並んで座り、向かいにウィズとルアージュが着席する。あとは料理が並ぶだけ……にんまりとするウィズの様子にアンジェリカは不思議そうに首を傾げる。と──。

「あ、私アリアさんをお手伝いしてくるです」

そう口にしたソフィアは席を立つと慣れたようにキッチンのほうへ向かっていった。え、教皇が食事の用意を手伝うの？　そんなことあんの？　ずいぶん変わった教皇のようだ、とウィズが考えていると、アリアとソフィアが料理を運んできた。手際よくテーブルの上に並べていく。ちらとアリアに視線を向けるウィズ。と、アリアの様子が何やらおかしい。よく見ると目は泳ぎ、頬を一筋の汗が伝っている。そんなアリアとウィズを無視してソフィアはアンジェリカの前にシチューをよそった器を置く。え？　アレに香辛料入っててんだよね？　ね？　姐さん？　アリアと視線を合わす。が、アリアは申し訳なさそうな表情を浮かべ首を小さく左右に振った。それが意味すること――。

え、もしかしてあの教皇が手伝いに入ったから、どれに香辛料入れたのか分からなくなったとか？　そういうこと？　つまり、誰のシチューにあの激ヤバな香辛料が入ってるのか分からないってこと？　それヤバくない？　途端に全身から噴き出る嫌な汗。ウィズはあの香辛料のヤバさをよく理解している。アリアにはそこそこの量を入れるようにお願いした。少量でもえらいことになったのに、あれ以上の量が入ったシチューなんて食べた日には……。アリアとウィズの様子に、パールやキラ、ルアージュも異変を感じとったらしい。今、ダイニングは異様な雰囲気に包まれていた。

「さあ、それじゃいただきましょ」

そんなことまったく気にせずアンジェリカがスプーンを手に取る。シチューを掬い口に運ぶ様子を、固唾を呑んで見守るウィズにパールたち。

「……ん、美味しい」

満足げな表情を浮かべるアンジェリカ。隣に座るソフィアも美味しそうにシチューを口にしている。スプーンを握ったまま目の前にあるシチューを凝視するウィズ。スプーンでかき混ぜるが香辛料が入っている気配はない。

「ん？　どうしたのみんな、食べないの？」

誰もシチューに手をつけないことにアンジェリカが疑問を抱いたようだ。

「い、いえ！　ちょっと熱いんで冷ましてただけです」

「そう？　そんなに熱くないと思うけど」

慌てるウィズを尻目にアンジェリカは再びシチューを口にする。これ以上ごまかすのは難しい。

自分のシチューに香辛料が入っている確率は四分の一。ウィズたち四人は一斉にシチューを掬いスプーンを口に突っ込んだ。その結果――。

「んんんんーーーー!!」

口を押さえて勢いよく椅子から立ち上がったのはウィズ。やっぱりこんな結末だった。ダイニングの床でのたうち回るウィズに唖然とするアンジェリカとソフィア。

「ど、どうしたの？」

驚くアンジェリカにパールたちがすべてを白状する。夕食後、ウィズを含めたパールたち四人ががっつり説教されたのは言うまでもない。

閑話4　月が綺麗ですね

若干の肌寒さを覚えうっすらと目を開くと、白い絹糸が視界に入り込んだ。

——ああ、もう朝か。

ベッドに横たわったまま、アンジェリカはそっと白い絹糸に手を触れる。すっと指が通るサラサラの髪。アンジェリカは生まれたままの姿で半身を起こすと、隣で寝息をたてているソフィアの頬を指でつついた。

「……ん……んん……」

よく寝るお嬢ちゃんだこと。まあ、割と激しかったから仕方ないか。お嬢ちゃんには刺激が強すぎたかしらね。アンジェリカは裸のままそっとベッドを降りると、脱ぎ散らかしてあった下着を身につけた。部屋にほんのりと漂うジャスミンの香り。昨夜炊いたお香の残り香だ。下着姿でベッドに膝をつき、ソフィアの顔を覗き込む。

「ソフィア、もう朝よ。起きなさい」

「ん……ん～……」

アンジェリカは仰向けに寝ているソフィアに四つん這いで跨ると、顔の両脇に手をつき真上から顔を直視した。

「ソフィア、朝だってば。ジルコニアが来たらあんたマズいでしょ？」

枢機卿であるジルコニアの名前が効いたのか、ソフィアはぱちっと目を開けた。

「……アンジェリカ様……おはようございますです……」

「うん、おは――」

最後まで言わさずに、ソフィアはアンジェリカの首へ両手を巻きつけ引き寄せると唇で唇を塞いだ。

「……！　ん……んんっ！」

まさかの不意打ちに焦るアンジェリカ。満足して唇を離したソフィアにジト目を向ける。

「朝っぱらから何するのよ。このエロ聖職者」

「酷いですアンジェリカ様！　私を襲ったのはアンジェリカ様なのに」

人聞きが悪いこと言わないでほしい。あれは流れというか自然の成り行きというか。昨日、パールはルアージュと一緒にリンドルへ遊びに出かけ、夕食も食べてくるとのことだった。そこで、アンジェリカもソフィアのもとへ訪れ夕食をともにしたのである。食後に彼女の部屋で少しお喋りして、帰ろうとしたところ泊まってほしいと言われた。ベッドは一つしかないため必然的に一緒に寝ることになり、結局もにょもにょすることになったのだ。

「まあそれはいいとして、あんたも早く着替えなさいよ。さすがに、いかにも情事のあとですみたいな格好を教皇が晒すのマズいでしょ」

「あ、そうでした。ジルに見つかったらお説教なのです」

ソフィアは裸のままあたふたとベッドを降りると、慌てて下着を集め始める。アンジェリカはソファの背もたれにかけてあったゴシックドレスを手に取ると、シワができていないか丁寧に確かめ始めた。

「そうだ、アンジェリカ様」

下着の上に宗教服を纏ったソフィアがアンジェリカを振り返る。

「三日後の夜は、この時期では月が一番綺麗に見える日なのですよ。紅茶でも味わいながら一緒に見ませんか？」

「そうね……多分大丈夫だと思うけど」

「やった！　嬉しいのです！」

アンジェリカも月は嫌いではない。以前、パールから「ママと月って似合うよね」と言われて以来さらに好きになった気がする。そんなこんなで三日後にまた会う約束をしたアンジェリカは、じゃあねと一言残してソフィアの部屋から転移した。


屋敷に戻ると、テラスではパールとキラ、ルアージュ、アリアの四人がティータイム中だった。いや、フェルナンデスも入れてあげようよ。思わず心のなかでツッコむ。

「ママおかえりー」

「ただいま、パール。アリア、私にも紅茶を貰える？」

「はい、お嬢様」

キラは座っていた椅子をアンジェリカに譲ると、ウッドデッキの端に寄せてあった予備の椅子を取りに行く。

「ん？　ママいつもと匂いが違うね。なんだろ……ソフィアさんの匂いがする」

瞬間、アンジェリカの心臓がドクンと大きく波打つ。

「ん、まあ……ソフィアと一緒にいたしね」

しどろもどろになりながら紅茶のカップに手を伸ばす。そんなアンジェリカの様子をジトーッと見つめるアリア。彼女はアンジェリカがソフィアを気に入っていることを知っている。一晩一緒にいて何があったかぐらいは容易に想像できるのだ。

「あ、悪いけど三日後の夜も留守にするから、みんなも自由にしてね」

「お嬢様、どちらへ？」

微妙に笑みを含みつつアリアが問いかける。

「えーと、ソフィアが相談したいことがあるって……」

「さっきまで一緒にいたのにですか？」

アリアだけでなく全員が微妙にニヤニヤとした笑みを浮かべている。

「み、三日後じゃないとできない相談なんだって」

自分でも苦し紛れがすぎると感じ、思わず顔が赤くなる。ごまかすように紅茶を喉へ流し込むと、アンジェリカはそそくさと自室に戻った。


――三日後――

「来たわよ」

「ひゃん！」

突然自室に現れたアンジェリカに可愛い悲鳴をあげるソフィア。

「アンジェリカ様……驚かせないでくださいですよ」

「もういい加減慣れなさいよ」

今日のソフィアはいつもの宗教服や教皇服ではなく、白いワンピースを着用していた。どことなく楚々として見える。

「うう……まあいいですけど。じゃあ行きましょう」

何でも、教会の中庭から月見物ができるとのこと。すでに夜なので信者もいない。教会関係者にも中庭に近づかないよう御触れを回しているようだ。芝生が敷き詰められた中庭に降り立つ。夜風が肌に心地いい。二人はあらかじめ用意されてあったガーデンテーブルに向かい合って座った。

「ねえ、人払いしてるなら紅茶どうすんのよ」

「ふふふ。ご心配なさらずにアンジェリカ様」

ソフィアがパンパンと手を打ち鳴らすと、少し離れたところから誰かが何かを持ってこちらへ歩いてきた。ソフィアの護衛であり聖騎士団の団長レベッカだ。

「御母堂様、今宵は私がお茶を淹れさせていただきます」

レベッカは恭しく頭を下げると、ティーポットとカップを載せたトレーをテーブルにそっと置く。

「……ちょっとソフィア。職権濫用すぎじゃない？」

ただの護衛ならまだしも、聖騎士団の団長にお茶汲みさせるとか。呆れた表情を浮かべるアンジェリカ。

「口が固くて信用できる者は限られているのですよ。大丈夫です。レベッカには美味しい紅茶を淹れられるよう特訓してあるので」

いや、それは知らんけど。思いのほか見事な手つきで紅茶を淹れたレベッカ。いったいどれくらい特訓させられたのかと心配になる。仕事が済むと、頭を下げてそのまま闇に紛れるように消えてしまった。いや、護衛いいの？　あ、私がいるからか。

「ほら、アンジェリカ様。あれ見てください」

闇夜に浮かぶのは真円の月。まるで闇のなかにぽつりと穴が空いているような不思議な光景にも見える。漆黒の空にぼんやりと輝きを放つ月に、二人はつい見入ってしまった。言葉も交わさず静かに月を眺め続ける。

「月が綺麗ですね」

「……ふ…………ふふっ……」

思わず笑いが漏れてしまったのはアンジェリカ。

「ど、どうしたんですか？」

「ううん、ごめんなさい。あなたが知っているはずはないわよね」

意味深なことを口にするアンジェリカに、ソフィアはきょとんとした顔を向ける。

「あなたが口にした『月が綺麗ですね』って言葉。遥か昔、海の向こうにあった国で愛の告白に使われていたのよ」

「ええっ⁉　そうなのですか？」

「本当よ。それを思い出しちゃって」

クスクスと笑うと、紅茶のカップに手を伸ばす。

「そうなのですか……ちょっと素敵ですね」

いや、キザすぎるでしょ、とはさすがに言わない。

「……じゃあ、アンジェリカ様。もし、私のさっきの言葉がそういう意味だとしたら、アンジェリカ様は何と返してくれますか……？」

ソフィアは膝の上でぎゅっと手を握ると、アンジェリカにちらりと視線を向けた。アンジェリカも血のように紅い瞳でソフィアをじっと見る。静寂が支配する空間で二人は僅かな時間見つめ合う。

アンジェリカはソフィアから視線を外し月に目を向けた。

「……月は手が届かないからこそ綺麗なのよ」

呟くように口を開くと、再びソフィアへ目を向けニコリと微笑む。

「……そうですよね。手が届かないからこそ綺麗で素敵なのかもしれませんね」

少し寂しそうな表情を浮かべたソフィアだったが、すぐ笑顔を取り戻しティーカップに口をつけた。すっかり冷めた紅茶は酷く苦い味がした。

閑話5　母娘喧嘩

「自分がどれだけ危ないことをしたか、あなた分かってるの？」

咎《とが》めるような視線と厳しい言葉を投げかけられた少女。黙って俯く少女の顔にはありありと不満の色が浮かんでいた。

「自分は強いから大丈夫だと？　悪魔など相手にならないと？」

だって実際相手にならなかったもん。そこまで怒ること？　どうして私ばかり……。

「……納得できないようね」

「だって……」

「だってじゃないわよ。若い娘が傷まで作って……」

紅い瞳にやや怒気を含み深いため息をつく。彼女はただ怒りに任せて叱責しているわけではない。これも愛する娘を心配するが故のことだ。が、娘には母の真意などまったく届いていない。不満げな顔を見れば一目瞭然だ。

「とにかく、あなたはしばらく外出禁止。大人しくしてなさい」

「……やだ」

「やだじゃないの。私の言うことがきけないの？」

「……知らない」

「いい加減にしなさいよ、アンジェ」

途端に剣呑な雰囲気を醸し出す紅い瞳の女。高まる魔力に周りの空気がびりびりと震える。アンジェと呼ばれた少女、アンジェリカも唇を尖らせたまま魔力を解放した。

「……そう。口で言っても分からないのね……身のほど知らずのバカ娘。いいわ、表に出なさい」

その言葉に、先ほどまで女の隣で黙ったままことの成りゆきを見守っていた男が口を開く。

「メグ、落ち着くのだ」

「うるさいわね。だいたい、あなたたちがアンジェを甘やかすからこんなことになってるのよ」

メグと呼ばれた美女がじろりと横目で男を睨む。世界の理《ことわり》すら変えると言われた真祖、サイファ・ブラド・クインシーも静かに怒りの炎を燃やす妻には敵わない。アンジェリカが視線を向ける先、二つ並ぶ玉座の一つからスッと立ち上がったメグ。アンジェリカに目を向け直すと指で天井をさした。意味を理解したアンジェリカは転移で城の上空へと移動する。強風吹き荒れるなか対峙する母娘。

「来なさい。あなたが過信する力を否定してあげる」

腕を組んだままふわふわと浮遊する母へ瞬時に接近したアンジェリカは、首元を狙って鋭い蹴りを放つ。が、あっさりとかわされ蹴りは空を切った。その隙を見逃さずメグがアンジェリカの胸あたりを手刀で薙ぐ。

「……!!」

たったの一撃ですべての結界が引き裂かれた。三枚もの対物理結界を一撃で破られたことに驚愕の色を隠せないアンジェリカ。反撃を――しかし、さっきまで目の前にいた母がいない。ハッとして振り返ったアンジェリカの頭に、母の鉄槌、もといゲンコツが落とされる。もの凄い勢いで落下したアンジェリカは、城の屋根を突き破り先ほどまでいた謁見の間に墜落した。

「う……うう……」

よろよろと立ち上がるアンジェリカに、父である真祖サイファが心配の目を向ける。

「アンジェ、もうやめなさい。メグに謝るのだ」

娘のもとへ近寄ろうとしたところ、メグが目の前に姿を現した。

「邪魔するんじゃないわよ」

「メグ……」

風で乱れた黒い髪をかきあげながら、サイファに鋭い目を向けるメグ。刹那、メグの背後からアンジェリカが急襲するが、読まれていたためまたかわされる。強い……ママってこんなに強かったのか……。歯噛みするアンジェリカ。このままではまずい。そう感じたアンジェリカは……。

「……絶対に謝らないいし大人しくもしないし、ママにも負けないんだから！」

そう叫ぶとアンジェリカはその場から姿を消した。

――開いた目に飛び込んできたのはいつもの天井。隣ではスースーとかわいい寝息をたてるパールの姿。

「夢……また懐かしい夢を……」

思わず苦笑いしてしまうアンジェリカ。あの頃は若かったなぁ……まあ子どもだったし当然か。結局あのまま三日くらいケンカが続いたのよね。吸血までして挑んだのに勝利、とまではいかなかった。戦闘の経験が全然違ったし仕方ないか。それにしても、今となってはマ……お母様の気持ちがよく理解できる。あの当時はまったく分からなかったけど、自分が親になって初めて理解できた。今となってはあのとき厳しく叱ってくれたことも感謝している。それにしても容赦なくない？　とも思うけどね。

「ふふ……」

思わず声が出てしまった。パールは起きることなく爆睡中だ。ああ、なんてかわいい寝顔なんだろう。小さな体をぎゅっと抱きしめる。

「……ん、んん……ママ……苦しいよ～……むにゃ……」

んー、堪らん。うちの娘がかわゆすぎる件。親馬鹿で結構。お母様もこんな気持ちだったんだろうか。あ、そういえばあのケンカのあと、落ち込んでいた私をあの子が慰めてくれたっけ。よく一緒に遊んでた母方の従姉妹。男兄弟しかいなかった私にとって本当の妹みたいな存在だった。元気にしてるんだろうか？　まあ、あの子は誰からも好かれやすいから、どこでもうまくやれるでしょうね。その点はパールも同じだけど。アンジェリカは窓の外に目を向けた。夜明けまで二時間くらいか。もう少し眠ろう、とアンジェリカはパールに頬擦りしてから目を閉じるのであった。

書き下ろし番外編

遥かなる聖女

まるで宝石箱のようだ――。

視界を埋め尽くすキラキラと輝く星を眺めながら、真祖アンジェリカは小さく息を吐いた。草原に寝転がったまま、アンジェリカはそっと天に手を伸ばす。どこまでも続く闇のなかに浮かぶ星を掴めそうな気がした。と、不意に気配を感じそちらへ意識を向ける。物音一つ立てずにふわりと地面へ降り立ったのは、アンジェリカの忠実なるメイドであり眷属、アリアだ。

「んも～、お嬢様！　こんなところに寝転がるなんてお行儀悪いですよ⁉」

腰に手をあててぷんぷんと怒るアリア。

「いいじゃない別に。アリアもやってごらんなさいよ。今夜は星がとても綺麗だわ」

半身を起こしたアンジェリカが、「ふふ」とアリアに笑いかける。

「はぁ……ほんっとお嬢様って……」

「それよりアリア。今度はこのあたりに住んでみない？　星も綺麗に見えるし、よさそうに思えるんだけど」

あっさりと話題を変えたアンジェリカに、アリアがジト目を向ける。

「まあ……いいとは思いますけど。ここは人間の街からも離れていますしね」

「私は別に人間の街に近くてもいいんだけど？」

「私がイヤなんですっ！　あんな下等種どもの近くで暮らすなんて……！」

あからさまに不快そうな表情を浮かべたアリアに、アンジェリカが苦笑した。アリアの人間嫌いも相当なものね……。まあ、私もできることならなるべく関わりたくはないけど……。

「とりあえず、朝になってからこのあたりを散策してみましょうよ」

そう口にすると、眉をひそめるアリアを尻目にアンジェリカは再び仰向けに寝転がり目を閉じた。

――快適な眠りを妨げられることほど不快なことはない。深い眠りについていたアンジェリカは、体を揺さぶられているのに気づき、眉間にシワを寄せながら少し目を開いた。

「お嬢様、お嬢様！　起きてください！」

「……何なのよ。いくらあなたでも私の眠りを妨げる者は許さないわ……」

不機嫌な様子を微塵も隠そうとしないアンジェリカが、じろりとアリアを睨みつける。ん？　明るい……もう朝だったのか。いや、私が自然に目覚めるまではまだ夜だわ。

「も、申し訳ございません。ただ、近くで何やら戦闘が起きているようで……」

恐縮したように報告するアリアに、思わず舌打ちをしそうになったアンジェリカだが、たしかに付近で戦闘が発生している気配を感じた。

「ちっ……鬱陶しい……皆殺しにしてやろうかしら」

アンジェリカの寝起きの悪さは折り紙つきだ。そのため、普段はアリアもアンジェリカが自然に起きるまで待っているのだが。

「……ちょっと行ってくるわ」

「あ！　お嬢様、私も行きます！」

戦闘の気配がある方向へ飛び去ったアンジェリカを、慌ててアリアが追いかける。問題の現場は、二人が眠っていた場所から約五百メートルほど離れたところだった。アンジェリカとアリアは、周囲に遮蔽物が何もないだだっ広い平原を上空から見下ろす。すでに戦闘は収束していたが、二人の目に飛び込んできたのは異様な光景だった。

「何、あれ……？　どういうこと……？」

そこには、死屍累々《ししるいるい》の光景が広がっていた。しかも――。

「倒れているのは……リザードマンのようですね」

地面に横たわっているのは、人型をしたトカゲの遺体。ざっと見ただけでも、その数は五十にも及ぶ。が、二人が驚いたのは大量のリザードマンが倒れているからではない。リザードマンの遺体が大量に転がるなかに、人間の女性が一人で佇んでいたからだ。白い衣服を纏った女性は、全身に返り血を浴びている。状況から察するに、人間の女性がこの状況を生み出したと考えるしかない。すっかり目が覚めてしまったアンジェリカが、上空から女性に鋭い視線を向ける。人間がたった一人でこれだけのリザードマンを殺戮《さつりく》せしめたというの？　にわかには信じられない。アンジェリカとアリアは、そっと女性の背後へと降り立った。

「ねぇ、ちょっと」

「きゃあ！」

背後からいきなり声をかけられた女性が、跳びあがって悲鳴をあげる。恐る恐る振り返ったその顔には、こちらへの警戒心がありありと浮かんでいた。年齢は二十代の後半といったところだろうか。

「あなた、こんなところで何をしているの？　これはあなたが一人で？」

足元に転がるリザードマンの亡骸に視線を巡らせつつ、アンジェリカが矢継ぎ早に質問する。

「……あなたは何者？」

絹糸のような白い髪が印象的な女性は、警戒心を緩めることなくアンジェリカを見据える。

「私はアンジェリカ・ブラド・クインシー。真祖よ。こっちはメイドのアリア」

「……は？　し、真祖……？　本当に……？」

女性は目をぱちくりさせながら、アンジェリカとアリアを交互に見た。

「ええ、本当よ。で、あなたは何者？」

「わ、私はディア・ラインハルト。ここへは、リザードマンを討伐するためやってきたの」

「じゃあ、やっぱりこれはあなたがやったのね？」

「うん。それが私のやるべきことだから」

「やるべきこと……？」

怪訝な表情を浮かべたアンジェリカだが、ディアの右手の甲に浮かぶ紋章を見て合点がいった。

白く美しい右手の甲には、星形の紋章が浮かんでいる。聖女の紋章だ。

「なるほど……聖女というわけね」

「うん。聖女を知っているの？」

「そりゃ、あなたより遥かに長く生きているからね。これまで聖女は何人か見たことがあるわ」

聖女は女神の加護を受けた者であり、一定の周期で生を授かる。あらゆる者を癒す力と強大な魔力を有するため、人族の脅威となりうる種族との戦いにはよく聖女が駆り出されていたはずだ。

「そっか。まあそういうわけなの」

「ふーん。てゆーか、あなた。私のこと全然怖がらないのね」

真祖の一族はあらゆる種族にとって恐怖の対象である。しかも、アンジェリカは過去に悪魔族の領地や人間の国も滅ぼしており、紅い瞳の美しい女真祖と言えば誰もが震えあがる存在だ。

「だって、あなた綺麗だし。それに、何となくだけど悪い人にも見えないし」

人ではなく吸血鬼なんだけど、というツッコミは敢えてしなかった。何というか……不思議な子だとアンジェリカは思った。

「そ、それはありがとう。それよりディア。聖女のあなたがリザードマンと戦闘を行っていたことは分かったけど、なぜたった一人で?」

「それは……うっ……！」

突然、お腹を押さえて片膝をつくディア。

「ど、どうしたの⁉」

「お、お腹が……」

もしかして戦闘で深手を負っていたのだろうか。アンジェリカはディアのそばにしゃがみこみ、顔を覗き込んだ。

「お腹……空いた……」

思わずズッコケそうになるアンジェリカ。

「まったく……驚かせるんじゃないわよ。とりあえず、この場から離れましょ」

アンジェリカはディアの手を握ると、さっきまで眠っていた場所へ転移した。

「あーー！　お腹いっぱい！」

アイテムボックスに備蓄していた食料を渡してあげると、ディアは驚くべき勢いで平らげていった。あまりにも見事な食べっぷりに、アリアも目を丸くしている。

「カノウプス王国の王都から丸一日かけて来たんだけど、あっという間に食料が底をついちゃってさ。ずっと空腹だったんだよね」

満足げにお腹をさすりながら、ゴロンと草原へ仰向けに寝転がる。

「そ、そう。それにしても、なぜ一人でリザードマンの討伐を？」

「それは……私が聖女だから？」

「いや、私に聞かれても分からないわよ」

不思議ちゃんというかマイペースというか、どことなく掴みどころがないディアに、アンジェリカは戸惑ってしまう。

「まあ、偵察というかね。最近、リザードマンが勢力を伸ばしていて、カノウプス王国もいろいろ被害を受けているんだよ」

「そうなの？」

「うん。だから、近々大規模な遠征が始まるらしいの。その前に偵察しておこうと思って」

「でも、それって軍の仕事でしょ？　わざわざ聖女がやること？」

「なるべく……誰にも死んでほしくないしね。それに、私は『調和の聖女』だから」

「調和の……聖女？　何それ？」

アンジェリカがきょとんとした表情を浮かべる。

「……聖女には二種類あるの、知らない？」

「どういうこと？」

「エルミア教の聖典にね、かつて女神サディ様が開祖へ直接伝えたという話が載っているの。そこに、二種類の聖女について書かれているんだよ」

ふむふむ。

「調和の聖女は、人間を脅威に晒す種族が台頭したり、飢饉などで人々が苦しんだりしているときに女神の加護を受けて生まれてくる聖女。そしてもう一つが、『天命の聖女』」

「天命の聖女？」

「うん。調和の聖女が、そのときどきの状況にあわせて人々を救い導く役割を担うのに対し、天命の聖女は生まれながらに絶対やり遂げなくてはならない使命を帯びているの」

「へえ……でも、どうしてディアは自分が調和の聖女だと分かるの？」

「天命の聖女は、生まれながらにとんでもない魔力を有しているらしいの。それに、聖女の力が顕現するのも早いんだって。私は魔力自体はそこまで大したことないし、聖女の力が顕現したのも十代の半ばだったしね」

「なるほど」

「でも、これまでの歴史で天命の聖女が誕生した、なんて話は伝わっていないんだけどね」

寝転がったまま、あははと愉快そうに笑うディア。

「まあ、そんなわけで私は調和の聖女として、今やるべきことをやろうとしているのよ。私がやるべきは、カノウプス王国を脅威に晒しているリザードマンの討伐。偵察だけのつもりが戦闘になったのは誤算だったけどね」

「ふーん。で、近々リザードマンと全面戦争に突入すると」

「そっ」

「随分軽いわね。リザードマンは狡猾でそれなりに知能も高い種族よ？　しかも、あいつらは繁殖能力が高い。勢力を伸ばしているということは、相当な数がいると考えるべきだわ」

仰向けに寝転がるディアの横に腰をおろしたアンジェリカが苦言を呈する。

「そうでしょうね。でも、それが私のやるべきことだし」

「どれくらいの軍で遠征するつもりなの？」

「うーん、五百くらい？」

「はぁ⁉　本気で言っているの？　リザードマンは戦闘能力も高い種族なのよ？　いくら聖女がいるからといっても、それだけの数じゃ勝てるわけないじゃない」

「多分ね。でも、うちの国も今大変なんだよ。凶作続きなうえに、隣国とも戦争が続いている。なかなか人手を割けないんだよ」

「……あなた、死ぬつもりなの？」

眉間にシワを寄せたアンジェリカが、ディアをちらりと見やる。ディアはにんまりと口角をあげた。

「死にたくはないけどね。でも、このまま生きていてもつまんないし。聖女という立場に縛られて、好きなこともできず食べたいものも食べられず生きていくのはツラいよ」

とても重いことを言っている割に、ディアの顔には笑顔が浮かんでいる。やはり人間は理解できない生き物だ。アンジェリカは率直にそう感じた。立場や責任に捉われ生き方を制限してしまう、それは真祖たるアンジェリカには到底理解できないことだった。

「でも、今回ここへ偵察に来てよかった」

よっこいしょ、と半身を起こしたディアがアンジェリカに目を向ける。

「おかげでアンジェリカに会えたから」

にこりと微笑みを向けられ、思わずアンジェリカの頬が紅くなる。一方、そばに控えるアリアは、下等種と見下す人間からアンジェリカを呼び捨てにされたことでイライラしていた。

「まさか真祖と出会って、話までできるなんてね。最近、こうやって誰かと気軽に会話するなんてことなかったから、とても嬉しかったよ。ありがとう」

「べ、別にそんなんじゃ……！」

あからさまに照れるアンジェリカへ、アリアがジト目を向ける。はぁ……お嬢様にも困ったものだ。かわいい女の子には目がないんだから。

「じゃあ、私はそろそろ戻るよ。あまり遅くなるとみんなを心配させてしまうし」

「そう……って、あなたどうやって戻るの？」

「ん？　歩いてだけど」

「はぁ……いいわ。私が送っていってあげるわ」

「ほんとっ!?　ありがとう、アンジェリカ！」

アンジェリカはディアをひょいっとお姫様抱っこすると、そのまま上空へと舞いあがった。

「どっちへ飛べばいい？」

「えーと……あっち！」

ディアが指さした方角へ猛スピードで飛行し始めるアンジェリカ。普通なら丸一日かかるところ、わずか一時間足らずで目的地へと到着した。

「本当にありがとうね、アンジェリカ。元気でね」

「……ええ」

「それじゃ」

踵を返し、王都への入り口へと歩いていくディアの背中をアンジェリカはじっと眺める。

「……ディア！」

背後から呼び止められたディアが振り返る。

「……人間は脆弱で寿命も短い種族よ。だからこそ、命を粗末にするべきではないと思うわ。だから……」

言葉を絞り出そうとしているアンジェリカに、ディアが優しい笑みを向ける。

「……うん。ありがとう、アンジェリカ」

再び踵を返して歩き去るディアの背中が見えなくなるまで、アンジェリカはその場を離れなかった。


――アンジェリカたちがくつろいでいた草原から北へ約一キロほどの場所にある湿原。多くのリザードマンが巣くう拠点である。アンジェリカとアリアは、遥か上空から湿原の様子を眺めていた。

リザードマンの多くは武装しており、せわしなく戦争の準備を進めている。

「お嬢様……本当にやるつもりですか……？」

「ええ」

即答したアンジェリカに、アリアが不満げな顔を向ける。

「なぜ人間ごときのためにそのようなことを？　お嬢様が手を煩わせることなど……」

ディアがかわいくて好みだったから、とは言えない。アンジェリカは返事に窮した。

「何となく放っておけなくてね。ごめんね、アリア」

「いえ、お嬢様が謝る必要なんてありません。ただ……種族間の争いに真祖が介入したとなると面倒が起きるおそれがあります。それに、ご当主様やヘルガ様たちにお嬢様の居場所が知られてしまうかもしれませんよ？」

「大丈夫よ。さっさと済ませてこの地を去ればいいのだから」

アンジェリカが湿原へ向けてスッと手をかざす。

「『展開《デプロイ》』」

巨大な魔法陣が足元に顕現した。湿原でリザードマンたちが慌てふためいている様子が窺える。

「『雷 帝《インペリアルサンダー》』」

アンジェリカが詠唱すると同時に、巨大な魔法陣から大量の雷撃が湿原に降り注ぎ、次々とリザードマンが骸を晒した。直撃を免れた者も、水を伝った電撃を喰らい物言わぬ肉塊へと変わった。

「……こんなものかしら」

冷たい目で湿原を見下ろすアンジェリカ。千から二千はいたと見られるリザードマンたちは、強力な魔法攻撃を受けそのほとんどが命を失う羽目になった。

「さ、行きましょアリア。もうここに用はないわ」

「そうですね。でも、どこへ向かいます？」

「そうね……西へしばらく行ったところに国があったわよね。その国境近くに、魔物が巣くい人間が寄りつかない森があると聞いたことがあるわ。そこへ行きましょうか」

こうして、アンジェリカとアリアは、魔物が巣くうと言われる魔の森に拠点を構えるべく風のようにその場を飛び去った。

——何らかの理由によってリザードマンが姿を消し、カノウプス王国は亡国の危機を逃れることができた。が、それから百年も経たぬうちに、エルミア教の熱心な信徒であった重臣がクーデターを起こし、カノウプス王国は滅亡。その後、新たに聖デュゼンバーグ王国へと生まれ変わった。聖女としての役割を全うし、死ぬ覚悟をしていたディアは、リザードマンという脅威がいなくなったことで命を長らえた。新たな脅威に晒されることもなく、穏やかな人生を送ったという。エルミア教の司教と恋に落ち、子宝にも恵まれたようだ。その子孫が、のちのエルミア教の教皇、ソフィア・ラインハルトであるのはここだけの話。八十歳と、当時では異例の長寿を全うしたディアは、命のともしびが消える直前、一人の女性の名を口にしたそうだ。だが、子や孫、親しい者誰もがその名に心当たりはなかったという。

——悠久のときを生きる真祖にとって、過去の出来事は夢のようなものだ。記憶はどんどん上書きされ、何が現実で何が夢だったのかも分からなくなる。あれから数百年のときが流れ、アンジェリカは魔の森と呼ばれる森の奥深くに構えた屋敷で、のんびりと暮らしていた。

「アリア、少し散歩に出かけてくるわ」

「かしこまりました。お嬢様」

さまざまな魔物が徘徊する魔の森に近づく人間はいない。稀に例外もいるが。たとえば、力試しをしたい冒険者や武名を高めたい貴族などだ。そう言えば、初めてハーバードと出会ったのもこの森だった。ハーバードがいなくなって数百年が経つが、まだ彼の顔や声は思い出せる。でも、いずれは彼のことも思い出せなくなってしまうかもしれない。そのようなことを考えつつ、新芽の香りが広がる森のなかをのんびりと散策していたのだが——。

何とも言えない気配を感じたアンジェリカが立ち止まる。気配がするほうへ目を向けると、巨木の根元に何かがあった。

「これは……人間の赤ん坊……？」

巨木の根元にあったのは、布にくるまれた人間の赤子。なぜこのような場所に？　疑問を感じつつも、アンジェリカはかわいらしい赤ん坊をそっと抱きあげた。

「かわいい……。もう大丈夫よ。私があなたを守るから……ん？」

赤子の右手の甲に、星形の紋章が浮かんでいるのに気づく。

「これは……聖女の紋章？」

一瞬何かを思い出しそうになったアンジェリカだが、何も思い出せなかった。ただ、何となく懐かしいような気持ちが湧きあがる。アンジェリカは、あうあうとかわいらしい声を漏らす赤子に、優しく語りかけた。

「さあ、帰りましょう。私たちの家へ」

あとがき

「森で聖女を拾った最強の吸血姫～娘のためなら国でもあっさり滅ぼします！～」の第二巻をお読みくださった皆さま、ありがとうございます。著者の瀧川蓮です。第二巻はいかがでしたでしょうか？　個人的にも、第三章と第四章はお気に入りの章なので、皆さまが楽しめたのなら嬉しい限りです。ちなみに、二巻では神獣のアルディアスに吸血鬼ハンターのルアージュ、ダークエルフのウィズと新たなキャラも登場しましたが、私今さらながら気づいてしまいました。この作品、登場キャラの男女比がエグい（笑）　主要なキャラのほとんどが女性ということに、このあとがきを書いているときに気づいた次第でございます。ちなみに私のイチオシはルアージュですかね。私がめちゃくちゃ好きな九十年代V系バンドの名を冠したキャラなので、感情移入しまくりです。普段ポンコツなソフィアのちょっと凛々しい一面や、アンジェリカが真の姿で戦うシーン、酔っぱらってウィズに無双するパールの姿なんかも二巻の見どころだと思います。

最近は、新作の物語を考えつつ趣味にほぼ全振りした生活を送っています（笑）　考えつつとはいうものの、すでに十五作分くらい構成はできているので、あとは書くだけ、なのですがそこで止まっています。一巻のあとがきでお話ししたかもしれませんが、なんせ私、多趣味なんです。バンド活動に鉄道、ボクシング、キャンプ、旅行……読書とか細かいものまで含めたら結構な数です。というわけで、趣味に全振りした日々を送っているので、なかなか執筆の時間がとれないという。ダメなんですけどね（笑）　まあ、そろそろまとまった時間をとって執筆したいなー、って思います。ちなみに、小説を書くときはベッドに転がってスマホでポチポチしながら書いています。パソコンのほうが圧倒的に執筆スピードは速いのですが、いかにも仕事してますな気分になって、モチベーションが上がらないというか。ただ、スマホは本当に効率が悪いので、スマホ以外で何か小説の執筆にいい端末はないかなーって、今いろいろ調べているところでございます。何かおすすめあれば教えてください（笑）

このあとがきを書いているのは九月の末なのですが、先日私が所属しているメタルバンドのライブがありました。よくライブに足を運んでくださるお客様のなかにも、「森で聖女を～」の一巻を購入してくださった方がいて、ライブ終了後に少しお話をさせていただきました。といっても、話題は作品のことではなく、「増え続ける本をどうするか問題」です（笑）その方はとても読書好きな方で、本が溜まりに溜まって仕方がない、レンレンさん（周りからそう呼ばれています）はどうしていますか、と。ただ、私自宅に紙の本一冊もないんですよね……（笑）電子書籍ばかりなので。私、多いときは月に三十冊くらい本読むので、紙の本だと部屋がえらいことになってしまうのですよ。一時期、部屋を図書館みたいにしたい願望もありましたが、大きな地震が来た日にはとんでもないなと思い留まりました。ただ、あの紙をめくりながら読む感じのほうが好きなのも事実なので、悩ましいところです。

最後になりましたが、皆さまのお陰で「森で聖女を～」の第二巻を無事に発売することができました。出版にご尽力いただいた出版社の担当者様、すべての関係者様に感謝いたします。また皆さまにこうして近況などを報告できる日がくればいいなと思いつつ、最後の言葉にしたいと思います。皆さま、お体に気をつけて楽しい読書ライフを！　それではまた。

巻末おまけ

コミカライズ第2話冒頭試し読み

漫画 sh
原作 瀧川 蓮
キャラクター原案 ヨシモト

パール
落ち着いていけば
大丈夫よ
うん ママ
ザ
ア
ズ
ズ
ズ
ズ
第2話

風刃《ウインドブレード》!!
カッ
ビュッ
ゴッ
ズバ!!
ギャオエアア!!
ドッ
やった!
まだよ油断しちゃダメ

グギュ…
よろ…
ギオアァァ
アァァァァ
もう一回！
ウインドーーー
!?

ザッ
バシーンッ
サラ
ザァァァ

惜しかったわね
パール
…パール？
ムゥッ
んもぅ〜
私の力だけでなんとかしたかったのにーー！
あら
なで
生意気言わないの
あのままだとあなた吹っ飛ばされていたわよ
それはそうだけど…
くす

今日の訓練はここまで
帰ってお茶にしましょう
アリアが美味しいお菓子を用意してくれているわ
…!
お菓子!? 本当!?
ぱあっ
早く帰ろう!
だっ
ん
――まさかこんなに早く強くなるなんてね

3年前
ママー!!
パール
3歳
たっ
どうしたの?
これ
アリアお姉ちゃんと
一緒に作ったの!

可愛くできたから
ママにもあげるねっ！
あら
ありがとうね
ママとおそろい～
そうねぇ
ザッ
パール
そろそろ
お勉強の
時間ですよ
はぁ～い！
じゃあママ
行って
くるね！
ええ
がんばってね

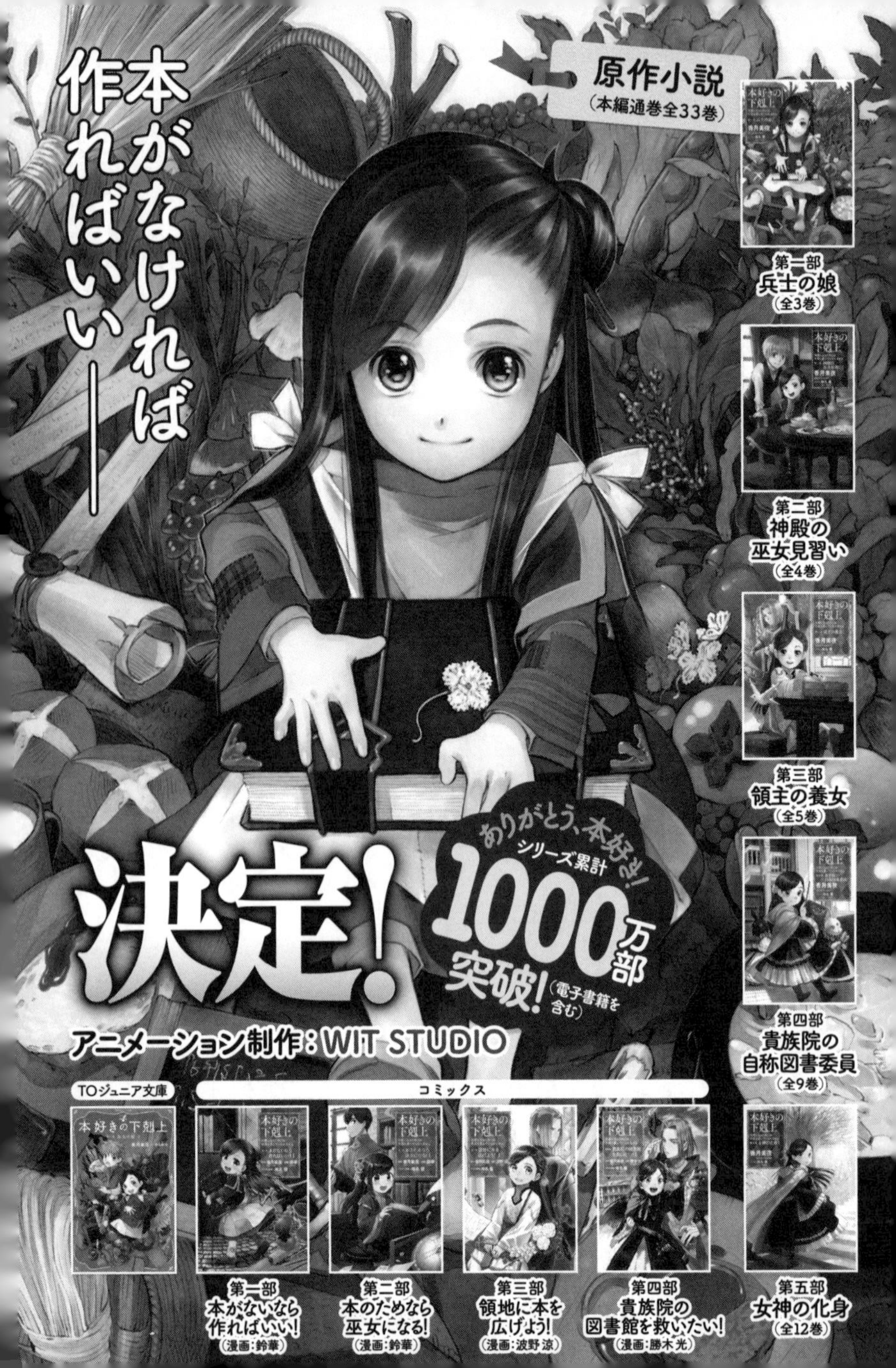
本がなければ作ればいい――
原作小説
（本編通巻全33巻）
第一部
兵士の娘
（全3巻）
第二部
神殿の巫女見習い
（全4巻）
第三部
領主の養女
（全5巻）
第四部
貴族院の自称図書委員
（全9巻）
決定！
ありがとう、本好き！
シリーズ累計
1000万部
突破！（電子書籍を含む）
アニメーション制作：WIT STUDIO
TOジュニア文庫
コミックス
第一部
本がないなら作ればいい！
（漫画：鈴華）
第二部
本のためなら巫女になる！
（漫画：鈴華）
第三部
領地に本を広げよう！
（漫画：波野涼）
第四部
貴族院の図書館を救いたい！
（漫画：勝木光）
第五部
女神の化身
（全12巻）

お嬢様
ひら
…あの
少し
お見せしたい
ものが――
――こちらを
ご覧ください
続きはコミックス第１巻にてお楽しみ下さい！

森で聖女を拾った最強の吸血姫２
～娘のためなら国でもあっさり滅ぼします！～

2024年2月1日　第1刷発行

著　者　瀧川 蓮

発行者　本田武市

発行所　TOブックス

〒150-0002
東京都渋谷区渋谷三丁目1番1号　PMO渋谷Ⅱ　11階
TEL 0120-933-772（営業フリーダイヤル）
FAX 050-3156-0508

印刷・製本　中央精版印刷株式会社

ISBN978-4-86794-048-8

Printed in Japan